ドアが開き、空気がガラリと変わる。
佐久間稀莉——今最も勢いのある、大人気ＪＫ声優が私の目の前にいた。

キミが隣にいないと、私は私じゃない。
キミが隣にいるから、私でいられる。
佐久間稀莉
Kiri Sakuma

吉岡奏絵
Kanae Yoshioka
気づかせてくれた、気づかされてしまった。

ふつおたはいりません！

主演：吉岡奏絵、佐久間稀莉

Contents

～第１部～ ふつおたじゃリスタートできません！

～第２部～ 止まらないドキドキ

ふつおたはいりません！

～崖っぷち声優、ラジオで人生リスタート！～

結城十維
Toy Yuki
illust. U35
Umiko

第1部

ふつおたじゃ
リスタートできません！

第1章　タイトルコールは突然に

＊　＊　＊　＊　＊

奏絵《かなえ》「始まりました」
稀莉《きり》「佐久間《さくま》稀莉と」
奏絵「吉岡《よしおか》奏絵がお送りする……」
奏絵・稀莉「これっきりラジオ～」
奏絵「はい、記念すべき第一回目です」
稀莉「一回目です」
奏絵「売れっ子声優の稀莉ちゃん、十七歳。十七歳!?　若っ！　えー歳《とし》の差にすると十歳も違う、凸凹コンビが、悩める皆の悩みをばっさばっさ斬っていきます」
稀莉「はい、斬ります」

＊　＊　＊　＊　＊

会話が全く盛り上がらない。

目の前の女の子をちらっと見るも、特に表情の変化はなく、淡々としている。

「私、モブ役の人の名前と顔いちいち覚えていないんですよ」とさっきの言葉を思い出し、イラっとするも、その気持ちを抑え、にこやかに振舞う。

＊　＊　＊　＊　＊

奏絵「それにしても十歳差って……。現役女子高生ですよ。肌ぴちぴち！　いやー、若いって素晴らしいですね」
稀莉「はい」
奏絵「えーっと、うん、稀莉ちゃんにとって二十七歳ってどうかな？」
稀莉「年上ですね」
奏絵「うん、その、二十七歳なんておばさんだよね」
稀莉「そうですね」

＊　＊　＊　＊　＊

自分をネタにしても、さほど反応がなく、苦笑いするしかない。

「せいぜい私の足を引っ張らないように頑張ってくださいね」と偉そうなこと言っていたくせに、どっちが足を引っ張っているんだ。本当にムカつくな。

＊　＊　＊　＊　＊

奏絵「稀莉ちゃん肯定しない！　私はおばさんじゃないよ、アラサーだよ。お姉さん、お姉さんだからね！」

稀莉「そうなんですか？」

奏絵「稀莉ちゃん、収録終わったら楽屋でお話ししようね」

稀莉「どういうことですか？」

奏絵「えーっと、うん、じゃあ、はい、じゃあ早速コーナーに行きましょうか」

＊　＊　＊　＊　＊

つまらない放送になったのは言うまでもない。

こうして私とＪＫ声優の、ぐだぐだすぎるラジオ番組が始まったのであった。

吉岡奏絵の行く先はどっちだ？

完！

って、『完！』じゃないから、打ち切りじゃないから！

私、このラジオ番組が終わったら仕事なくなるから！　食っていけなくなるから!?

目の前の女の子はムカつくし、上から目線だったくせにトークスキルは無く、会話も弾まない。

でも、今の私にはこのラジオ番組しかないのだ。

かろうじて声優と名乗っている、ほとんどバイトばかりな私の、最後の命綱。

ここで絶対に終わらせてたまるか！　声優として生き残るためにやれることは何でもやってやる。

たとえラジオの相方が生意気でも、十歳差の売れっ子高校生声優でも、彼女の発言にイラっとしても私は屈してはならない。

売れない負け続きの人生を、ここから……ラジオから逆転させるんだ。

◇　◇　◇

ラジオの話を受けたのは、少しの前のことだった。

話は少しだけ遡る。


初めて主役を貰《もら》った時は全てが上手《うま》くいく、私には輝く未来が待っている。……そう信じて疑わなかった。

「三百七十円です」

仕事帰りなのだろう、くたびれた会社員さんから千円札を受け取る。

雑誌の表紙には「ゴウカのヒーロー、ついにアニメ化！」と文字がでかでかと書かれている。

やっと情報解禁されたのか。収録したのは半年前だ。

「実は私、このアニメに出ているんです」と言ったら、どう思うだろうか。驚いてくれるかな？

実際は「何言ってんだコイツ？」と変な目で見られるだけだろう。

まあ単なるモブ役なんで驚かれても、微妙な気持ちなのだが。

「六百三十円のお釣りです」

自慢の声も観客ひとりに披露するものではない。もっと輝く場所がある。画面の向こうで、ステージの上で私の声は響き、多くの人の元に届くのだ。

だが、現実は甘くない。

「ありがとうございましたー」

男性は無表情のまま、コンビニから出ていく。

コンビニは私一人だけになった。私だけの王国。吉岡王国。誰も慕うものなんていないけどね。

「売れたいなー」

誰もいない王国で私は嘆く。

そう、私、「吉岡奏絵」は売れない声優なのであった。


バイトから帰ってきたら深夜一時。

夜更かしは体に毒、肌に悪い。

そんなのは知っている。稼ぐため、食べるためには仕方がないのだ。昼より夜の方が時給は高いし、シフトの調整も融通が利く。

ただ、そんな心配も今は必要ない。

現在レギュラー無し。

とても声優の仕事だけじゃ食っていけなかった。

アニメのちょい役のモブや、携帯ゲームのメインじゃないキャラを演じ、誤魔化し誤魔化し、声優と名乗っている。

東京で暮らすだけでも一苦労だ。そもそも東京の家賃は高い。地元の青森なら同じ値段で、もっと優雅で余裕のある暮らしができるだろう。でも、青森に声優の仕事は必要ない。ここじゃなきゃ、東京で生きていかなきゃ、駄目なのだ。


お湯を注いだカップ麺を机に置き、テレビをつける。

「無邪鬼」が始まる時間だ。今どき珍しい、時代劇アニメだ。

浪人が困っている人々を救っていき、幕府と対立していく、世直しストーリー。剣劇がかっこよく、話も痛快爽快で、評判が高いアニメだ。

オープニングが始まった。慌てて眼鏡をかけ、ジャージ姿で三分経《た》ったカップ麺を食べ始める。

「よく動くなー」

アフレコ時は、落書きみたいな絵の切り貼りでよくわからなかった。ここまで絵が進化するとは驚きだ。スタッフの皆さま、お疲れ様ですと感謝したい。

CMになったところで、冷蔵庫に行き、缶ビールを取り出す。

「くはっ、うまいっ」

一日の終わりはやっぱりこれね。疲れた体にアルコールがよく染みわたる。

「始まる、始まる」

ＣＭが終わる前に急いで座布団に座り、テレビに向かう。

「うん、今日もいい話だったな」

いよいよ城に突入し、この後どうなるのかというところで、アニメの放送は終了した。主人公は幕府を倒すことができるのか、続きが気になる引きである。

だが、私は台本を貰っているのでこの続きを知っている、いいだろう〜視聴者諸君。これは制作に関わるもののアドバンテージだ……モブなんだけどさ。

曲がかかり、エンドロールが流れる。

「佐久間稀莉」

上から二番目のキャラにその名前があった。

去年から急に売れ始めた新人声優の名だ。

なんといっても十七歳。女子高生だ。この春だけで主要キャラを二つ、来期も主役が確定している。今最も勢いがある声優だ。

……皆、そんなに若い子がいいのか。

いや、いいだろう。こんな二十七歳のアラサー声優より、ぴちぴちで初々しい女の子の方がずっといいに決まっている。若さは武器で、かわいいは正義なのだ。

私の名前が流れるのは次の次の画面。

「村人：吉岡奏絵」

村人、名前すらない役。誰でもいい役。

名前のある役を最後に演じたのはいつだっただろうか。半年、一年前？　名前を思い出せないほどの、ちょっとした役だったのだろう。

そろそろ潮時、なのだろうか。

二十代ならまだ取り返しがつく、と思いたい。けれども今更スーツを着て、会社員になるのも違う気がする。ただ、このままでは良くないことは分かっている。コンビニバイトのまま、三十歳を迎えるのは絶対になしだ。

「でも」と私の中で反対する声もある。

「簡単に諦めていいの？」と。

せっかく夢に見た、憧れの声優になれたのだ。養成所のほとんどの同期が一度も演じずに辞めた中で、私は声優になれた。

私は選ばれた。

あの時、確かに私はヒロインだった。

今はたまたま運が悪いだけ。そう、巡り合わせが悪いだけだ。

……そう言い訳をして、三年が経った。

過去の栄光に縋《すが》るのももう限界だ。運が悪いだけでは片づけられない。実力が足りない。私には何かが足りない。

床に落ちた台本を拾い、ページをめくる。

「平八さん、逃げて！　私はいいから、お願い、あなただけは助かってほしいの。せめてあなただけでも」

わからない。何が足りないのか。「佐久間稀莉」と私で何が違うのか、何が駄目なのか。いける。

私だってヒロインを演じられる。

ヒロインを演じたい。もっとたくさんの声を届けたい。


――ピロリロリロ。


そんな想《おも》いが通じたのか電話が鳴った。

マネージャーの片山君《かたやまくん》からだ。こんな時間に何だろう。

「はい、吉岡です」

『あっ、出た。こんちゃーす、吉岡さん。深夜にすんません』

いつも通り軽い調子の声が耳に響く。片山君は入って半年のマネージャーだ。「俺、将来ビッグになるんすよ」が口癖の二十三歳の男の子。明るい茶髪に、シャツのボタンはいつも上から三つがかかっていないような人だ。

私が声優になったばかりのときのマネージャーは彼とは違い、しっかりとしていた。いつもスーツをビシっと決めている、ベテランのできる人が担当だった。

それが今ではチャラチャラした若い兄ちゃんだ。事務所からの私の期待値の低さがわかる。

「いえ、起きていたので大丈夫です。オーディションの結果ですか？」

『いや、違うんすっけど』

「そうですか……。じゃあ、何の話ですか？」

『急で申し訳ないんっすけど、明日お昼からいけます？』

「ええ、別に大丈夫ですが。何の仕事ですか？」

『ラジオっす』

「えっ、ラジオ？」

聞きなれない単語につい聞き返してしまう。

ラジオ、ラジオか。

『吉岡さん、ラジオ嫌いですか？』

「いや、嫌いじゃない、むしろ大好きです」

声優になって、ラジオのアシスタントをやっていたこともある。電波に乗せて声を届けるのは楽しくて、大好きだった。

『それは良かったっす。場所はこの後メール送るんで宜《よろ》しくっす』

詳しいことは現場に行ってから、ということで電話は切れた。

どういうめぐり合わせか、唐突に仕事はやってきた。

内容はよくわからない。でも私の悲痛な願いが届いたのだ。今度、お賽銭《さいせん》箱に奮発して千円札を入れるとしよう。

◇　◇　◇

その日は清々《すがすが》しいほどの青空だった。

電車を乗り継ぎ、到着する。都内海沿いにある、駅からすぐの建物。

――ここがマウンテン放送の本社ビルか。

アニメ関係のラジオでも最大手の放送局だ。本社に来るのは初めてだった。

ここが私の新しい仕事場となると思うと、足がすくむ。

けど、ここに立っていても仕方がない。始まりはいつも緊張するもの。いずれ慣れる、これが私の新しい人生の第一歩だ。

そう決意するも、たどたどしい足取りで自動ドアに突入したのであった。


「おはようございます！」

部屋の扉を開け、大きな声で挨拶をする。

中には何人かのスタッフが準備をしていて、私を見て「おはようございます」と挨拶を返す。

一人の男性が近づいてきた。すかさず自己紹介を始める。

「93プロデュースの吉岡奏絵です。これから宜しくお願い致します」

「ああ、宜しく。私が構成作家の植島《うえしま》です。植島作雄《さくお》。うえしー、さっくん、何でもいいよ」

眼鏡をした、長身でひょろりとした男性が自己紹介する。髪はぼさぼさで目はあまり開いていないが、口調だけは明るい。

「はい、植島さんですね。宜しくお願いします」

初対面であだ名を呼ぶ勇気は無い。

いくつもの人気ラジオ番組を持つ敏腕作家……らしい。そんな覇気は感じないが、人は見かけで判断してはいけない。声優だって街中に溶け込めば、ただの人だ。人のことは言えない。

「相方になる子が遅れているからさ、そこら辺の椅子に座って待っていてくれる？」

彼は奥の椅子を指さし、私は向かおうとするが、その前に呼び止められた。

「そうだ、台本読んでないよね？」

「あっ、はい。うちのマネージャーがファイル添付し忘れたみたいで、まだ読めていないです。ごめんなさい」

そのマネージャーの片山君は『寝坊しました、すいません』と言い、現場へは私一人で来ている。大丈夫かな、私の事務所。

「いいよ、いいよ。急な呼び出しだし、連絡遅れたこっちが悪いんだ」

そう言って私に近づき、タイトルだけ書かれた簡素な表紙の台本を手渡す。

「ありがとうございます」

椅子に座り、台本をまじまじと見つめる。どんな内容なんだろう。どんな楽しいラジオになるんだろう。ワクワクが抑えきれず、すぐに表紙をめくる。

第①回目 ラジオ
〈開始の挨拶〉
キャッチーに面白く。
〈コーナー1: 〉
要検討。
〈コーナー2:お便り〉
ふつおたのコー
〈コーナー3: 〉
何がいいだろう
〈終わりの挨拶〉
次も見てくれそうな

「えっ」

でも、その期待はすぐに裏切られたのであった。

「ナニコレ」

あまりに大雑把。

書かれているのは一ページだけ。残りは真っ白なページが続いていた。メモや落書きにはちょうど良《い》いが、これは台本だ。

あまりの中身の無さに、苦笑いを浮かべる。

「吉岡君、びっくりしているね」

私の驚きが顔に出たのか、植島さんが指摘する。

「すみません、予想外の台本だったので、最近のラジオはこうなのかなーって驚いちゃいました、アハハ」

「吉岡君、アニメとラジオは違うよ」

スイッチが入ったのか、さっきまで大人しかった植島さんの声に熱が入る。

「ラジオに余計なものはいらない。決められた台本なんて本当はいらないんだ。ラジオに装飾はいらない。余計な脚色、演出は不要、無意味だ。私はただ道筋を示すだけ。そう、大事なのは化学反応。演者二人のシナジーなんだ！」

「は、はあ」

早口で捲《まく》し立《た》てられ、圧倒される。

だが、言いたいことはわかる。ラジオは演者が作り出す空間だ。

けど「〇〇だ！」と言われて、「なるほど！」と納得できるほど私は素直じゃないし、若くない。

そんな捻《ひね》くれた私の元に、新しい風が吹く。

「おはようございます！」

ガチャリとドアが開き、空気がガラリと変わる。

そこには肩より長めの黒髪で、端正な顔立ちをした、グレーのブレザーの制服の女の子がいた。

「遅れてすみません、授業が長引いちゃいました」

そう言って舌を出して、てへっと謝る小柄な女の子。

制服姿の彼女の可愛《かわい》らしい仕草に、スタッフも頬が緩んでいる。

佐久間稀莉――今最も勢いのある、大人気ＪＫ声優が私の目の前にいた。

彼女が「今日は宜しくお願いします」、「お願いしますね」とスタッフ一人一人にお辞儀しながら挨拶していく。

礼儀正しい。見ただけでわかる、いい子だ。

そんな彼女が私のラジオの相方となる人間だった。

何故《なぜ》、私が相方に選ばれたのかわからない。

今を時めく売れっ子声優と、アラサーオワコン声優。謎の組み合わせだ。誰がどんな思惑で決めたのだろう。

輝く星の隣に、別の明るく輝く光を置くのを嫌がったのか。光っていない惑星の私なら彼女の輝きを殺さないと思ったのか。

落ち着け。今はネガティブな発想を振り払え。まずは彼女に挨拶だ。

「佐久間さん、おはようございます。これから一緒にラジオを担当する吉岡奏絵です。宜しくお願いします」

そう言って、私は満面の笑顔をつくり、彼女に手を差し出す。

彼女が私を見る。皆に振りまいていた笑顔が急に真顔になる。

そして、そっけない感じで挨拶を返してきた。

「あっ、はい、初めまして」

……あっ、あれ？　はじめまして？

「あ、あの、佐久間さん、えっと、初めましてじゃないよ」

「えっ」

驚いた声に、目を大きく開ける彼女。

「今やっている『無邪鬼』で共演しているじゃん。確かに私、モブ役で影薄いけど、挨拶したよね？　佐久間さんも人が悪いな〜」

「共演していたんですね。すみません、私、モブの人の名前と顔なんか、いちいち覚えていないんですよ」

「な」

ハハハと彼女は口を押さえながら小さく笑う。

……な、何だこのクソガキ。

いい子だと思っていた、少し前の私を殴りたい。とんだ猫かぶり女じゃないか。

モブ役の人の名前覚えていない？　現場は人が多いからしょうがない。ただ言い方というものがあるだろう。

でも、それでもだ。

太ももをつねって怒りを押し殺す。

「そ、そうなのねー。でもでも、これからパートナーになるんで仲良くしようね」

引きつった笑顔で彼女へ歩み寄る。しかし、華麗にスルーされる。

「えっ、あなたがパートナー？　共演はしますけど、相方は言い過ぎでは？　まぁ、私の足を引っ張らないように頑張ってくださいね」

……大人だ、私はいい大人だ。子供の挑発に乗るな。これから始まるんだ。ここで終わりにしちゃだめだ。


私の手は握られることもないまま、宙に浮いていた。

◇　◇　◇

「疲れた」

収録し終えて感じたのはただ一つ、それだけだった。

ラジオの収録は終始私が話して、彼女が適当に相槌《あいづち》を打つという状況だった。

何も面白くなかった。

相性が悪いという次元ではない。何も話が展開せず、ただただ時間が過ぎるだけだった。

ラジオ中も猫かぶりすれば良いものの、彼女は寡黙でひたすら受けの姿勢だった。無気力だった。

あっちの方が売れているから仕方ない。こんな売れない私と仕事したくないのだろう。

そうだ、数字を持っているのは彼女だ。聞いてくれるリスナーの大半が彼女の元からのファンだろう。誰も私目当てでラジオを聞かない。

でも、年下に舐《な》められるのはムカついた。私にも意地がある。

この業界で六年生きてきた。実績はないけど、プライドがある。

「お疲れ様ー、良かったよ、面白かった」

植島さんが収録を終えた私たちに賛辞を贈る。

本当に面白かったのか？

私を嫌う相手との会話が女子同士の楽しいひと時に見えているというのか。この敏腕作家さんには、他のスタッフたちの暗い顔が見えていないのか。

「次回予定はまた連絡するんで宜しく」

植島さんがにこやかな顔で手を振る。

彼の中では何か摑《つか》むものがあったのか。私にはさっぱり理解できなかった。

エレベーターに乗り込み、一階のボタンを押す。

前を見ると制服姿の女の子が目に入ったので「開」ボタンを押し、彼女が来るのを待つ。

「先に降りて良かったのに」

そう悪態をつきながら佐久間さんはエレベーターに乗ってきた。

「お疲れ様」

「うん」

空間には二人しかおらず、気まずい静寂が流れる。

彼女がぽつりと呟《つぶや》いた。

「あと何回持つかな」

「え？」

「いや、何でもない」

一階に到着し、彼女が先にエレベーターから出ていく。

「ねえ、佐久間さん」

つい言葉が出ていた。

声をかけられた彼女が振り向き、不思議そうな顔をする。

「この後良かったら、ご飯行かない？　親睦深めるというか、ラジオ初収録記念というかさ、そんな感じで」

「えっ」

彼女が動揺した。冷たい視線で私を見ていたはずの眼《め》が、泳いでいる。

「な、何、私を軽々しく誘っているのよ。も、もちろんフランス料理でも予約してあるのよね？　そこらへんのファミレスじゃ私は満足しないんだからね」

「え、予約してないけど」

「本当、使えないわね。じゃあ、さようなら。はい、さよなら。じゃ、じゃあ」

そう言って彼女は駆け足で建物を後にした。

「何だったんだ……」

すぐ断られると思ったが、想像以上に反応があった。けど結果はやっぱり同じだ。わかっていた通りだ。

それでも、私は彼女とラジオを続けていくしかない。

嫌いだ。ムカつく。生意気だと思う。

だが、それではいけない。

相手に嫌われていようがなんだ。お互いを知らないと面白いラジオ番組はできないし、そのシナジーやら化学反応は、私たちが接しないと起きないんだ。

必死になるしかなかった。だって、そうしないとこの番組がすぐ終わってしまう。

レギュラーゼロ生活に戻るのは嫌なんだ。しがみつく。嫌な相手、生意気な小娘に媚《こ》びへつらってでも、私は声優業界に生き残るんだ。

「あと何回持つかな」と彼女は言っていた。スポンサーが気に入らなければ、放送お蔵入りもあり得るかもしれない。

それでも、私はこのラジオを少しでも多くやらねばならない。

生きるため、違う。食べるため、違う。

これは私のプライドだ。

諦めるのは、もうこれっきりだ。


地下鉄に乗り、窓に映る自分の疲れ気味の顔を見ながら、今日の収録のことを考える。

植島さんは「面白かった」といっていたが、やはり私はそう思わない。

会話のキャッチボールは成立せず、彼女は私のボールを無視して突っ立っているだけだった。

佐久間さんのラジオはいつもこんな感じなんだろうか。他の人でも同じ態度なのか、私だけなのか。

そんな悪評は聞いていなかったが、私の耳に入っていなかっただけなのかもしれない。

まずは彼女のラジオを聴くことから始めよう。


「つまらない」

佐久間さんのラジオを聞いた率直な感想だ。

家に帰って早速、アニメ宣伝用のラジオを聞いた。台本を読まされている感ありありの、淡々とした喋《しゃべ》り。相方への反応は私より幾分良いが、やたら間が多かった。カットされてこれだから、現場はもっと辛《つら》かったことが想像される。ただただ宣伝するだけのラジオだった。いや、それ目的で作られているから正しい在り方なのだが、パーソナリティが全くいきいきしていない、ただのニュース番組だった。

ＳＮＳで視聴者の感想を調べたが「稀莉ちゃんの声かわいい」「次回アニメ本編が楽しみだ」などラジオの内容に関係ないことがほとんどだ。

こんな感情の起伏の無い放送に、佐久間さんはどう思っているのだろうか。

収録は楽しいのだろうか。仕事だから仕方なくやっているのか。ラジオの仕事なんてしたくないのか。相手に遠慮しているのか。それとも本当につまらないのか。

わからない。私は女子高生じゃないし、売れっ子じゃない。

でも、理解しないといけない、彼女をイキイキとさせねばならない。

ならば、どうするか。

佐久間稀莉は私に興味がない、嫌って……はないかもしれないが、好んではいない。

それなら彼女を私に興味津々、大好きにすればいい？

いや、違う。

むしろ、それを助長させてあげればいい。

◇　◇　◇

ジングルが鳴り、ラジオの収録が始まる。

＊　＊　＊　＊　＊

稀莉「佐久間稀莉と」
奏絵「吉岡奏絵がお送りする……」
奏絵・稀莉「これっきりラジオ～」

奏絵「始まりました、二回目のこれっきりラジオ！」
稀莉「始まっちゃったよ」
奏絵「あれ、稀莉ちゃん。どうしてそんなつまらなそうな顔しているのかな？」
稀莉「だって、おばさんと会話しても話合わないし、老いが移るし」
奏絵「稀莉ちゃん、老いを移すことができたら、それはノーベル賞ものだよ」
稀莉「一回目の収録終わって、家帰ったら白髪があったんですよ」
奏絵「白髪染めってめんどうよねーって、あんたは十代やろ。私の老いが移ったと言いたいのかな？」
稀莉「おばさんパワーを注入されました」
奏絵「稀莉ちゃん、収録終わったら楽屋でお話ししようね」

稀莉「それってパワハラ、セクハラっていうやつですか？」
奏絵「はい、そこー。そこの構成作家笑わない！」

＊　＊　＊　＊　＊

二回目の収録が始まる前に私は佐久間さんにこう告げた。

「罵ってください」

彼女は石化魔法にかかったかのように、ぴたりと動きを止めていた。

「私を罵ってください」

「聞こえているわよ！」

私は嬉《うれ》しそうに「じゃあ罵ってくれるの？」と答える。

「あんた、ドMなの？」

「違うけど、罵ってください」

「どう違うのよ！」

私は変態じゃないし、そういう性癖もない。

「ねえ、佐久間さん」

私の優しい問いに彼女はじっと私を見て、言葉を待つ。

「一回目の収録、楽しかった？」

「…………」

「いや、一回目だけじゃない。今まで担当してきたラジオ楽しかった？　ラジオの仕事楽しいと思ったことある？」

「仕事だし」

答えるのを逃げた。でも、気持ちはわかった。

「はっきり言うよ。佐久間さんのラジオはつまらない」

彼女が私を睨《にら》む。

「全部聞いたわけじゃないからわからないけど、でもだいたいわかる。つまらない」

彼女の眼差《まなざ》しがさらにきつくなる。

「だって、上辺だけの言葉なんだもん。気持ちの入っていない演技。棒演技。アニメではあんなに役になりきっているのにさ」

「私に喧嘩《けんか》を売っているの？」

ああ、そうだ喧嘩を売っている。

「上辺はいらない。その感情を出せばいい」

「言っている意味がわからないんだけど」

「私に対する感情を出せばいい。売れないモブばかりの声優、アラサー声優。嫌悪を口に出すの。私を嫌え、馬鹿にしろ」

それが――、

「私を罵ってください、という意味」

私の熱い視線に彼女は目を逸《そ》らす。

「上手くやろうとするな。波風たてずに進行しようとするな。感情がぶつかり合うから面白いんだよ」

ただやりすぎると不快になっちゃうかもね、と言葉を加える。

「馬鹿じゃないの」

「いいね、そういう感じ」

「そういう意味じゃないんだけど」

もう一押しだ。相手は子供、女子高生。

「売れっ子の佐久間さんなら出来るよね。演じられるよね。演じるより楽だよ、だって自分を出すだけなんだから」

「いいわよ、やってやるわよ」

のった。

二人の間に、和気あいあいとした空間はいらない。私を罵る時間が始まった。

＊　＊　＊　＊

奏絵「では、今回はお互いにニックネームをつけたいと思いますー」
稀莉「あーきたきた。ラジオの初回あるあるね」
奏絵「はーい、文句言わない。稀莉ちゃんは何て呼ばれること多い？」

稀莉「うーん、稀莉ちゃん、キリキリが多いかな」
奏絵「なるほど、私もついつい稀莉ちゃんって呼んじゃっていたね」
稀莉「許可した覚えはないわ」
奏絵「認可必要なの？」
稀莉「一回千円」
奏絵「高い！　私、何回も呼んじゃったよ」
稀莉「今のところ、二万七千円よ」
奏絵「律儀に数えている!?」
稀莉「……で、あんたのニックネームは何なの？」
奏絵「ふふふ、何でしょう、稀莉ちゃんが考えていいよ」
稀莉「二万八千円」
奏絵「カウントやめい」
稀莉「おばさん」
奏絵「ねえ、確かに十七歳の稀莉ちゃんにとって二十七歳の女なんておばさんだよ。うん、わかっている、わかっているんだけど私が許しても社会が許さないよ。世間が怒っちゃうよ」
稀莉「こんなこと言うの、吉岡さんだけだよ」
奏絵「そんな特別扱いいらんかったー」

基本的に佐久間さんがボケ、私がツッコミ。たまに入れ替えるが、進むうちに二回目の収録のスタイルはこのように出来上がっていた。

いや、彼女が何処《どこ》までボケているのか、本気で言っているのか、わからない。

それでもラジオは一回目とは打って変わり、スムーズに進行していった。

＊　＊　＊　＊　＊

稀莉「〈もうこれっきり！〉のコーナー！」

奏絵「はい、このコーナーはリスナーさんから、辞めたいのに辞められない、もうこれっきりにしたいことを募集します」

稀莉「おばさんはもうこれっきりにしたいことあります？」

奏絵「そうだね、おばさんって呼び方をこれっきりにしてほしいかな」

稀莉「うけますね」

奏絵「何がうけるの!?」

稀莉「必死に若作りしているのうけますよ」

奏絵「くっ、化粧いらずの女子高生め」

稀莉「何でそんなにお金と時間かけるんですか？」

奏絵「君もいずれわかるときが来るさ」
稀莉「私は永遠の十七歳だから大丈夫ですよ」
奏絵「リアル十七歳が言うと嫌味にしか聞こえないですからね！　はい、回答、回答しましょう。私は課金を辞めたいかな……。自分が声をあてたキャラが欲しくてついついソシャゲに課金しちゃうのよね」
稀莉「課金、ダメ絶対」
奏絵「いやいや、絶対ダメってことはないから。私達ソシャゲに声あてたりするから変なことは言えないよ。私の大事な収入源なんだから。コホン、課金は用法・用量を守って正しくね」
稀莉「一度しちゃうと戻って来られないのよね……」
奏絵「こらこらー。稀莉ちゃんはこれっきりにしたいことある？」
稀莉「私はこのラジオをこれっきりで終わりにしたいかな」
奏絵「わー、まだ二回目！　いったい彼女に何があったのでしょうか」
稀莉「だって、お腹《なか》空いたし……」
奏絵「負けたよ！　食欲に負けたよ、このラジオ」
稀莉「学校から帰ってきたばっかりだし」
奏絵「構成作家さん、次回からちゃんとケータリングお願い」
稀莉「ドーナッツがいい」
奏絵「姫は甘いものを所望しているぞ。宜しく、宜しくねスポンサーさん。えっ、無理、そこを何とか……はい、コンビニで買ってきてくれるそうです」
稀莉「コンビニのドーナッツじゃ物足りないのよね」
奏絵「姫は我儘《わがまま》です。はい、〈もうこれっきり！〉のコーナーはこのように、このように？　全然参考になっていませんね、リスナーさんの悩めるお便りをお待ちしています。どしどし応募してくださいね！」
稀莉「ねえ、もう帰っていい？」
奏絵「はい、相方で悩むのはもうこれっきりにしたいですね」

＊　＊　＊　＊　＊

手ごたえはあった。

「いいね」と、植島さんが短い言葉で称賛した。

一回目とはテンポが違った。スタンスを変えたら佐久間さんから言葉がどんどん出てきた。佐久間さん本人も驚きを隠せないようだ。予想以上に、毒舌キャラがうまくはまった。今までの可憐《かれん》な女子高生声優はそこにいなくて、ファンは嫌がるかもしれない。

でも、ラジオとしてはこれが正解だ。

感情のぶつけ合い。相手に向かって全力で暴投しまくるキャッチボール。でも、お互いにキャッチできていた。

でも、まだだ。まだまだできる。

もっと面白いラジオにしないと。もっと人気が出るラジオにしないと。やるからには全力を尽くさなきゃ勿体《もったい》ない。

＊　＊　＊　＊　＊

奏絵「はい、では二回目どうだったでしょうか」
稀莉「三十分なのに、三十分の感じがしなかった」
奏絵「そうだね、実際は一時間録《と》ったもんね、私達頑張ったよね」
稀莉「甘いものを要求する」
奏絵「姫がお怒りだー。はい、ではでは終わりますー。ここまでお送りしたのは吉岡奏絵と」
稀莉「佐久間稀莉でしたー」
奏絵「せーの……」

奏絵「もうこれっきりにしてー」
稀莉「…………」
奏絵「稀莉ちゃん、ここは合わせるところだからー、あー終わっちゃう、あーまた聞いてねー」

＊　＊　＊　＊　＊

前途多難だが、一歩進んだのだ。

第2章　呼び方を決めるのが初回のラジオっぽいよね

ぽつぽつ席は空いているものの、つり革を持つ。収録の帰り道、地下の何もない暗闇を眺めながら振り返る。

やっとスタートラインに立てた。そんな気がする。

でも、まだスタートラインだ。油断してはならない。

――では、人気のラジオ番組をつくるために私に何ができるか。

まず佐久間稀莉のことをもっと知ることだ。

売れっ子声優であることしか知らず、彼女がどんな性格なのか、どんな役を演じてきたのか、ほとんど知らない。出来る限りの情報を仕入れ、彼女のことを知っていこう。

次に、面白い声優ラジオには何が必要なのかを掴む。

学生時代にはラジオをよく聞いていたが、最近はほとんど聞いていない。

昔と今では違う。今は何がウケるのか、流行《はや》っているのか、流行《はや》り廃《すた》りを知らなくてはいけない。

面白いラジオには面白いだけの「何か」があるはずだ。ただ人気声優だから面白い番組になるわけじゃない。ともかく人気のラジオを片っ端から聞き、分析をしよう。

やることはたくさんだ。目標は次の収録まで。

幸か不幸か声優の仕事はほとんどないので、たっぷり時間はある。コンビニのバイトのシフトも減らしていこう。

私の諦めの悪さを甘く見てはいけない。

あの小娘の相応《ふさわ》しい相方になり、人気ラジオを作り出す。

気づくと窓に笑っている顔が映っていた。私だ。座っていたサラリーマンが変な顔して私を見ているが気にしない。

一生懸命になることはいいことなのだ。

周りからどう見られようが、いちいち気にしていては大きな事を成し遂げられない。それに売れない声優の私なんか、誰も興味はないのだ。……自分で言って悲しくなってきた。少しは興味持ってくれてもいいんだよ？


「ただいまー」

ドアを開け、挨拶するが、誰も返事しない。当たり前だ。ここは一人暮らしの私の家だから返事が来たら怖い。そういうの苦手だから、幽霊が本当にいたとしても空気を読んでほしい。

本日の夕ご飯はスーパーの半額弁当なり。

カップ麺だけでは栄養が偏るからスーパーに寄れるときは、こうやって弁当を買って帰るのだ。

ちなみに私は料理が全くできない。めんどくさいからしないのではなく、才能がない。

黒炭製造機。

そう、何でも人には向き不向きがあるのだ。きっと実家の母親が泣いていることだろう。

大学入学と同時に上京してきたので十八歳の時から一人暮らしをしていることになるが、料理スキルだけは一向に向上する気配がない。誰かお嫁に来てください。

電子レンジでチンした少し温《ぬる》い状態の弁当を食べながら、携帯電話を操作する。

佐久間稀莉——検索すると可愛い写真の他、事務所のページ、情報をまとめたページが出てくる。すかさずタップ。彼女の情報が開示される。

見ただけでわかる、長い。私の簡素な出演情報だけのページと違い、様々なエピソードがぎっしり書かれている。さすが人気声優だ。

十歳の時に、ドラマでデビュー。元は子役だった。

って、十歳でデビューということは芸歴七年目になるのか。

私は二十一歳の時にデビューしたので六年目。芸歴だけなら彼女の方が一年多い、先輩ということになる。

(「佐久間先輩!」「どうしたの吉岡?」)

うん、何だか、凄《すご》く違和感がある。というかムカつく。

そんな彼女は十六歳で声優デビューを果たす。

女児向けアイドルアニメでデビューし、その後はヒロイン三本に、八本出演ととんとん拍子。

歌も上手く、キャラソンながら何本かCDを出している。

才色兼備。演じて良し、歌って良し、可愛い。そして、若い。女子高生、まだ制服という圧倒的ステータス。

何処にも欠点はなかった。何というチートキャラだろう。いくら課金しても勝てそうにない。

彼女はＳＮＳをやっていなく、ブログはあるが更新頻度は少ない。

「ふむ……」

自分で調べられるのはここまでかと、別の手段を講じる。

『何っすか、吉岡さん』

電話の相手はマネージャーの片山君だ。

「佐久間稀莉さんの出ている雑誌、インタビュー記事を集めて欲しいんです」

『あー佐久間さんっすか。相手側の事務所に確認してみまーす』

「宜しく、頼みます」

『あっ』

「何ですか？」

『思い出した、そうだ、そうだ。俺のマブダチに佐久間さんの大ファンいるんすよ』

「稀莉ちゃんにナデナデされたい」が口癖の友達がいるらしい。その友達、大丈夫だろうか。『そいつに聞いてみますね』、と電話を切って数分後に片山君から返事があった。

『ほとんどの雑誌持っているみたいで、布教用をくれるそうっす。明日取りに行くんで、夕方には事務所に置いておきますねー』

「ありがとう、片山君。いい友達を持ったわね」

『いやー、そんな褒められても』

君を褒めてはいない。

「彼にもお礼を言っといてくれます？」

『別にいいっすよ。イベントのチケット斡旋《あっせん》しているんで。これぐらいしてもらわないとっす』

ギブアンドテイクということか。

何はともあれ、これで佐久間さん調査は一段落。

次は、面白いラジオの法則を調べる。

そんなのすぐわかるはずがないが、ともかくラジオを聞く。気合と根性だ。ひとつでも何か摑めればいい。

弁当をゴミ袋に入れ、さっきコンビニで買った真新しいノートと栄養ドリンクを取り出す。

さぁ、頑張りどころだ。

◇　◇　◇

「もう食べられません……」

うるさく主張する目覚まし時計を止める。

「朝……、か」

夢の中の私はお菓子の家に行き、好きなだけケーキを食べていた。幸せな夢だった。……どんだけ飢えているんだよ私。食に？　職に？

固くなった背中を伸ばし、目をこする。ラジオを聞き続け、気づいたら寝落ちしていたらしい。ノートに垂れた涎《よだれ》をさっとティッシュで拭く。ノートにはぎっしりと文字が詰まっていた。こんなに必死に文字を書いたのはいつ以来だろう。受験勉強の時でもこんなに真面目に取り組んだ記憶がない。

数にして十四本。

ひたすらラジオを聞きまくった。主に私たちと同じ、女性声優二人組で送るラジオを中心に研究した。

振り返る前に、まずは顔を洗おう。その後は、家にはお菓子もケーキも朝ご飯すらないので、コンビニに買いに行くのだ。

五月も近づき、羽織るものが必要ないぐらいに、外の空気も温かさを増してきた。天気が良かったので、公園のベンチに腰かけ、コンビニで買ったクリームパンを食す。

スーツを着たサラリーマンが汗だくで走っている。始業時間に間に合うために必死だ。

一方、私は優雅に公園で朝食を食べている。平日の朝の通勤時間にこんなにゆったりしているなんて、私はなんていいご身分なことでしょうか。いやぁ、売れないって悲しいですね。

パンをモグモグしながらノートを開き、調べた結果を振り返る。

注目すべきは、女性パーソナリティ二人の関係性だ。

面白い声優ラジオの二人の関係性には、三パターンあると私は考える。

一つは「百合《ゆり》」――ともかくひたすらイチャイチャするのだ。

リスナーそっちのけで二人だけの空間を演じる。音声だけをいいことに抱き着いたり、髪の匂いを嗅いだり、やりたい放題。本当にやっているかわからないが、やっていないとしたら相当な演技力だ。

話の中心はお互いのことばかり。相手の好きな所を言ったり、褒めたりする。

さらに仕事だけにとどまらず、プライベートでの交流を述べる。「お家《うち》に遊びに行ったときに〜」、「こないだ旅行に一緒に行って、温泉に一緒に入って〜」など二人の赤裸々な出来事を語るのだ。

いわゆる「ビジネス百合」「百合営業」だ。

リスナーも望んでおり、コメントには「尊い」「あら〜〜」などが溢《あふ》れかえる。

いや、マジな百合関係じゃないよね？　私は共学だったからそういう感覚はわからないが、実際に「お姉さまー」な姉妹関係など存在するのだろうか。想像がつかない。

そもそも、この「百合的関係」は私と佐久間さんでは無理だろう。

十歳差の子とビジネスとはいえ百合百合するなんて犯罪臭がやばい。

年の差百合、お姉さまと慕われるのも一部需要はあるだろう。しかし、何故かわからないが私は佐久間さんにあまり好かれていない。

「佐久間さん、百合関係になろう」と言っても「は？　あんた頭でも打った？」と一蹴されるだけだ。これは無しだ。

二つ目は「仲良し」――友達のように仲睦《むつ》まじい関係、はどうだろう。

百合までは行かないまでも、友人としてお互いが仲良いことをラジオ内でアピールする。「こないだ一緒にご飯行ったときにですね～」、「ネズミ王国に遊びに行ったんですよ、二人でー」など二人だけの出来事をアピールする。

リスナーだって、二人が上に決められた、ただの仕事の相方より、私生活に食い込む仲良しな関係、友達であることを求める。

何より、このラジオだけでしか聞けない特別感、お得感がある。仕事、作品のことだけではなく、プライベートな話題を聞くことで、声優のことをより理解でき、リスナーはより親近感を持ってくれるのだ。

個々で友達の話をしてもダメだ、共通の話題であるべきだ。だから、二人だけの出来事、仲良しエピソードを押し出した方が良い。

しかし、これもなかなかに難しい。

ご飯も断られたし、相手は女子高生だ。何処か一緒に行くにも、平日連れまわすことは出来ないし、夜遅くまでいられない。土日遊ぶにしても親の許可がいる……のかな？　ともかく女子高生を誘うのはハードルが高い。

だが、いずれ共通の話題つくるために、達成すべき目標ではある。二人だけのプライベートな出来事を作り出すことは今後不可欠だ。いつか距離を縮めていきたい。

「百合」は無し。「仲良し」は現状無理。

それなら、どうすればいいか。

それが三つ目のパターン「不仲」――仲がよくなく、互いに気に食わない関係、である。

ラジオ内でお互いのことを馬鹿にし、罵り合い、興味なさそうにする。ともかく不仲であるように見せる。

二回目で少し実践したが、それを売りにするレベルまでに作りこむ。

けれども、この不仲関係が成立するためには、実は二人が「良い関係」だからであると醸し出さなければならない。

喧嘩するほど仲が良い。

ただ単純に仲が悪いだけだと不快なラジオになってしまう。

「もうそんな悪口言って、本当稀莉ちゃんは私のこと大好きなんだから」

「ば、馬鹿、あんたのことなんか好きじゃないんだからねっ！」

という具合だ。

いわゆるツンデレ。好きだからこそ、ついつい相手に悪口を言ってしまう、小学生男子のノリ。

好意の裏返しなのだ。

現状これが一番近いし、二回目である程度成功している。

だが、まだ甘い。

二回目はただの悪口の応酬で、笑いに繋《つな》がっていたかもしれない。けれど、それだけでは通じない。実は二人は悪口を言い合える、良い関係であると醸し出せていない。

もっと罵りのレベルを上げる。

そして悪口ばかりの彼女を、私の言葉で、態度で、ツンデレへと昇華させる。

いずれ二人だけのプライベートな話題を作り出し、「実は二人は仲良しなんじゃないか？」「稀莉ちゃんはついつい好きな人に悪口を言っちゃう子なんだ」と思わせ、「仲良し」関係であることをリスナーさんに理解してもらう。

「不仲」から「仲良し」へ。これが当面の目標だ。

指針が決まった。やることが決まれば、後は簡単だ。

今は「不仲」を強調し、「不仲」を笑いに変える。そのために自分を貶《おとし》めることになろうと、私は喜んで演じてみせる。

私はプロの声優なんだから、演じるのが仕事なんだから。

私を騙《だま》せ。リスナーを騙せ。それが人気ラジオ、売れっ子声優に到達するための条件だ。

◇　◇　◇

「おはようございます」

恐る恐る入った一回目とは変わり、意を決した三回目は堂々と入室する。

「おはよう、吉岡君」

今日も眠そうな顔をした植島さんが挨拶を返す。髪があちこちに跳ねていた。

私は軽く挨拶を返し、辺りを見渡す。奥の椅子にいた。制服の女の子。

「おはよう、佐久間さん」

携帯から少しだけ目を離し、私に「あ、どうも」と言葉を返す。

無視ではないが、無関心。二回目の罵り合いで少しは変わったと思ったが、まだまだだった。

いいさ、簡単に達成できちゃつまらない。彼女は私のことを嫌でも意識するようになる。

「それじゃあ、打ち合わせ始めようか」

メンバーが揃《そろ》ったところで、植島さんが呼びかける。

そこで私はあることを提案した。

「え？」

私の提案に佐久間さんは驚きながらも、受け入れる。

さあ、収録の始まりだ。

＊　＊　＊　＊

奏絵「始まりました」
稀莉「佐久間稀莉と」
奏絵「吉岡奏絵がお送りする……」

奏絵・稀莉「これっきりラジオ〜」
奏絵「三回目になりました。二回目はどうだった、稀莉ちゃん」
稀莉「疲れた。すごい疲れた。家に帰ったらよく眠れた」
奏絵「はい、とても楽しかったようですね」
稀莉「えっ、私そんなこと言ってないよ！」
奏絵「吉岡さんに会えるのが楽しみで楽しみで、夜も眠れないほど一週間が待ち遠しかったみたいですね」
稀莉「そんなこと言ってないし、よく寝たって言ったじゃん。もう勝手なこと言わないでよ、おばさん」
奏絵「稀莉ちゃん、二十七歳におばさん呼びは私が許しても、世間が許さないよ」
稀莉「じゃあ……おかん」
奏絵「へ？」
稀莉「おかん、そう、よしおかん！」
奏絵「稀莉ちゃん、何うまい事言ったって顔しているの？　おかんって、私未婚のピチピチのギャルだよ」
稀莉「よしおかんー、ご飯まだー」
奏絵「こんな我儘な子産んだ覚えありません!?」
稀莉「じゃあ今日も楽しくお届けするよ、よしおかんと佐久間稀莉のこれっきりラジオ！」

奏絵「勝手にラジオ名変えるなー！　えっ、ＣＭ？　イントロこれで終わり？　待って、待ってよ、訂正させてよー」

＊　＊　＊　＊　＊

「よしおかん？」

「そう、佐久間さんは私のことそう呼びなさい」

横で聞いていた植島さんが、ぷっと噴き出す。

「面白いね、よしおかん。おばさん呼びより、キャラ付けされてウケるね。よし、採用。佐久間君、イントロで自然によしおかん呼びになるようによろしく」

「あんたはそれでいいの？」

彼女が不満そうな顔で私を見る。

「うん、いいよ」

彼女が睨む。

「だって面白いラジオにしたいじゃん。それに私のことなんてほとんどの人が知らないんだから、こうやってキャラ付けしないとね。よしおかんって呼びやすくて、印象に残るし、名前を覚えてもらえる最高のニックネームだよ」

「……そんなことないし」

「えっ、何が？　このニックネーム駄目かな？」

「な、何でもない。いいわよ、あんたが気に入っているならいくらでも呼んであげるわ、よしおかん」

こうして『よしおかん』となった新しい私のラジオが始まった。

＊　＊　＊　＊　＊

奏絵「はい、最初のコーナーです」
稀莉「もうこれっきりにして！」
奏絵「こちらのコーナーではリスナーから『もうこれっきりにしたい』お悩みを募集し、私達が解決してあげるコーナーです」
稀莉「今回は事前に募集したお便りが届いているみたいね。まだ一回目放送していないっていうのに奇特な人達ね」
奏絵「稀莉ちゃん、しーっ！　時空の歪《ゆが》みは話しちゃダメ！」
稀莉「どうせ皆知っていることでしょ？　じゃあ行くわよ、よしおかん」
奏絵「はいはい、お母さんですよ、稀莉ちゃんバブー」
稀莉「キモイ」
奏絵「直球な否定は傷つくかな？」
稀莉「早く読みなさいよ」
奏絵「へいへい。えーっと、ラジオネーム『アルミ缶の上にあるぽんかん』さんからです」

稀莉「なんでミカンじゃなくて、わざわざぽんかんを置くのよ」
奏絵「あえて、でしょうねー。そういう年頃なのよ、ちょっと捻くれた道を選んじゃう歳なの、きっと。はい、『佐久間さん、吉岡さんこんにちはー』」
稀莉「こんにちはー」
奏絵「『僕はお酒を飲むとついつい誰かに電話しちゃう癖があります。それも異性に電話してしまうのです。酔いが冷めて、電話の履歴を見ると記憶のない履歴が残っており、顔が青ざめます。急いで謝りの連絡を入れると、相手はたいてい許してくれるものの、時には勢いで告白してしまっているそうで、その後凄く気まずくなります。酔う度に相手に悪影響を与えてしまう自分に嫌気がさします。こんなことはもうこれっきりにしたいです。どうかこんなダメダメな僕に助言をください』」
稀莉「うわー迷惑」
奏絵「辛辣！　もっと優しくしてあげようよ。酔って電話しちゃうなんて何か可愛らしいじゃん」
稀莉「えー、何かしている時に、わけわからない酔っ払いから連絡きたらうざいでしょ」
奏絵「そうかな。酔っていて、ふふ、可愛いなってなるけどなー」
稀莉「そりゃ可愛い子が舌足らずな感じで話してきたら『はいはい聞いてあげるよ』となるけど、むさい男から電話きたら、ただただ迷惑」

奏絵「そうかー、そうかな？　普段しっかりしている人だから、そういうだらしない部分にきゅんと来るとか……ないかな？」
稀莉「ないわね。っていうか、未成年の私にこんな質問しても感覚がわからないわよ」
奏絵「ですよねー。現役女子高生ですものね」
稀莉「言えることは、お酒は飲んでも飲まれるな！　ってことね」
奏絵「上手い、その通り」
稀莉「よしおかんは酔っぱらうの？」
奏絵「それなりに強いからあまり酔っぱらわないけど。時々、酔いたい気分になっちゃうかな」
稀莉「それはどんな時？」
奏絵「うん、オーディションに落ちまくった時とか」
稀莉「はい、暗ーい、暗いよ、あんた」
奏絵「大人には酔いたい時があるのさ……。ねえ稀莉ちゃん、今度酔っぱらったら電話するね」
稀莉「マネージャー、携帯持ってきてー。今すぐ着拒を設定するから」
奏絵「もう稀莉ちゃんひどい。公衆電話からかけちゃうからね、ぐふふ」
稀莉「ストーカー法って、同性でも適用できるんですっけ？」
奏絵「まぁ、半分冗談だとして」
稀莉「半分本気なの!?」
奏絵「『アルミ缶の上にあるぽんかん』さんへの回答はどうしようか」

稀莉「うーん、携帯を持って行かない。家に置いておく」
奏絵「なるほど、それはありかも。でも目的地に辿《たど》り着《つ》かないといけないから、飲み始める前に電源を切っておくのもいいね。はい、『あるぽん』さんは飲み会についたら電源を直ちに切ってください」
稀莉「名前長いからって勝手に略さない」
奏絵「もしくは幹事に携帯を預ける」
稀莉「幹事もたまったもんじゃないわね」
奏絵「幹事なんて基本慈善事業さ」
稀莉「過去に何があったのよ……」

奏絵「はい、次のお便り行きましょう」
稀莉「私が読むわね。『まきまき』さんから頂きました」
奏絵「まきまきー」
稀莉「適当な相槌ね。『吉岡さん、稀莉ちゃん、こんにちは』って、稀莉ちゃんって馴《な》れ馴《な》れしいわね」
奏絵「稀莉ちゃん、フレンドリーにフレンドリーに」
稀莉「はいはい。『私はついついお菓子を食べすぎてしまいます。それも決まって深夜に食べたくなってしまうのです。ダイエットしているので、止めたいのですが止まりません。もう食べるのはこれっきりにしたい！』」

奏絵「お菓子、美味《おい》しいものねー」
稀莉「食べなきゃいいのよ」
奏絵「その通りだけど」
稀莉「意志が弱いのよ、買ってこなければいい」
奏絵「それはそうだけど、稀莉ちゃんはお菓子食べないの？」
稀莉「差し入れは食べるけど、自分から買って食べないわね」
奏絵「そうなんだね、偉い。学生なのにしっかりしているな〜。私は新商品が出たらついつい買っちゃうかな」
稀莉「よく新商品わかるわね」
奏絵「コンビニによく行くからね」
稀莉「コンビニ……行ったことないわ」
奏絵「えっ、稀莉ちゃん、東京生まれだよね？　それでコンビニ行ったことないって絶滅危惧種だよ」
稀莉「だって用がないもの」
奏絵「はっ、マジで!?」

稀莉「マジ」
奏絵「さ、さすがお姫様ですね。私はいちいちお金をおろしたり、振り込みしたり、なくてはならない存在です、ありがとうコンビニ、ありがとうATM」
稀莉「何処への配慮よ。で、『まきまき』さんへの回答は？」
奏絵「三食きちんと食べましょう、そしたらお菓子を食べる回数は減るよ」
稀莉「普通の回答ね」
奏絵「自分に言い聞かせているんです……」
稀莉「大人って大変ね」
奏絵「はい、こんな感じで、もうこれっきりにしたいことをどしどし募集していますー。次のコーナーはCMのあとすぐ！」

＊　＊　＊　＊　＊

コーナーが終わり一呼吸。

「いいね、シナジー起きているよ、ビビッと来たよ」

植島さんが私たちに向かって褒める。

「ありがとうございます」

佐久間さんが不安げな声で私に尋ねる。

「よしおかんはお酒飲むのね」

「うん、佐久間さんはお酒飲む人苦手？」

「うちのマ、お母さんが飲むとめんどくさいのよ。酔っぱらうと踊り出して、やたら絡んでくるの」

佐久間稀莉の母親。即《すなわ》ち、佐久間理香《りか》。

三十八歳にしていまだバリバリ現役の俳優だ。日本の主演女優賞を取ったこともあるほど演技に定評があり、明るく、まっすぐ言う性格も人気である。なお、夫、つまり佐久間さんの父親は有名な映画監督である。

酔うと踊るのは、確かに彼女の陽気なキャラぴったりだなと思うも、娘からしたら面倒なだけだろう。

でも酔って踊るだけでも絵になりそうで、この子は凄い家庭で育っているなとしみじみ思う。

「私は普段は缶ビール一本だけだからそんなに酔わないよ……、お金ないしね」

「そう、なの」

「あっ、でも正月とかだと一升瓶飲み干しちゃうかな」

「一升瓶!?」と植島さんが慌て、周りのスタッフもざわつく。周りの反応に心配になったのか、佐久間さんがスタッフに質問する。

「えっ、私お酒飲めないからわからないけど、一升瓶って凄いの？」

「ああ、とんでもない酒豪がいたもんだ」

スタッフさんが一升瓶と言うのはね、と手で大きさを示し、佐久間さんが引いている。

思わぬ賛辞に私は「えへへ」と照れる。いや、決して褒められていないのはわかっている。

「だって、うちの親戚の人たちあまり飲まないんですよ。開けた瞬間が一番おいしいんで、もったいなくてつい、ね」

佐久間さんが怯《おび》えた顔で私を見ている。

「大丈夫、年一。それも正月だけだから！」

実際は、花見でもたらふく飲むし、クリスマスには愚痴を言いながら女友達とワインボトルを開けまくる。年三、四なんだが、これ以上佐久間さんの印象を悪化させたくないので、お口をチャックしておく。

植島さんが苦笑いしながら合図を出す。

「じゃあ、次のコーナーに行こうか。お酒は抜きでね」

「わかっていますって」

でも、一度ぐらいアルコールありのラジオ放送をしてみたいものだ。佐久間さんは絶対嫌がるだろうけど。

＊　＊　＊　＊　＊

稀莉「私の隣にいる人は一回で一升瓶飲むらしいです」
奏絵「ちがっ、お正月だけだから。稀莉ちゃん、それは内輪だけの話でしょ。本番で言っちゃ、めっ！　だよ」
稀莉「夜、知らない電話番号から女の人の声が聞こえたら、よしおかんですので、リスナーさんは温かい目ですぐ電話を切ってあげてください」
奏絵「あるぽんさんみたいに私は電話かけないからね。私は本気で酔うと一升瓶抱えて寝るタイプだから」
稀莉「はい、続いてのコーナーです」
奏絵「ここも華麗にスルーです」

稀莉「〈よしおかんに報告だ！〉のコーナー」
奏絵「おい」
稀莉「このコーナーではよしおかんに報告したい出来事、よしおかんに質問したいことを何でもいいから送ってこいの、いわゆるふつおたのコーナーです」
奏絵「おい」
稀莉「はい、まず一通目行きましょう。『マッチョポンプ』さんからです」
奏絵「待って、ちょっと待って」
稀莉「何ですか、さっきからうるさいですね、よしおかあさん」
奏絵「さらに名前変わっているよ。って、そっちじゃなくて、コーナー、コーナー名が違うの！」
稀莉「えっ、〈よしおかんに報告だ！〉のコーナーですよ」
奏絵「それ！　私の台本に書いてないから！　私の台本には〈ふつふつおたおた〉のコーナーって書かれているから！」

稀莉「何ですか、〈ふつふつおたおた〉のコーナーって。ネーミングセンス皆無ですね」
奏絵「謝れー　スタッフに謝れー」
稀莉「だって、私の台本にはそう書いてありますよ」
奏絵「どれどれ……マジで書いてあるやないかい！　おいスタッフ、出て来い、書いたスタッフ出てこーい！」
稀莉「さっきと態度急変していますよ。はい、諦めて読みますね。『マッチョポンプ』さんからです。『お二人はほぼ初対面？　だと思いますが、お二人のお互いの第一印象を教えてください』だそうです」
奏絵「はい、実はラジオが初対面ではないのです。今放送中の『無邪鬼』で地味に共演していますー。稀莉ちゃんは全く覚えていないようでしたが」
稀莉「そう、らしいわね。ラジオが初対面じゃないわ」
奏絵「まぁでもラジオで初めて会った時は、制服だー、女子高生だーと感激しましたね。こういった現場で相手が制服なんて、ちょっと犯罪臭がしていけない気持ちになっちゃいますよね」
稀莉「え、マジで引くんですけど」
奏絵「稀莉ちゃん、物理的にも引かないで、椅子引かないで、遠ざからないで」
稀莉「こっち見ないで。アイマスクして」
奏絵「それじゃ台本読めないから」
稀莉「台本を読み込んでくるのが役者でしょ」

奏絵「そうだけど、それはアニメの現場で、ここはラジオの現場でしょ」
稀莉「そういって相手によって態度を変えるのね、残念だわ」
奏絵「私は誰にも正しく一生懸命です。で、いいから私の第一印象は？」
稀莉「き、」
奏絵「き？」
稀莉「綺麗《きれい》だと、思ったわ」
奏絵「へ？　ツンデレ？　ツンデレなの、稀莉ちゃん。そうか、お姉さんは綺麗かー……アハハ、お姉さん嬉しいなー」
稀莉「あと大きい」
奏絵「大きい、何処が!?　背は少し大きいけど、はっ、もしかして稀莉ちゃんセクハラ、セクハラなのかい!?　いや、そんなに私のは大きくないけど……」
稀莉「何、視線をさげて……っつ」
奏絵「ごめん、高校生の稀莉ちゃんにとって私のは大きいよね。そうだよね、ごめんね、大人でごめんね」
稀莉「ば、馬鹿ー！　この変態、おばさん、セクハラ女！　あと、服装ださい」
奏絵「おい、最後の服装ださいは地味に傷つくから止めろぃ！」
稀莉「むぅ」
奏絵「稀莉ちゃん、手を体の前でクロスさせて胸隠さないで、もう見ないから、じろじろ見つめないから。ごめんね、大人のお姉さんが悪かったの」
稀莉「…………」
奏絵「これからの成長に期待だね」
稀莉「……ムカつく」

奏絵「はいはい、お互いの第一印象は伝わったかな？」
稀莉「よしおかん嫌い」

奏絵「はいはいツンデレ乙。続いて次のメールです。『キリキリの毒舌を一日中浴びたい会長』さんからです」
稀莉「はい、次のメール行きましょう」
奏絵「まだ本文読んでないんだけど!?」
稀莉「嫌よ、そんな変態なラジオネームのお便り読んだら耳が汚れるわ」
奏絵「そうだね、稀莉ちゃんを汚していいのは私だけだものね」
稀莉「はい、そうだね、よしおかんだけだからね。って、んなわけあるかーい！」
奏絵「貴重な稀莉ちゃんのノリツッコミ!?　レアだ、ノリノリだー。はい、稀莉ちゃんが睨んでくるので読みますね。『お二人の好物は何ですか？』」

稀莉「はい、ふつおたはいりません！（ビリビリ）」
奏絵「破かないで、稀莉ちゃん破かないー、あー破いちゃった」
稀莉「なにこのお便り。合コンの探り合いかーい！　行ったことないけど。聞いてどうするの、私達の好物聞いて、送ってきてくれるの!?」
奏絵「まあまあ、好きな有名人の好物って知りたくない？　同じだったら、嬉しいし、違ってもこれから同じものできるだけ食べようとなるし」
稀莉「ほんと？　私が青汁大好きで毎日飲んでいますって言ったら、私のファンは毎日青汁飲んでくれるの？」
奏絵「そうだったら稀莉ちゃんのファンだけ、異様に健康的になるね」
稀莉「だからナンセンスなのよ。いい、このラジオにふつうのつまらないお便りはいらないから、いりませんから。送ってきたら問答無用で破るわ、覚悟しなさい」
奏絵「稀莉ちゃん東京生まれのくせに、関西人ばりにネタに厳しいね」
稀莉「無益なことが嫌いなの」
奏絵「現代っ子ってこうなのかなー。Z世代っていったい……」
稀莉「はい、次」
奏絵「いや、まだ『浴びたい人』に答えてあげていないから」
稀莉「余計名前悪化していない!?」
奏絵「せっかくだからお互いの好物を当てるクイズにしましょう」

稀莉「えー、めんどくさい」
奏絵「そういうこと言わないの」
稀莉「ダイヤモンド？」
奏絵「そっちの鉱物じゃないから」
稀莉「早く当てなさいよ」
奏絵「そんな無茶な。女子高生が好きな物……クレープ？　タピオカ？」
稀莉「嫌いじゃないけど、好物って程ではないわ」
奏絵「うーん、難しい。何かヒント」
稀莉「冬に食べます」
奏絵「鍋？」
稀莉「具体的に」
奏絵「せんべい汁？」
稀莉「何よそれ」
奏絵「えっ、醤油《しょうゆ》ベースの汁に煎餅を入れて食べるアレだよ」
稀莉「知らないわよ」
奏絵「えーっ、青森では常識なのにな」
稀莉「おかんの中ではね」
奏絵「じゃあきりたんぽ鍋」

稀莉「何でどんどんマイナーになっていくのよ」
奏絵「東北では常識なのになー。じゃあ、すき焼き！」
稀莉「……正解」
奏絵「やったー。美味しいよね、すき焼き。何で好きなの？」
稀莉「だって、すき焼きならお母さん失敗しないんだもん……」
奏絵「き、稀莉ちゃん、苦労しているんだね」
稀莉「張り切って作る料理ほど食えたもんじゃないのよね」
奏絵「思わぬお母さんへのダメージ。稀莉ちゃんのお母さん聞いていないよね？　私から謝っておきます。ごめんなさい」
稀莉「いいのよ、WEBや記事にも書かれているらしいから」
奏絵「そんなにヤバいのね……。次は私のを当ててね」
稀莉「……綿、」
奏絵「綿？　コットン百％？」
稀莉「飴《あめ》」
奏絵「綿飴《わたあめ》？」
稀莉「うん」
奏絵「どうして綿飴だと思ったの？」
稀莉「だって、空音の……」

奏絵「空音？」
稀莉「やめ、これはやめ。はい、答え、降参だから。早く答えを言いなさい」
奏絵「えー、答えはハンバーグでした」
稀莉「お子ちゃま」
奏絵「リアルお子ちゃまに言われたくありません」
稀莉「はいはい、このコーナー終わり。ふつおたはいらないんだからね。面白い話送ってきなさいよ」
奏絵「〈よしおかんに報告だ！〉のコーナーが初回にしてハードル爆上がりですよ」

＊　＊　＊　＊

「ははは」

自分で自分の番組を聞いて笑ってしまう。

火曜二十一時に放送の「これっきりラジオ」。

悪くない。二回目より格段に面白くなっていると自画自賛する。

一回目の反応では、「誰だよ吉岡って」「聞くのが苦痛」「稀莉ちゃんの声を聞くための修行」などSNSでのコメントは散々だった。

それが二回目では「佐久間稀莉の印象違くない？」「このラジオどうなんだろう」「とりあえず様子見、今後に期待」と印象が変わった。

そして、三回目は、「よしおかんｗｗｗ」「二人の掛け合い最高だわ」「こんな稀莉ちゃん初めて、面白い」、「腹筋が鍛えられます」「＃佐久間稀莉を汚すな」「毒舌を一日中浴びたい会に私も入会します」と反応が明らかに違う。

現にラジオのハッシュタグがトレンドにランクインしている。

悪くない、いや三回目にしては上出来すぎる。

変えたことはたった二つだ。

――よしおかん呼びにさせたこと。

――佐久間さんに遠慮するなって言ったこと。

その二つだ。

収録が終わった後、佐久間さんは疲れ切っていたけど、どこか満足気な顔をしていた。

彼女は楽しんでくれた。嫌いな相手でも面白さは表現できた。

私たちはまだ仲良しじゃないし、パートナーじゃない。

でも「不仲」スタンスは確立できた。いい意味でお互い弄《いじ》りあっている。

希望が見えてきた。

けれども、さらに希望を輝かせるために、私は何かを見つけなければいけない。その何かはまだわからないが、でも見えそうな、もう少しでわかりそうな気がする。

「それにしても、佐久間さんから空音の話が出るとはな」

『空音』とは、私が初めて主役を務めたアニメ「空飛びの少女」の女の子だ。

明るい髪色で性格も元気いっぱいの女の子。でも時に大人の顔を見せるパイロットだった。男勝りで口が悪く、でも恋に憧れる子でとても可愛《かわ》いく、シナリオの面白さもあったが、彼女の人気もかなり高かった。

もう六年前のことだ。まだ大学生だった。

あの頃の私は調子に乗っていた。

二作目にして主役ゲット。それも豪華なスタッフに、大人気原作。

最初は緊張し、失敗もしたが、最後まで無事務め上げ、評価も高かった。現に円盤もたくさん売れたし、イベントも大盛況だった。

この波に乗り、私はこれからもヒット作をゲットしていける！　人気声優になれる！　と思っていた。だから親を説得し、就職をやめ、この道で生きていくことを決めた。

でも、そんなにうまくはいかなかった。

それからも役はちょくちょく貰えたが、主役・ヒロインを務めることはなかった。

だから、空音は私にとって輝かしい思い出であると共に、苦々しい記憶でもあった。

空音が人生の転換点で、頂点だった。

後はころころと落ちるだけ、いまだ浮上することはない。

そんな空音のことをすっかりと忘れていた。いや、忘れようとしていた。

空音に囚《とら》われない、空音じゃない私にならないといけない、と思っていた。頭の中にそっと鍵をかけ、閉じ込めていた。

でも、佐久間さんにその扉は開けられた。

佐久間さんから『空音』の言葉が出てきた時、やっぱり嬉しいなと思った。私は確かにいたんだ、声優だったんだと。

しかも空音の好物である「綿飴」を覚えているなんてなかなかに熱心なファンである。

思わぬ共通点になるかもしれない。

左に積み重なった雑誌を一瞥《いちべつ》する。片山君の友人からいただいた雑誌を辿《たど》れば、何か書いてあるかもしれないと思ったが、今は眠気が私を誘惑してくる。

ベッドに寝転がり、エへへと笑い声をこぼす。

今はただ、浮かんだ希望に縋り、良い夢に酔うのだ。

第3章　没続きはマジへこむ

「絶対、絶対負けないんだからー」

平日の昼間から熱唱していた。アラサーの独身女がカラオケで一人。

そう希望は単なる幻想で、妄想だったのだ。


オーディションに落ちた。


これまで何度も落ちているので、一つ落ちただけでいちいち落ち込んではいられない。いつものことだった。

それなのに、私はカラオケで熱唱しなきゃやってられないレベルでへこんでいた。

あまりに色々なことが重なりすぎたのだ。

まず、オーディションを受けたアニメがキャストを発表していた。

朝、何気なくタブレットで情報を収集しているとキャスト発表を見つけてしまった。

これはいい。特に連絡もなく、選ばれなかったことがわかるのがほとんどだ。

だが、私が受けたサブヒロインの役に、名前も知らない新人が起用されていた。私は無名の新人に負けたのだ。

実力で負けたかどうかはわからない。相手の事務所の力かもしれないし、配役のバランスで無名な声優を起用したかったのかもしれない。私も今や無名だけど。

そうこれは別にいいのだ。


次だ。

今度は丁寧にお祈りメールが届いていた。

「吉岡奏絵様の今後の一層のご活躍をお祈り致します」

オーディション落選の連絡だった。テンプレかもしれないが、丁寧な文章が送られてきた。ただ文章の印象などどうでもいい。落ちた、私は選ばれなかった。

勝手に祈らないでくれ。一層のご活躍って、いつ私が活躍した？　嫌味か、嫌味なのか。

心が荒《すさ》んだ。


三つ目は、電話での連絡だった。

『吉岡さん、おはようございまっす。非常に言いにくいことなんすけど』

マネージャーの片山君からの連絡だった。

役が決まっていたソーシャルゲームの開発中止が決まったとのことだった。

ソシャゲとはいえ、久しぶりの役名のあるキャラだった。ソシャゲがヒットすればアニメ化もあり得る、だから手を抜かずに、頑張ろうと意気込んでいた仕事だった。

でも、そんなやる気は必要なくなってしまった。恨んでも仕方がない、色々な事情があるだろう。

怒りの矛先が何処にも向けられず、やるせなかった。

中止になったので、予定していた収録がなくなってしまった。二重線を引くため、スケジュール帳を開くとさらにため息が出た。

真っ白だった。

ラジオの収録以外予定がなかった。

ラジオに集中しようとコンビニバイトのシフトも削ったので、本格的に暇だった。

急に不安になり、貯金通帳を確認する。突然一億円が振り込まれているわけがなく、底が見えてかけていた。

ヤバい。マジでヤバい。

今月の家賃が払えないし、ガスがストップするかもしれない。さすがに女子としてシャワーが浴びられなくなるのは致命的すぎる。

日雇いバイトも考えなくてはいけないか、と郵便受けを開けると手紙が床に落ちた。

差出人を確認すると、青森に住む高校の友人の名前だった。

実家に帰る度に会う友達だ。急に連絡なんてどうしたんだろう。中を開けるとその答えはすぐに出た。

それは結婚式の案内状だった。

顔が引きつった。

彼女が付き合っている人がいるのは知っていた。地元の役所の職員という話を聞いていた。でも結婚まで話が進んでいるとは知らなかった。

早いと思ったが、二十七歳だった。別に早くもなかった。

二十七歳で結婚なんて普通のことだった。地元ではむしろやっとかぐらいのノリだろう。

二十七歳で幸せの絶頂を迎える彼女。

一方で、仕事もなく、貯金残高もつきそうな、独り身の女。

何処で差がついたのか。

私の幸せって？　夢を追って幸せだったの？

地元に残って、無難に結婚して、無難に子育てして、歳をとっていくのがちょうど良かったんじゃないの？　ねえ、吉岡奏絵は声優になるべきじゃなかったんだよ。

「っつ!?」

気づいたら案内状を破いていた。

「はあはあ……」

破った後、一気に罪悪感と後悔が押し寄せた。

彼女は何も悪くない。幸せになるべきだ。余計な自問自答などせずに、私はただただ祝福するだけで良かったのだ。

これは単なる八つ当たり。

息を整え、冷静になる。破れたものは元に戻らない。

どうせお金がないのだ。地元に戻って、結婚式に参加するのは難しかっただろう。交通費は新郎新婦側で出してくれるかもしれないが、それをあてにしているようでは悲しすぎる。

言い訳して、無理やり罪の意識を軽くする。

後でメールして謝っておこう、参加できなくてごめん、そしておめでとうと。

そんな短文を打つのも気が重かった。

ブルル。手に持つ携帯が震えた。

こんなときに連絡なんて、まさかと思ったが、急いで出ると電話の向こうは母親だった。

『ねえ、マチちゃん結婚するらしいわよ』

案内が届いたばかりだ、知っている。

すぐ切りたかったが、おばちゃん特有の長い世間話に付き合わされる。

相手は何処に勤めていて、好青年だとか、実家はなかなかの名家だとか。どうでも良かった。

そして決まり文句は『いつあんたは相手を連れてきてくれるの？』だった。

『あんたも二十七歳でしょ。東京にいい人いないの？　早く孫の顔が見たいの』

私は何も言い返さない。母親は私が無反応なことも気にせず、言いたい放題だった。

『ねえ、あんたはいつまで声優なんてやっているの？』

電話を耳から離した。まだ何か喋っているのは聞こえたが、関係なく切った。

自分でもわかっている。

私はいつまで声優なんてやっているの？

自分がわかっていることを他人に言われるのはイラっとくる。

わかっている、わかっているんだ。私はいつまで声優をやっていられるのだろう。家にいるのが億劫《おっくう》でサンダルを履いて、飛び出した。逃げた先がカラオケなんて、なんかかっこ悪くて、情けなくて、私らしかった。


「辞めたくないよ……」

歌の途中で、言葉が漏れていた。

情緒不安定。めんどくさい女だ。頬を伝う水滴を手で拭う。

私の世界は真っ暗で、何処にも行けなくて、誰も連れていってくれなかった。

ただかろうじて蜘蛛《くも》の糸がかかっているだけだ。


これっきりラジオ。


それだけが光へと進む道標だった。声優の仕事をこれっきりなんてしたくなかった。

机に突っ伏し、嗚咽《おえつ》をこらえる。

真っ暗闇の中で、佐久間さんの顔が浮かんだ。

こんな泣き顔の私を見て、罵倒してくれるだろうか。

「何泣いてんの？　気持ち悪いんだけど」

そんな風に言ってくれるだろうか。

可笑《おか》しい。罵倒されているのに嬉しい。

ちょっと元気が出た。あー何泣いてんだろう、馬鹿らしい。

十歳差の子のことを考えて、元気が出るなんて、私も彼女に毒されている。ラジオネーム「浴びたい会長」さんを馬鹿にできない。

希望は浮かばないし、良い夢を見ても、それは所詮夢で、すぐ消える希望だ。

ただ今は歩くしかない。

ラジオの収録が待ち遠しかった。


くるりとした目は可愛らしく、すっとした鼻は大人っぽさを感じる。肌はつるつるで柔らかそうで、思わずぷにぷにしたくなる。

「何、私の顔見てニヤニヤしているの、気持ち悪いんだけど」

打ち合わせ中、台本そっちのけで佐久間さんの顔をじっと見ていたら怒られた。どうせ台本なんて真っ白でその場のノリだ。それならば佐久間さんの可愛い顔を見ている方が有意義だ。

「いいよ、その罵倒が聞きたかったんだよ」

目を細め、私を睨む。年下に蔑まれるのも悪くない。いよいよ、私の精神も危ない領域に踏み込んでいる。

今日は休日なので佐久間さんは制服姿じゃなく、私服である。上はグレーのゆったりとしたTシャツに、紺色のフレアスカートでカジュアルな印象だ。キャップを被《かぶ》り、黒色リュックを背負い、靴はスニーカーで動きやすさも重視。スポーティさも兼ね備えている。

一方、私は灰色のパーカーにジーンズで、サンダルである。女子力皆無。そこらへんのコンビニに買い物に行くご近所スタイルである。最初は小奇麗な恰好《かっこう》だったけど、別に撮影するわけじゃないし、格好は気にしなくていい。音声配信だから声だけ綺麗であればいい。

「お便りたくさん来ているから選別しないとね」

植島さんが三つの箱を机に置き、そう告げる。箱の中には印刷したメールがたくさんあった。

「これが全部私たちのラジオ宛のお便りなんですか？」

数にして百以上。五回目にしてリスナーからのお便りが激増していた。

「僕が面白いと思ったメールはこの一番右の赤いケースに入っているもの。微妙なのは真ん中、残念ながらボツは左の青いケース」

「うへ、選別してくれた赤いケースにもけっこうな数ありますね」

「今回読めなかったのは次回でいいから。ひとまず赤いケースのおたよりを優先で読んで、採用するのを決めよう」

赤いケースからおたより全部を取り出す。読みたいと思ったらもう一度赤のケースに入れ、判断に悩むなら黄色、ボツが青ケース行きだ。

佐久間さんが読んで、早速青に入れた。

「って、一応二人で読んで何処に入れるか決めようよ。これはどうして駄目だったの？」

「面倒ね……。このお便りは下ネタが多くて嫌なの」

どれどれと紙を読む。うむ、これは私にとっては許容範囲の可愛いレベルの下ネタだが、彼女の顔は赤面していた。

「うん、確かにこれは駄目かも」

そういって青いケースにお便りを入れると嬉しそうな顔をした、わかりやすい。

こうやって選別していくのは一苦労だけど、やるしかない。構成作家が全部選ぶ場合もあるのだが、植島さんはできるだけ私たちに選んでほしいとのことだ。これは嬉しい苦労なのだ。

おたよりを選び終える頃には一時間が過ぎていた。

「疲れたー」

文句を言う彼女だが、途中何度もくすくすと笑っていた。

こんなにお便りを自分で読んで、選んだのは彼女も初めてとのことだった。いつも読まされているだけ。この選別作業も気づけば楽しんでいたのだ。

自分たちが深く関わるから楽しい。自分たちでつくるから楽しい。

受動的じゃ生まれない。自分たちが決めるから面白い。

だから〈これっきりラジオ〉の台本は真っ白なのだ。決められていない。自分たちが真剣に考えなければいけない。誰よりも真摯にラジオに向き合わなければいけない。

そんな意図まで汲《く》んでいるなら植島さんは有能だ。と思ったが、欠伸《あくび》をしながら打ち合わせをしている姿を見ると、そこまで考えているかは疑わしくなってくる。

「さあ、今日の収録を始めようか」

休日だからといってゆっくりしている暇はない。いや、残念ながら私はほぼ毎日休日なんだけどね。

＊　＊　＊　＊　＊

奏絵「それでは次のコーナーです」
稀莉「劇団・空想学！」
奏絵「はい、こちらのコーナーではリスナーから募集したお題を元に即興劇をやるコーナーです。今日で三回目！　稀莉ちゃん、自信のほどはいかがですか？」
稀莉「全くありません」
奏絵「弱気な稀莉ちゃん、珍しいですね」
稀莉「だって、いきなり話考えるの難しいじゃん！　アドリブは苦手なの。話しているうちに何が何だかわからなくなってきちゃうの」
奏絵「うんうん、私達の芸人力が試されるよね」
稀莉「私達、声優だよね？」
奏絵「いつからそんな錯覚しているの？」
稀莉「なん、だと」
奏絵「はい、茶番はここまでで、お題をこのボックスから引いていきますね」
稀莉「私はマジなんですけど」

奏絵「はい、では稀莉ちゃん引いてください」
稀莉「はいはい」
奏絵「はい、引きましたね」
稀莉「ラジオネーム『お家に帰り隊』さんから。この人は何でお家に帰れないんでしょうか」
奏絵「きっと仕事が忙しくて」
稀莉「あっ、ブラッ」
奏絵「本文に行きましょー！」

稀莉「お題『デートに遅刻して言い訳する彼氏と、二時間待たされた彼女』」

奏絵「二時間はないわー」
稀莉「ないですね」
奏絵「そんな男別れてしまえ！　えっ、植島さん、何？　それじゃ話終わっちゃうからやむを得ない事情を劇で考えて、ということです」
稀莉「じゃあどっちがどっちをやりましょうか」
奏絵「負けが彼氏で」
稀莉「彼氏が負けた方。これは負けられないです。それでは」
奏絵・稀莉「「最初はグー。じゃんけん、」」

稀莉「パー」
奏絵「グー」
稀莉「よっしゃ」
奏絵「あー」
稀莉「私が勝ちましたので、待たされた彼女役です」
奏絵「私が罪作りな役か、ふむ。言い訳、言い訳ね。女性だったらお化粧に時間がかかったのとか、衣装選びに迷ったとかあるけど。男か、彼氏か、うーむ」
稀莉「はい、それじゃあ行きましょう」
奏絵「早い、もうちょっと考えさせて」
稀莉「レッツ」
奏絵「ああもう。デイドリーム」

奏絵（彼氏）「ごめん、待ったー？」

稀莉（彼女）「遅い」

奏絵（彼氏）「悪い、マジ悪いキリコ。まだお前が待っていると思わなくてさ」

稀莉（彼女）「カナオ最悪。私、二時間も待ったんだよ」

奏絵（彼氏）「二時間!?　二時間も待つなんてキリコまじすごくね。俺のこと好きすぎじゃね」

稀莉（彼女）「は？　もう帰るわよ」

奏絵（彼氏）「ちょっ待ってよー」

稀莉（彼女）「放して！」

奏絵（彼氏）「キリコの手冷てー」

稀莉（彼女）「寒かったんだから」

奏絵（彼氏）「ごめんなキリコ。俺って最低だよ。お前の手をこんなに凍えさせちゃうなんて」

稀莉（彼女）「そうよ屑《くず》野郎よ」

奏絵（彼氏）「俺の手で温めてやるからさ」

稀莉（彼女）「やめて。放して。そもそも何で遅れたのよ。遅れるならせめて連絡しなさいよ」

奏絵（彼氏）「悪い、携帯、川に落ちちゃってさ」

稀莉（彼女）「川？」

奏絵（彼氏）「ああ、川で犬が溺れていて、飛び込んだ時にな」

稀莉（彼女）「だから髪が濡《ぬ》れているのね。もしかして靴が片方ないのは」

奏絵（彼氏）「道路に飛び出した男の子をトラックから助けるために、トラックを止めた時にいっちまった」

稀莉（彼女）「ええ、トラックに!?　じゃあ、服の袖が焼け焦げているのは？」

奏絵（彼氏）「ちょっと隕石《いんせき》を止めた時にな」

稀莉（彼女）「だからあんなに街で騒ぎが起きていたのね!?　ごめん、あなたがそんな大事件に巻き込まれていたなんて知らずに怒っちゃって」

奏絵（彼氏）「いいんだ、遅れた俺が悪いんだ。それでこれ」
稀莉（彼女）「（紙袋を受け取る）これってもしかして」
奏絵（彼氏）「今日、キリコの誕生日だろ」
稀莉（彼女）「覚えていてくれたの？」
奏絵（彼氏）「当たり前だろ、お前の彼氏なんだから」
稀莉（彼女）「嬉しい。開けていい？」
奏絵（彼氏）「ああ、いいよ」
稀莉（彼女）「これはネックレス。欲しかったの。つけていい？」
奏絵（彼氏）「ああ、いいよ」
稀莉（彼女）「あれ、うまく」
奏絵（彼氏）「つけてあげるよ」
稀莉（彼女）「ありがと」
奏絵（彼氏）「着け終わったよ」
稀莉（彼女）「……どう？」
奏絵（彼氏）「綺麗だよ、キリコ」
稀莉（彼女）「ありがとう、嬉しいわ。あれ、ネックレスの裏になんか書いてある」
奏絵（彼氏）「君の名前さ」
稀莉（彼女）「H,i r,o,m,i ？」

奏絵（彼氏）「やべえ、ヒロミに渡すのと間違えた」
稀莉（彼女）「おい、この屑野郎！」

稀莉「ないわー」
奏絵「ないですね。ごめんなさい」
稀莉「遅れた挙句に二股野郎とか最悪じゃない」
奏絵「オチが必要じゃん」
稀莉「いや、なくてもいいのよ。私達芸人じゃないんだから」
奏絵「かー、私の芸人魂が余計なことしちゃったか」
稀莉「それはいいとして、遅れた理由がなんなの」
奏絵「寝坊とか、おばあちゃんを助けて遅れたとか、普通すぎるんで凝ってみました」
稀莉「川に入って犬を助けるのはまだいいわよ。何でトラックを止めたり、はたまた隕石受け止めたりしているのよ！　超展開にも程があるわ」
奏絵「しかも靴が破けたり、袖が焼け焦げたりするだけで済むという超人っぷり」
稀莉「何よ、彼氏はロボットなの？」
奏絵「私の彼氏はサイボーグ」
稀莉「そんな彼氏嫌よ。それにどことなくチャラい」
奏絵「うちのマネージャーを参考にしてみました」

稀莉「93プロデュースは碌《ろく》なのがいないのね」
奏絵「うぉい、事務所批判はやめてくれい」
稀莉「ともかく今回のはなかったわ」
奏絵「ですよねー。リスナーはキュンキュンするのを望んでいるはずなのに、ただのギャグになりました」
稀莉「萌《も》え台詞《ぜりふ》も苦手だけど」
奏絵「はい、次回は稀莉ちゃんの萌え台詞が聞けるようなお題を送ってきてください！」
稀莉「送ってきたら破るわよ」
奏絵「劇団・空想学のコーナーでした！」

＊　＊　＊　＊　＊

「お疲れ様です」

五回目の収録も無事終わり、明るかった空も気づけば真っ暗になっていた。

さて、ここからがある意味本番だ。

「長田《おさだ》さん、長田さん」

眼鏡でいつもスーツできっちり決めている佐久間さんのマネージャー、長田佳乃《よしの》さんに声をかける。

「何でしょう、吉岡さん」

私と年齢はあまり変わらなそうだが、格好も話し方も落ち着いている。大人の女性とは長田さんのような人のことを言うのだろう。ジャージばかり着ている私は悪い大人の見本だ、良い子は真似《まね》しないように。

「お願い……というか、許可をいただきたくてですね」

今、佐久間さんはお手洗いに行っているのでここにはいない。これは内緒の交渉だ。

私の話を顔色ひとつ変えず、ふむふむと相槌を打ちながら長田さんは聞く。

「ああ、いいですよ、面白いですね。上手くやりましょう」

そのポーカーフェイスな表情から、本当に面白いと思ったのかは判断しかねるが、ともかくマネージャーからの許可は得た。作戦に移すのみだ。

「なんで、迎えの車来ていないのよ」

エレベーターで一階に降りたら佐久間さんが長田さんに文句を言っていた。

「どうやら街に隕石が落ちて、大渋滞を起こしているそうです」

この人嘘《うそ》下手か！

「何よ、その嘘！」

当然すぐに嘘とバレる。

「あと三十分もすれば着くと思いますが」

長田さんは携帯を見て、慌てているフリをする。

だが、彼女は折れない。

「電車では帰りたくないし、タクシーで帰る」

すかさずその提案をつぶすべく、私は行動に移す。

「やあ、何だか大変そうだね、佐久間さん」

トラブっている二人に私は何も知らない体で話しかける。

「何よ、あんたには関係ないわ」

「関係なくない。だって私は佐久間さんのラジオの相方だから」

「こ、こんなところで、街中でそんなこと言わないでよ！」

「時間あるんでしょ、お茶していかない？」

自分で言っていて恥ずかしい。私は一昔前のナンパ野郎か。

「タクシーで帰るんだから行かない」

「必死に向かっている事務所の人に悪いじゃん」

「いいの、早く帰るの。佳乃！」

長田さんが申し訳なさそうな顔で佐久間さんを見る。口を開かない彼女を不安に思ったのか、佐久間さんは問う。

「何よ、黙ってどうしたの？」

「申し訳ございません、今日財布を忘れたみたいでタクシー代出せないです」

もちろんそんなことはないだろう。嘘だ、演技だ。でも、彼女の演技に佐久間さんはまんまと騙され、弱々しい声に変わる。

「えっ、財布忘れたって。私も今日はそんなに持ってないし……」

今だ。ここぞとばかりに私はにこやかな笑顔で彼女を誘う。

「じゃあ、しょうがないね。車を待つしかないね。その間、何処か行こうか」

彼女は私をじっと睨み、やがて降参したのか、「仕方がないわね」と小さな声で承諾する。

よし、騙す形になったのは申し訳ないが、第一関門突破だ。


佐久間さんと入ったのは、何処にでもあるコーヒーのチェーン店だ。

お客はまばらで、私たちは奥の壁側の席を選んだ。

「何でチェーン店なのよ。私を誘うのだからもっと高級なお店に入りなさいよね」

席に座るなり、文句が始まる。

「へへ、金欠なもんで」

最初だったら彼女の言動にいちいちムカついたが、五回も収録したからか、彼女の毒舌にも慣れてしまっていてノーダメージだ。耐性ってつくもんだな……。

長田さんも誘ったのだが、「私は外で車待っていますから」と二人だけで入ることになった。正直、佐久間さんと二人だけの会話は気まずかったので、第三者の長田さんもいてほしかったがしょうがない。これ以上お願いするのは申し訳ない。

初めての二人だけの会話となった。ラジオ放送中もある意味そうだが、あの場には色々な人がいて、二人だけの空間ではない。

「何飲む？　私、買ってくるよ」

「わかんないから私もついていく」

そう言い、レジへ向かう私の後ろをトコトコついてくる。

ちらっと後ろを振り向くと、緊張していそうな顔だった。

もしかして喫茶店に入るのは初めてなのだろうか。コンビニに入ったこともないと言っていたし、お嬢様の彼女ならあり得る話だ。ただ機嫌を損ねて帰ってしまうと困るので、疑問は心の中に留《とど》め、口に出さない。

レジに立つと綺麗なお姉さんが、お姉さんといっても大学生ぐらいで私よりも年下なのだろうが、「いらっしゃいませ。ご注文どうぞ」と明るい声で話しかけてくる。

「キャラメルラテのトールで。佐久間さんは何にする？」

彼女はメニューと睨めっこしている。その表情は真剣で、悩んでいることがわかった。救いの手を差し伸べるか。そう思い、口にしようとしたが、先に彼女が口を開いた。

彼女はお姉さんを見上げ、誰よりも綺麗でよく通る声で注文する。

「アイスコーヒー、普通のサイズでお願いします」

そんなに気合入れて注文するもんでもないが、彼女にとっては大冒険なのだ。よくわからなかったから無難なのを注文した感じだろう。頑張ったねと褒めてあげたい。

お金を払い（先輩の威厳を示すため、私の奢《おご》り）、しばらくするとカウンターに飲み物が置かれる。

「佐久間さん、ガムシロップとミルクはそこにあるから好きに取っていってね」

「わかっているわよ。私はブラックがいいの」

そう言って、先に席へとスタスタ戻っていく。

ブラックで大丈夫なんて、最近の女子高生は大人だなー、と感心する。

私がブラックを美味しいと思えるようになったのは最近で、それまではとにかく砂糖を入れて、甘く、より甘くするのが当然だった。

人生は苦いより甘い方がいい。せめてコーヒーだけでも甘くしてくれ。


席に座り、先についていた佐久間さんと向かい合う形になる。

佐久間さんは制服でなく、私服で、キャップを被り、黒縁の伊達《だて》メガネをして変装している。

とはいえ、売れっ子声優と二人きりだ。周りの人に佐久間さんだとバレたりしないだろうか。

急に心配になり、きょろきょろ辺りを見渡すが、誰も私たちのことを気にしてはいない。声優の認知度なんて普通の人からしたら大したことないのかもしれない。

むしろ身バレするより、十歳差の女の子と一緒にいる組み合わせの方が注目を集めるのかもしれない。頼む、姉妹が仲良く喫茶店でお茶しているように見えてくれ。決して母娘《おやこ》関係ではないぞ、勘違いするなよ。

私の心配をよそに、佐久間さんはアイスコーヒーのストローに口をつける。彼女の顔は渋い顔へと変わった。

「苦いの？」

「苦くない」

どう見ても苦そうで、その声は強がっていた。

「苦いんでしょ？」

「強がってない、私はブラックが好きなの」

そう言ってストローで吸うが、暗い顔をしている。演技派声優として名高いが、舞台を降りると顔に感情が出やすいようで、バレバレだ。

仕方がない。フォローするのが相方の務めだ。

私は自分の飲み物を一口飲み、発言する。

「あー、このキャラメルラテ甘すぎて駄目だわー。とてもおいしいけど、おいしいんだけど、カロリー多すぎな甘さだわー。お姉さんダイエットしているからこれ以上糖分取るのは駄目だわ」

白々しい演技をするが、彼女は希望に満ちた目で私を見てきた。

「あれ、ちょうどいいところにブラックコーヒーが。あー私の我儘で申し訳ない、申し訳ないんだけど、良かったら私のキャラメルラテとそのブラックコーヒー交換してくれない？」

「するわ」

即答だった。どんだけ嫌だったんだよ、ブラックコーヒー。

こういう所は子供だなと微笑《ほほえ》む。

「はい、じゃあ交換ね」

キャラメルラテを彼女に差し出し、受け取る。嬉しそうな顔で彼女は私に自分の飲み物を差し出した。

私は手で受け取る前に身を乗り出し、ストローに口をつける。

そして、一口飲む。

「うなっ」

ちょっとした悪戯《いたずら》。油断している隙に、佐久間さんに飲ませてもらった形になる。

「うむ」

甘いものの後にはブラックはちょうどいい。子供にはまだ早い味だったのかもしれない。

硬直している佐久間さんから飲み物を奪い取る。

「何なの!?」

「私の名前は吉岡奏絵だけど」

「そういうことじゃなくて」

どういうことなのか。

私に文句を言った後は、急に静かになった。

私をちらりと見ては、下を向いて、もじもじとしている。

「飲まないの？」

今度は私の顔と目の前の飲み物を交互に見る。

挙動不審だった。

私と視線が合い、佐久間さんがびくっと震える。

そして、意を決したのか、恐る恐るストローに口をつけて、キャラメルラテを口にする。

「どう？」

「……甘い」

真っ赤な顔で彼女はそう答えた。キャラメルラテを飲むだけなのに、赤面する要素はあったのだろうか。いや、そうか、初めて喫茶店で飲むキャラメルラテに緊張したのか。なるほど、奢りがいがあるってもんだ。

さて、飲み物も揃ったので、打ち解けタイムを展開していくとしよう。

目指せ、『仲良し』ルート。

「佐久間さん、『空飛びの少女』好きなの？」

「ぐふっ」

目の前の女の子がむせた。

「何よ、急に」

いきなり本題に入りすぎたかとすぐさま後悔。でも、私には回りくどく話す技術がないんだなー、これが。

「こないだのラジオの時、私の好きな物に綿飴って言ったよね」

「忘れなさいって言ったでしょ！」

佐久間さんが大きな声を出し、椅子から立ち上がる。

いきなりの大声に周りの人たちが私たちを見る。

彼女も周りの注目に気づいたのか、急にハッとして恥ずかしそうに席に着く。

小さな声で彼女に謝る。

「ごめん、ついつい」

「忘れてよ」

「で、『空飛びの少女』見ていたの？」

彼女は声を出さずにこくんと頷《うなず》く。

「六年前だと佐久間さんは十一歳か。小学生？　わかっ！」

時の流れというのは残酷で、あの時小学生だった子がもう高校生になっていて、立派な声優になっていた。いや、そんなの稀《まれ》なケースで、ほとんどの小学生が今もなお普通の学生なのは知っている。が、六年という期間は人を変えるには十分な長い期間だと実感する。

「私、主役の空音を演じていたんだよ」

「知っているわよ」

「そうなんだ、えへへ」

なんだか照れ臭くなる。

深夜放送のアニメだったので、小学生の、それも女の子が見ていたなんて驚きだ。親が役者ということもあってアニメを見ることが許されていたのだろうか。私は両親が理解なくて、学生の時はこそこそ隠れて見ていた。

「いやー、アニメを見てくれた当時小学生の女の子と、同じラジオを作るなんて感慨深いな」

「……そう」

淡白な返事だったが、嫌そうな印象は受けなかった。

「空音のどこが好きなの？」

今度は答えがすぐに返ってきた。

「かわいくて、芯があるところ」

「そっか、そっかー。空音は可愛くて、かっこいいもんね」

「何であんたが照れているのよ。あんたを褒めたんじゃないんだからね」

「それはわかっているよ。でも、演じたキャラは私の大事な子供であり、友達であり、パートナーであり、一心同体なんだ。だから私が褒められたのと同じことなの」

「その気持ちは……、わかるわ。演じたキャラは私のかけがえのない一部だもん」

「でしょ、そうでしょ。本当、大事で、愛おしくて」

その近さ故に、時に自分を傷つける。理想になりすぎて、届かなくて、もがく。

「空音を演じて良かった？」

私の心を読んだのか。彼女の突然の質問にきょとんとする。が、やがて私は笑ってこう返した。

「もちろん、空音に出会えてよかった」

理想にもがき苦しみ、閉じ込めていた。でも佐久間さんに呼び起こされ、今では断言できる。

空音に出会えない人生はありえなかった、と。

それから色んな話をした。

最初は佐久間さんの学校のこと。

高校は都内の私立の女子高で、話を聞くに本当にお嬢様学校に通っているようだった。

「じゃあ、佐久間さんもお姉さまと慕われているの？」

何言ってんのという顔で「アニメの見すぎよ」と一蹴された。アニメを見るのも仕事なんだから仕方がない。

進学校らしく、勉強についていくのがやっとということだ。

それなのに仕事も増えて、学校も休みがちになるのが辛いらしい。学生の本分は勉強なのだ、仕事のことを学校は考慮してくれない。

でも、成績落として周りに舐められるのが嫌だから必死に勉強しているの、と彼女は話す。努力家だなと思う。

学校も休みがちなので友達もあまりいないとのことだ。部活でグループができており、何処にも属さない自分は浮いているのだと。

人気声優だから皆、友達になりたいと思いそうなものだが、人気すぎて近づきがたいのかもしれない。共学だったら毎日下駄《げた》箱にラブレターが入ってそうだ。それじゃなくても私が同級生だったら絶対、友達になりたいと思うのにな。

「でも、親友の結愛がノートをいつも取ってくれて、貸してくれるの。それに私の話をいつも楽しく聞いてくれてね」

そう語る彼女の顔は楽しそうで嬉しそうで、結愛ちゃんのことが大好きなんだなと伝わってきた。友達の数は関係ない。理解者がいるなら彼女の学校生活はそれだけで幸せなものだろう。

彼女に話をさせてばかりも悪いので、私が仕事を始めた時のことも話した。

「大学の授業はほとんど選択制だったから、仕事が勉強の邪魔をすることはほとんどなかったなー」

「なにそれ羨ましい」

ただ仕事のせいで、入っていた吹奏楽のサークルを辞めたし、バイトも辞めた。仕事場や事務所、大学を行き来するだけの毎日だった。

でも、とても充実していたし、誰よりも貴重な経験ができたと思う。時間がなかったのにあの時の私はよく頑張ったものだ。今の私には真似できない。

その後は進路を相談された。

「大学に行って勉強もしてみたいけど、仕事をもっとバリバリやりたいのよね」と彼女は言う。私は「大学には行っとけ」と強く主張した。

大学を出た人間でも行き詰まっているのだ。高卒で行き詰まった時が悲惨だ。彼女なら親も裕福だし、心配ないかもだけど、人生の先輩的には「保証」「保険」を持っといたほうが良いと勧める。

私は先生か！

でも道が決まっているなら、わざわざ大学に行く必要はないのかもしれない。

目的を見つけるため、やりたい仕事に近づくために大学は行くのだ。もう辿り着いているなら遠回りする必要はない。

人生の決断を高校で決めるのは勇気がいる行動だ。それができなかったから、自信がなかったから私は大学に行き、そこでチャンスを得たから道を選択した。

私と佐久間さんは違うのだ。環境が、才能が。

私なんかがアドバイスしてどうする。

「なにしけた顔しているのよ」

彼女が指摘する。

「いや偉いなって。佐久間さんは、高校の時点で将来のこと考えて、自分の道について悩んでいて、うん、凄いなと思ったんだ」

凄い、彼女は凄いのだ。この歳で、十七年の短い人生で道を定めている。

「あのさ」

「何、佐久間さん？」

「それよ、その佐久間さんって呼び方やめて」

「え？」

思わぬ話の脱線に驚く。

「ラジオみたいに稀莉ちゃんでいいのよ。あんた年上でしょ。何で私にかしこまっているのよ。私の人生の先輩なのよ。堂々としなさいよ。私は子供で、後輩で、ただの女子高生なのよ」

ただの女子高生のわけがあるか。

「だって、職場の同僚だし、年齢とか関係ないし、芸歴は私の方が短いわけで」

「いいから！　佐久間さんじゃ距離遠いから稀莉ちゃんでいいのよ。誰も私のことを佐久間さんなんて呼ばないからむず痒《がゆ》いのよ」

そう早口で主張する。

「いいの？」

「いいわよ」

「私のこと嫌いじゃないの？」

「いつ私が嫌いって言ったのよ」

「だって最初は私に毒舌ばかりで、あんたなんて仕事で選ばれた相方で、パートナーじゃない！みたいな雰囲気だったじゃん」

佐久間さんはどん！　と額を机にぶつけ、頭を抱えていた。

響いた音にまた周りが注目する。かわいい店員さんも心配そうにこっちを見ていた。お騒がせしてばかりで申し訳ない。

「……じゃない」

「へ」

うつ伏せたまま彼女がぼそぼそと言う。

「……嫌いじゃないわよ」

「わかったよ、稀莉ちゃん」

私の言葉で、ゆっくり顔を上げる。目線が合い、私は笑顔を彼女に向ける。

「わかればいいのよ」

彼女はそっぽを向きながら強がる。頬は少し紅《あか》く染まっていた。

「で、私のことは何て呼んでくれるの、稀莉ちゃん？」

「え？」

「だっていつもあんたで、名前はおろか苗字《みょうじ》すら呼んでくれないじゃん」

「そ、そうだけど」

「奏絵さん、かなちゃん、かなかな、かなえっち、吉岡先輩、吉岡先生、吉岡様、吉岡隊員、何でもいいわよ」

「後半おかしいから！」

困惑する彼女を楽しく見る。

「よしおかんはよしおかんよ。それ以外の何物でもないわ」

「ちぇっ」

まぁ今はそれでいいとしよう。いきなり敬意を持たれて呼ばれたら、それは私と佐久間さん、いや稀莉ちゃんと私の関係ではない。

「って、もうこんな時間じゃない」

稀莉ちゃんが腕時計を見て慌てる。

喫茶店に入ってから一時間以上が経っていた。

三十分で事務所の車が迎えに来ると言っていたが、余裕でオーバーしていた。あちらも空気を読んだのか、全く連絡してこなかったな……。

稀莉ちゃんが急いで電話すると「ちょうど着きました」と長田さんは答える。絶対嘘だ、何処かで待機していたに違いない。

悪いことしちゃったな、今度お礼を渡さないといけないなと反省し、グラスを持って立ち上がる。グラスの中身はもう空っぽだけど、満たされていた。


外に出てすぐに長田さんは見つかった。

「吉岡さんも乗っていきますか？」

四人乗りの車なので、ちょうど私も乗ることができるが、丁重に断った。これ以上、長田さんに迷惑をかけるわけにはいかない。

「それでは」

長田さんが助手席に乗り込み、別れの挨拶を告げる。

後部座席の窓が開き、稀莉ちゃんがこちらを見た。

「どうしたの？」

「あの」

何か言いたそうだが、なかなか口に出さない。なので、私から先に言葉を述べる。

「今日は楽しかったよ、ありがとう稀莉ちゃん」

「そ、それは良かったわ」

「今度はご飯食べようね」

「き、気が向いたら行ってあげてもいいわ」

「うん、楽しみにしているね。じゃあね、稀莉ちゃん」

「またね、……よしおかん」

そう挨拶をし、車は発進していった。車はあっという間に小さくなっていく。

「またね」か。じゃあ「また何処かで」「会えたら会おう」「縁があったら」じゃない。私たちはまた会える、一緒にラジオがやれる。

こういうの久しぶりだな。

それは子供の時には当たり前だったこと。明日も明後日《あさって》も私は子供で、大人になるというのを考えなかった時のことで、今では当然じゃなくなったことだった。

地下鉄の駅へ足を向ける。

足が軽い。少しはパートナーに近づけたかな。

気を抜くとスキップしそうな足を諌《いさ》め、でも顔は感情を抑えきれず、笑っていた。

こうして私たちは変わっていった。

佐久間さんから稀莉ちゃんになった、呼び方だけの話じゃない。

化学反応は、シナジーは確かに起きたのだ。
私たちはお互いを知ろうとし、理解し、前へ歩き出したのだ。
「堂々としなさいよ」
彼女の言うとおりだ。何、いちいち余計なことを考えている。
何がアラサーだ。結婚だ。夢だ。
適当な言い訳を並べるのはもうこれっきりだ。
私だって頑張らねばならない。
電車の窓に疲れた人はもう映らなかった。

第4章　番宣大合戦！

「我が名は炎を司《つかさど》りし、永久の従者レオセウス。闇の業火に灰と化せぇえ！」

マイクに向かって中二病全開の台詞《せりふ》を叫ぶ。

ブースの向こうの監督、プロデューサー、音響監督が眉一つ動かず、真剣な顔をしている。

「貴様も天界から堕《お》ちたというのかシャラグラ！　だが、何故奴らの味方をする！　レファバルの意志を蔑《ないがし》ろにするというのか!?　くっ、詠唱無しにエルドラードの展開だと!?　貴様だけだと思うなよ！　ブレイヘルファイナーーー」

私も恥ずかしがってはいられない。どんな台詞でもにやけたり、照れたり、笑ったりしてはいけない。今の私は別世界で敵を恨み、命がけで戦っているのだ。

テープ提出なら顔も見られないし、やり直しも聞くが、これはオーディションだ。録り直しができないし、失敗は不合格に直結する。それに声だけでなく、私自身も見られているのだ。

「以上です。お疲れさまでした」

スタッフの声が響く。

果たして私の演技が合っていたのか、評価されたのか、わからない。教えてくれるのは、結果だけだ。

ブースの重い扉を開き、待機所に戻ると知っている人がいた。

相手も気づいたのか、顔を上げ、声をかけられる。

「奏絵じゃん、おっすー」

「瑞羽《みずは》、なんでこんなところに」

女性声優、西山《にしやま》瑞羽が椅子に座りながら私に手を振る。

「なんでって、奏絵と同じよ。オーディション受けに来たの」

瑞羽は私の養成所時代の同期だ。私と彼女だけが同期で声優になれた。

「これから？」

「うん、緊張で心臓バクバクだよ」

でも、声優になってからの足取りは全く違う。

私はすぐに主演を務め、その後尻すぼみになった。

一方で、彼女は最初はモブキャラばかりだったが、特徴ある声は徐々に重宝されるようになった。メインヒロインにはなれないが貴重なサブキャラの声を持つ声優として地位を確立していった。似たり寄ったりの声ではない、特定の領域。

「会うの久しぶりね」

「なかなか現場被らないもんね」

現在の出演数は私の倍どころではない。ライバルと呼ぶのもおこがましかった。最近では有名アイドルアニメのライバルチームのメンバーの一人に抜擢《ばってき》され、ライブ活動にも奮闘している。その差は広がるばかりだ。

「あんまり邪魔すると悪いからこれで」

「そうね。今度、久しぶりにご飯でも行きましょう」

貴重な同期なんだからね、そう彼女はぽつりと呟いた。

そう私達二人だけだった。

同じ年代の人ですらすでに辞めた人も多い。どんどん年下が現場に入ってくる、淘汰《とうた》されていく。

そして、私も崖から落ちる寸前だ。

「そうだね、久しぶりに行こうか。じゃあまた」

会話を切ろうとしたところを、瑞羽が明るい声で呼び止めた。

「そうだ、始めたんでしょ！」

「え？」

「ラジオ」

「あー、うん」

「あの佐久間稀莉と一緒に出ている」

「そう、これっきりラジオ」

瑞羽も知っていてくれたのか。

「実は私、毎回聞いている」

「本当？」

「まじまじ」

「うわー聞いているの？　止めてよー」

「だって奏絵がどんなラジオするのか気になるじゃん」

「恥ずかしいー」

……気になるのか。それは私を意識しているからか。それとも仲間の頑張っている姿を見たいのか。

「面白いよ。あの罵倒しあいは笑っちゃう」

「本人たちは極めてまじめにやっているのですが」

「はは、台本じゃないの？」

「台本は真っ白。だからほぼその場のノリ」

残念ながら脚色でも、嘘でも何でもない。

本当にその場のノリと雰囲気なのだからタチが悪い。

「そっか、だからか」

「何が？」

「いや、あの頃の奏絵を思い出してさ」

「へ？」

あの頃の私？

「そう」

どの頃の私だろうか。養成所時代の私。空音を演じていた時の私。誰なんだ、あの頃の私ってどれなんだ。

「西山さーん」

浮かんだ疑問を解決する前に、彼女はスタッフに呼ばれた。

「応援しているから頑張れよ、奏絵」

励ましの言葉を残し、同期の彼女はブースの中へ消えていった。

すっきりしないまま、別れてしまった。彼女が終わるまで待ち、問いただすのもどうかと思い、アフレコ会場を後にする。

けど、褒められて嬉しかった。

視聴者や番組のスタッフではない、プロからの声はありがたい。

それに考えていなかったが同業者もラジオ聞くんだな、すっかり忘れていた。下手なこと言って、評価を下げたり、印象を変えたりしては不味《まず》い。いや、私のことなんて誰も知らないからそんな心配ないのか。

どちらにせよ、あれこれ考えてももう遅い。


私は「よしおかん」なのだ。

これっきりラジオのパーソナリティの一人。すでにキャラ付けされてしまっている。そんな私を今は誇りに思っている。

……思っているけど、別現場で「よしおかん」呼びされ出したら、本気で対策を考えよう、うむ。

＊　＊　＊　＊　＊

奏絵「こないだのゲームの収録に行ったんですよ」
稀莉「良かったじゃない、仕事貰えて」
奏絵「ええ、ありがたい。まじありがたい。ありがとうゲーム会社さん。まだタイトルは言えないので、発表になったら言いますね」
稀莉「それで、ゲームの収録でなんかあったの？」
奏絵「特に何かあったわけではないんだけどさー。ゲームの収録って、基本一人なんだよね。だから寂しくて……」
稀莉「しょうがないじゃない、そういうものでしょ」
奏絵「そうだけど……。それに一人で、『てやー』『ていやー』『うおおお』っていうのは、周りから見るとけっこうシュールだよね」
稀莉「それは思う、変な光景よ。それに何度も同じ台詞言って、うーんもう少し炎が出そうにとか、宇宙にいる感じでとかアドバイス貰うんだけど、さっぱりわからないの。何が良い演技なのか見失う」
奏絵「やっている時は真剣なんだけどね」
稀莉「でも、ふと冷静になると私何やっているんだろう……となるわね」

奏絵「そう思うとアニメの収録は基本一緒にやって、声の掛け合いになるんで寂しくないし、面白いよね」
稀莉「ただいつも一緒なのに、スケジュール合わなくて一人で収録する時になるとなんだか物足りないわ」
奏絵「私、別録り経験したことない……」
稀莉「頑張りなさいよ」
奏絵「年下に励まされるアラサーって……」
稀莉「植島さんがそろそろ手紙を読めとうるさいので、読みます、はい」
奏絵「よしおかんに報告だー！」
奏絵「って、何で私がタイトルコールするの？　何で、自分で、よしおかんって言っちゃっているの？」
稀莉「はいはい。読むわ。『きりきり、よしおかん、マ、』マッターホルン!?」
奏絵「山ね」
稀莉「山ですよ、はい。どんな挨拶よ」
奏絵「四千四百七十八メートルあると植島さんが教えてくれました」
稀莉「情報はっや！『最近、雨が続いて嫌ですね』」
奏絵「や、破らない！」

稀莉「ふつおたはいりません！」
奏絵「天気の話は皆の共通の話題だから仕方ないの、許してあげて」
稀莉「しょうがないわね。『番組のSNSに書いてあったのですが、初めて二人でお茶したそうですね。その時の様子を教えてください』」
奏絵「ああ、その話ね」
稀莉「スタッフ！　何でSNSに書いているのよ！　誰よ、植島さん？」
奏絵「すみません、私です」
稀莉「お前か、そのスタッフ！」
奏絵「つい出来心で、皆に知ってもらいたいと思い、書いてしまいました、反省していません」
稀莉「反省しなさい！」
奏絵「大丈夫、行ったことしか書いてないから！　写真も載せてないから私たちだけの秘密よ、ねえ、稀莉ちゃん」
稀莉「その秘密を話してほしいというお便りなんだけど」
奏絵「あちゃー、やられた。話すしかないじゃない」
稀莉「簡単に打ち明ける秘密ね……」
奏絵「こないだの収録の帰りに行ったんです。稀莉ちゃんが『私、まだ帰りたくない……』っていうから、ちょっと休憩しようか、となって」
稀莉「はい、捏造《ねつぞう》、捏造です。私一言もそんなこと言ってません！」

奏絵「え、言ってなかったっけ？　確かに聞いたんだけどな」
稀莉「私と違う言語を使っているのね。英語？　フランス語？　エスペラント言語？　そんなあなたにはこれ。翻訳こんにゃ」
奏絵「ストップ！　それは色々と権利がまずいから、青い狸《たぬき》が銃を持ってやってくるから！　それでですね、二人で夜景の見える高層ビル最上階のレストランに行きました」
稀莉「チェーンの喫茶店でした、奢ってもらいましたが」
奏絵「さすが私、大先輩！　太っ腹！　女神様！」
稀莉「チェーン店で奢ったぐらいで、何でそんなに偉そうなのよ……」
奏絵「それで稀莉ちゃんは何を飲んだんだっけ？」
稀莉「アイスコーヒーを飲んだわ」
奏絵「ふーん」
稀莉「何よ、その眼は」
奏絵「稀莉ちゃん、強がってブラックを頼んだんですが、苦くて飲めなかったんですよね」
稀莉「べ、別に飲めなかったわけじゃないわよ。あんたがキャラメルラテ甘すぎて無理っていうから、ダイエットしているって言うんだから、だから仕方なく、交換したのは仕方なくなんだからね」
奏絵「ふふ、そういうことにしておいてあげる」
稀莉「う〜ムカつく」
奏絵「それに稀莉ちゃんに飲ませてもらいました！　ごめんね、リスナー。ごめんね、稀莉ちゃんファン。私が一歩リードだよ」
稀莉「飲み物を差し出した時に勝手にストロー咥《くわ》えただけでしょ。それに何よ一歩リードって」
奏絵「何、植島さん？　交換ってことは間接キスになりますね。あー、そういえばそうだね」

稀莉「！！！！！！」

奏絵「でも女の子同士なんで大したことないですよ。よく友達同士でやることですよね」
稀莉「……………」
奏絵「稀莉ちゃんどうしたの？　あっ、ごめん、稀莉ちゃん友達少ないもんね」
稀莉「そういうことじゃない！」
奏絵「稀莉ちゃんの友達になってくれる人、お便りにプロフィールを書いてお送りください、あと年収も」
稀莉「何、勝手に募集しているのよ!?　しかも年収って」
奏絵「大富豪の方は私がもらいます」
稀莉「お便りで婚活するな！」
奏絵「何をー！　稀莉ちゃんは友達が少ないくせに〜」
稀莉「す、少なくないんだから、ぐすぐす」
奏絵「えっ、泣いているの。ごめん、嘘嘘。稀莉ちゃんは友達たくさん、皆が友達だから。ほーら、私も友達だよ」
稀莉「えっ、よしおかんがト・モ・ダ・チ？」
奏絵「ひどっ、ってやっぱり嘘泣《うそな》きでしたー」
稀莉「こんなところ？」
奏絵「はい、話した内容は秘密です。ガールズトークなので秘密です」
稀莉「いちいちガールズトークと言うのがおばさんくさいわね」
奏絵「お、おばさんっていうなー！」
稀莉「時間が押しているそうなので、次のコーナーへ」

＊　＊　＊　＊　＊

「二人にいい知らせだ」

収録を重ねるにつれ、進行もスムーズになり、言い合いも面白さを増してきていると自画自賛する。

また最初の「不仲売り」から、一緒に喫茶店に行ったことで「仲良し」アピールもできている。

いや、決してアピールではなく、少なくとも私は彼女と仲良くなってきているつもりなのだが。

「いい知らせって何ですか、植島さん？」

私の問いに植島さんが嬉しそうに口を開く。

「ゆいどくにゲストで呼ばれることになった」

「ゆいどく？」

何の用語だ。

「吉岡君、知らないの？　唯奈《ゆいな》独尊ラジオ」

「唯我独尊？」

「唯奈、独尊」

唯我独尊じゃなくて、唯奈……あっ。

「もしかして橘《たちばな》唯奈さんがやっているラジオですか？」

「そうそう、イグザクトリー」

親指を突き立て、歯をにかっと出す。意外といい歯並びをしているな。

橘唯奈。

稀莉ちゃんと同じ、現役女子高生声優。

稀莉ちゃんの一つ上の十八歳で高校三年生だ。十六歳の頃から声優活動をし、コンスタントにアニメに出演している売れっ子だ。

歌唱力が非常に高く、何枚もシングルを出し、こないだは武道館でライブを行った……らしい。

植島さんが嬉しそうに長々と説明してくれた。もしかして、橘唯奈ファンなんだろうか。

通称「新時代の歌姫」。

稀莉ちゃんと一、二を争う、売れっ子女子高生声優の橘唯奈。そんな彼女が一人でお送りするラジオが「橘唯奈の唯奈独尊ラジオ」だ。

すでに五十回を超える放送を行っている人気ラジオ番組。クールで情熱的な歌声とは裏腹に、感情むき出しのお馬鹿で笑えるラジオとして人気を博している。たまにゲストを呼ぶが、ほぼ一人で番組を進行している力量の持ち主。

二人組のラジオを中心に研究していたから、私は聞いたことがなかったな……。

手紙は毎回山ほど来て、イベントのチケットもすぐに売り切れになるらしい。

「で、そんな人気ラジオが、売れっ子の橘唯奈さんが、どうして私達二人をゲストに呼んだんですか？」

「それがよくわからないんだよ。あちらからの強い要望でね。勢いのある『これっきりラジオ』に恐れをなしているのかもね」

植島さんが冗談交じりに言う。「勢いのあるラジオ」と言われると思わず口元がにやけてしまう。仕方がない、褒められ慣れていないのだ。

「そういうことなら、ぜひゲストに行きたいですね」

私は嬉しそうに答えるが、さっきから隣の稀莉ちゃんが一言も喋っていなかった。

どうしたのだろう。

「稀莉ちゃんは橘さんと共演したことあるよね、友達？」

「あいつは」

稀莉ちゃんが苦い顔をする。

「あいつは？」

「……苦手なの」

神妙な面持ちで、そう告げる。

稀莉ちゃんが苦手とする人。世渡り上手な稀莉ちゃんがそう言うなんて珍しい。いったいどんな人なんだ、橘さん！

「それは楽しみだね」

俄然《がぜん》興味が湧いてきた。ワクワクしてきたぞ！

「あんた性格悪いわね」

「お互い様だよね」

稀莉ちゃんは不満そうな顔で「ふんっ」と答える。不機嫌な様子も可愛らしく思える。

「それで、何で苦手なの、橘さんのこと」

「会えばわかるわよ」

よっぽど強烈な女の子なのだろう。まぁいい、どんな子だろうとゲストとして出るからには調べてみる必要がある。忙しくなるぞ！　いや、仕事はほとんどないから暇なんだけど。忙しいつもりでいさせてくれよ。

「来週の水曜夜なんで、宜しく」

植島さんが軽く告げ、その日は解散となった。

いずれにせよ楽しみだ。初めてのゲスト出演。さらなるリスナーの獲得のチャンスだ。

相手が人気の女子高生？　売れっ子？

知ったことか。一人目は不安だったが、二人目となると自信もでてくるものだ。

◇　◇　◇

まだ六月であるが、夏を控えて塩お菓子が続々とコンビニ店内に並ぶ。

塩飴、塩チョコ、塩クッキー、塩ドリンク、塩ポテチ。

塩ポテチって当たり前だろ!?　と思うが、塩分二倍に増量！　ということだ。現代人は塩分過剰摂取なので、本当にこんなに塩分が必要なのだろうか？　と陳列しながら考える。熱中症で倒れるよりはマシか。

「そろそろ上がっていいよ、吉岡さん」

初老の男性が私に声をかける。私がアルバイトするコンビニの店長だ。

「ありがとうございます、ここ陳列し終えたら上がりますね」

せっせと商品を置いていくと店長がまだそこにはいて、優しい声で話しかけてきた。

「最近、吉岡さんはイキイキしているね」

思わず目を丸くする。

「そう見えますか？」

「ええ。仕事が順調なのですか？　えーっと役者の仕事でしたっけ」

『声優』と説明するのが面倒なので、役者の仕事をしていると店長には伝えている。声優も役者であることに変わりないので、決して嘘ではないのだが。

「順調なんですかねー」

曖昧な返事をする。

前の私に比べれば順調だ。

ラジオのレギュラーに、ゲームのキャラ。こないだ受けたオーディションの返事はまだないが、仕事無しの時とは違う。予定帳に毎週文字がある安心感がある。

イキイキ、ね。充実はしている。これがベストとはいえないが、充足感はある。

それにしても私はそんなに顔に、行動に感情が出るのだろうか。周りから見てすぐわかってしまうなんて、まだまだ子供だな。

そんな子供な私を店長がニコニコしながら揶揄《からか》う。

「そろそろ新しい子を募集しないといけないですかね」

「大丈夫ですよ、まだまだ働かせてもらいます」

夢を追いかける仕事なんだから、少しぐらい子供の方が良い。


コンビニの仕事が終わり、私服に着替え、真っ暗な外に出る。もうすぐ梅雨だが、今日は星がよく見える。ふとポケットの携帯を確認すると留守電が残っていた。

すかさずメッセージを聞く。マネージャーの片山君からだった。何やら報告があるらしい。慌てて事務所へ電話をかける。

もう二十一時だが、事務所には誰か残っているだろうか。

『はい』

出た。それはそれで事務所の勤務状況を心配してしまうが、今の私にはありがたい。電話に出たのは留守電を残した片山君だった。

『吉岡さん、役受かったす』

久しぶりに聞いた。

「受かった？」

その言葉を理解するのに時間がかかった。

『そうっす、役ゲットっす』

瑞羽に遭遇した、こないだ受けたオーディションの結果だった。

吉報だった。仕事だ、声優の、アニメになる仕事だ。

片山君にお礼を言い、携帯電話を離し、空を見上げる。

「よっし！」

拳を空に突き上げる。受かったのはメインヒロインではなく、サブヒロインだった。それでもほとんどの回に出演する、名前のあるキャラだった。

役名のある登場人物。レギュラーキャラ。

「はは」

思わず笑い声がこぼれる。

変わり始めている。波が来た。ラジオにゲームに、本職のアニメの役。

私はノってきている。

真っ暗だった世界が一変して私を照らす。

東京ではほとんど見えないはずの星空が、今日は私を祝福してくれるのか、やたら綺麗だった。

＊　＊　＊　＊　＊

奏絵「同じくこれっきりラジオからきました吉岡奏絵です」
唯奈「稀莉いらっしゃい〜、来てくれてありがとう！」
稀莉「こんにちは、これっきりラジオから出張してきました佐久間稀莉です」
唯奈「今日は素敵なゲストがいらっしゃっています」

唯奈「ちっ」

奏絵「おーい、稀莉ちゃんと私の態度全然違くない!?」
唯奈「何で敵に優しくする必要があるんですか？」
奏絵「ワタス、ゲストっす……」

＊　＊　＊　＊　＊

私は女子高生に嫌われる才能でもあるのだろうか。稀莉ちゃんといい、唯奈さんといい、女子高生はもっとアラサーの私に優しくするべきだろう。

◇　◇　◇

話は一時間前に戻る。

「「おはようございます」」

稀莉ちゃんと一緒に挨拶をしてブースに入ると、制服を着た女の子がダッシュで寄ってきた。

「稀莉久しぶり！　今日は来てくれてありがとう！　稀莉とラジオ出るの楽しみで、楽しみで夜も八時間ぐらいしか寝られなかったわ」

「あはは……、割と寝てるじゃん」

稀莉ちゃんの手を握り、ぶんぶん上下に振る美少女。この子が十八歳の女子高生声優、橘唯奈である。

ライトグレー色のブレザーを着た、ツインテール。学校でもツインテールなのだろうか？　今どきアニメ以外で見ることは珍しい。たまにアニメのイベントでキャラに合わせて出演する声優もいるけれども、ほとんど見ることはない。

背は一六五センチある私より少し小さいので一五五～一六〇ぐらいか。そこらのアイドルより圧倒的に可愛く、街で見かけたら三度見してしまうだろう。

「はぁ～もう稀莉会いたかったよ～。稀莉成分補給ー」

そう言って稀莉ちゃんにむぎゅーっと抱き着き、「えへへ」とだらしない笑みを浮かべる。

ふむ、仲良きことは美しきかな。

「やめ、やめて」

稀莉ちゃんは熱い抱擁を嫌がり解こうとしているが、うん、仲が良いのだきっと。

これが稀莉ちゃんの言った、見ればわかるといったことか。

過剰な接触。べたべたされるのは苦手で、距離感の近さが嫌と言いたいのだろう、おそらく。

蕩《とろ》けそうな顔をしていた唯奈さんが急に顔を横に向けてきた。

「がるる……」

私を睨み、威嚇する。私はたまらず話しかける。

「どうも、吉岡奏絵です。今日は宜しくお願いします」

「現れたわね、私の天敵……」

「えっ」

天敵？　初めて会ったはずなんだけど、いつの間に敵になったんだろう。

「私の稀莉を汚して……」

「汚されてないし、それに唯奈のじゃないから」

稀莉ちゃんが即座に否定し、緩んだ唯奈さんの腕から脱出する。

「そうそう、私は稀莉ちゃんを汚したりなんて」

ハッシュタグで『#稀莉ちゃんを汚すな』なんてタグも作られていた気がするが、あくまでそれはネタの範囲で……、ね？

「稀莉は汚い言葉を使う子じゃないわ。綺麗な心の持ち主なの。何なのこれっきりラジオの稀莉は!? これっきりラジオではあなたに汚い言葉を言わされているの？ ひどすぎない!?」

あー、確かに毒舌まみれのキャラは、今までの稀莉ちゃんのキャラでない。今までは清純なカワイイだけの女子高生だったはずだ。だから、私も最初の生意気な彼女の姿に、ギャップに戸惑った。

でも、その変化は私のせいではないのだが。

「汚い言葉なのに、面白くて、笑っちゃう自分が嫌い……」

笑ってくれているのね。何だか唯奈さんが憎めなくなってきた。

「それにこないだ二人でお茶したって放送していたわよね。ずるい！ 私だって行ったことないのに！ 無理やり連れていったに違いないわ」

無理やりではない。だが、マネージャーの長田さんに協力してもらい、捉えようによっては「騙して」誘ったので、唯奈さんの言葉を否定しづらい。

「それにそれに飲み物を飲ませてもらうとか、飲み物を交換するなんて、ずるい、羨ましい！」

感情だだ洩《も》れだ。稀莉ちゃんのこと好きすぎるだろ唯奈さん。そりゃ天敵認定するわ、私のこと。

私の悪行を許せないのも当然だ。

「だからだから、今日は天敵のあんたを呼んだのよ……。どっちが稀莉のパートナーに相応しいか決着をつけるためにね」

ビシッと私を指さし、堂々と宣言する。

「吉岡さんは稀莉のラジオパートナーに相応しくないわ」

私だって何で稀莉ちゃんの相方に選ばれたのか、わからない。人気だけなら女子高生声優・橘唯奈の方が適任だ。

「…………」

でも、それでも。

私にだって意地がある。

「いいよ、勝負にのってあげようじゃない！」

まだ十回にも満たないラジオだ。それでも積み重ねた濃さは、熱意は負けたくない。

「私の許可を取らずに勝手に決めないでよ……」

呆《あき》れ顔《がお》で稀莉ちゃんは嘆くが、私たちは聞く耳を持たない。

こうして単なるゲストとして登場するはずだった唯奈独尊ラジオが、戦いの場と化したのであった。

＊　＊　＊　＊

奏絵「稀莉ちゃんの好物は？」
唯奈「すき焼きね」

奏絵「正解！」
唯奈「稀莉のデビュー作品の初回放送日は？」
奏絵「四月十五日」
唯奈「くっ、正解よ」
奏絵「稀莉ちゃんがキャラとして初めて出したＣＤは？」
唯奈「イリスの『恋するエール』」
奏絵「正解、やるわね……」
唯奈「稀莉検定七段の私にとって常識問題よ」
稀莉「何よ、稀莉検定って、私そんなの知らないわよ！」
唯奈「何って、ねー」
奏絵「我々の中では当然っていうか、ねー」
稀莉「あんたたちバトルしているのよね!?　何で意気投合しているの!?」

唯奈「じゃあ次。稀莉は母親のことなんて呼んでいる？」
奏絵「えーっと、マ」
稀莉「やめなさい！」
奏絵「よし、稀莉ちゃんのスリーサイズは？」
唯奈「出たわね。上から」

稀莉「やめて！」
唯奈「えー」
奏絵「ぶー」
稀莉「え、本気で知っているの？　どうして知っているの？」
奏絵「マネージャーに」
唯奈「問い合わせていますから」
稀莉「うちのマネージャー……」
唯奈「さて、稀莉は私のことをどう思っているのでしょう」
奏絵「これは難しい」
唯奈「正解は、毎日話しても飽きないほど大好きで、ぬいぐるみのように毎日抱き着いて寝たい、でした」
奏絵「あーそれか」
稀莉「思ってないからね!?」
奏絵「それじゃあ、稀莉ちゃんは私のことをどう思っているでしょうか」
唯奈「おばさん」
奏絵「唯奈ちゃん、後で楽屋でお話ししようか」
唯奈「お菓子でもくれるの？」
奏絵「何、その純粋さ。正解は同級生だったら毎日一緒に手を繋いで通学して、帰り道は毎回寄り道したい声優ナンバーワンでした」
唯奈「あーそっちできたか」
稀莉「もう嫌だ、この現場」
唯奈「盛り上がってきたわ！」
奏絵「負けられない戦いがここにある……！」
唯奈「はい、ＣＭの後も稀莉争奪決定戦続きますー！」
稀莉「帰らせてください」

＊　＊　＊　＊　＊

休憩のはずであるＣＭ中も収まらず、言い合いが続いていた。唯奈さんが興奮気味に話す。

「稀莉の好きなところ、多く言えた方が勝ちゲーム、スタート。可愛い」

「は？」

稀莉ちゃんの困惑もそっちのけで、すかさず私も反撃していく。

「声」

「性格」

「髪の毛」

「匂い」

「女子高生」

「歳が近い」
「足が綺麗」
「指が綺麗」
「瞳が綺麗」
「耳の形」
「唇の造形」
「鼻がすっとしている」
「清楚《せいそ》」
「制服姿が良い」
「肌が柔らかそう」
「抱き心地が良い」
「太もも」
「正直、エロい」
「ブラックコーヒーが飲めなくて、強がるの可愛い」
「照れる姿が可愛い」
「怒る姿が可愛い」
「慌てる姿が可愛い」
「全身、可愛い」

「全部、可愛い」

「マジ天使」

「現代の奇跡」

稀莉ちゃんが「もうやめて……」と顔を真っ赤にして訴える。が、CMが終わるまで勝負は続いたのであった。

＊　＊　＊　＊　＊

唯奈「はあはあ」
奏絵「ぜーはーぜーはー」
稀莉「CM中、辱めを受けました」
唯奈「あんたやるわね……！」
奏絵「唯奈ちゃんこそ……！」
稀莉「この人たち、CMの間、私の、その、良いところを言い合うゲームしていました。虐《いじ》めですか!?　嫌がらせですか!?」
奏絵「決着はつきませんでした」
唯奈「多すぎて終わらない」
奏絵「稀莉ちゃんだけにキリがないってね」

稀莉「え」
唯奈「……さむっ」
奏絵「その反応はやめて！」
唯奈「なので、次のコーナーの勝負で決着をつけたいと思います」

唯奈「告白劇場ー‼　あなたに恋しましたー」
稀莉「は？」
唯奈「告白劇場のコーナーではシチュエーションに基づいて、稀莉へ告白をしてもらいます。稀莉にキュンキュンしたと思う方を選んでいただきます。より稀莉のハートを射止めた方が勝ちということです」
奏絵「なるほど、やりがいがあるわね」
稀莉「ねえ、私承諾してないんだけど⁉」
唯奈「ちなみに稀莉は男設定です。なので男性リスナーさんもどちらの告白がキュンッ☆とくるか判定してくださいね」
奏絵「どっちから先にやる？」
唯奈「それでは、私から行きましょう」
奏絵「うすっ、お手本とやらを見せてもらおうではないか」
唯奈「後攻をやりづらくしてやるわ」

稀莉「あのー、私の許可……」

唯奈「あっ、稀莉。そのボックスからシチュエーションを引いてね」

稀莉「え、うん、わかった。がさごそ『後夜祭』、って、何で私は素直に引いているのよ!?」

奏絵「『後夜祭』……捗《はかど》るシチュエーションだわ」

唯奈「さぁやるわよ、稀莉、準備はいい？」

稀莉「あーもう、来るなら来なさいよ」

唯奈「告白劇場はじめるわ！」

唯奈「大盛況だった文化祭が終わった。でも私の本番はこれからだ。皆が片づけを始める中、誰もいない教室に私は彼を呼び出した」

稀莉「ガラガラ、あ、唯奈いたいた」

唯奈「稀莉君、来てくれてありがとう」

稀莉「ああ、うん。トイレ行くって言って片付けから逃げてきたんだ。あんまり時間とれないけど……何？」

唯奈「あのねあのね」

稀莉「うん」

唯奈「劇の主役かっこよかったよ」

稀莉「えっ、唯奈見ていたの？　うわー恥ずかしいな」

唯奈「ううん、恥ずかしくなんてないよ。ほんと稀莉君、かっこよくて、誰よりも輝いていたんだから！」
稀莉「そんなに褒められると恥ずかしいな」
唯奈「でもね」
稀莉「うん？」
唯奈「私が稀莉君と同じクラスだったらな」
稀莉「どういうこと？」
唯奈「それだったら私がお姫様に立候補して、劇で一緒に踊れたのになー」
稀莉「それって……」
唯奈「ねえ、稀莉君」
稀莉「ち、近いよ、唯奈」
唯奈「窓の外見て。キャンプファイヤーやっているね」
稀莉「う、うん」
唯奈「一緒に踊りたいなー」
稀莉「え」
唯奈「これから二人だけの劇始めない？」
唯奈「終了ー！」

奏絵「あーなるほど、なるほど。青春だわー」
唯奈「見たか、私の実力」
奏絵「安易に好きって言わないことが好感持てるわ、この後が気になる」
稀莉「ちょっと私はヤンデレっぽさを感じたのだけど」
唯奈「ふふ、稀莉はときめいたかい？」
稀莉「断ったら刺されそうな意味でドキドキしたわ」
唯奈「あれ、不発？　おかしいな」

奏絵「じゃあ、私の番ね。稀莉ちゃん、ボックスからお題宜しく」
稀莉「苦行がもう一回あるのか……。はい、『卒業式』よ」
唯奈「鉄板、鉄板中の鉄板ね」
奏絵「うーん、逆に難しいかも。でも行くわ」
稀莉「早く帰りたい」
唯奈「よしおかんの実力みせてもらうわ！」
奏絵「いざ参る！　告白劇場、始まるよ」
奏絵「卒業式、それは高校最後の日。気持ちを伝えるのもこれが最後のチャンスだ。式が終わった後、私は彼を探していた」

奏絵「探し続けて数分。校門の近くで、何度も見た彼の後ろ姿をやっと発見した」
稀莉「稀莉君、待ってー」
奏絵「どうしたんだよ、奏絵。そんなに慌てて」
稀莉「好き」
奏絵「へ？」
稀莉「私、稀莉君のことずっと大好きでした！」
奏絵「え、お、おう。突然だな」
稀莉「うん、好きだよ」
奏絵「その、えーっと、ありがとう」
稀莉「えへへ、やっと言えた」
奏絵「本当ありがとう奏絵。でも俺、大学は東京行っちゃうからさ。気持ちは嬉しいけど」
稀莉「わかっている、わかっているよ稀莉君。地元に残る私と、東京に行く稀莉君じゃ難しいことはわかっている」
奏絵「悪い。俺もお前のこと好きだったよ。お前がいてくれてこの三年間ずっと楽しかった」
稀莉「ほんと？　嬉しい。ありがとう、稀莉君」
奏絵「でもごめん、付き合えない。遠距離はお互い負担になると思うし、長続きしない」
稀莉「そうだよね……、でも、私は諦め悪いの」
奏絵「う、うん」

奏絵「だから、はい」
稀莉「えっ、なにこれ」
奏絵「切符」
稀莉「切符？」
奏絵「これをこうするの」
稀莉「何だよペンなんか取り出して」
奏絵「私行き」
稀莉「へ？」
奏絵「奏絵行きの切符です！　東京に行っても、何処《どこ》でも、私の元にいつでも戻って来られるからね！」

奏絵「ＦＩＮ」
唯奈「甘い、甘いわ」
奏絵「ドヤァ」
唯奈「卒業式だから最後の思い出に第二ボタンを貰うと思ったのに、逆に切符を与えて忘れないでね！　と念押しするなんて変化球投げてきたわね」
奏絵「ふふふ」
唯奈「いきなり『好き』って言ったのも意表をついて得点が高いわ。やるわね、吉岡奏絵」

稀莉「いやいや、私行きの切符なんて迷惑でしょ！　そんなヤバい切符なんて東京に行ってすぐポイよ」
奏絵「その割に稀莉ちゃん、顔が真っ赤だよ」
稀莉「っつ!?」

唯奈「はい、では告白劇場の判定に移りましょう」
奏絵「どっちかな、どっちかな」
稀莉「えっ、本気で勝者決めるの？」
唯奈「当たり前よ、どっちが稀莉のパートナーに相応しいか決めるのよ」
奏絵「さあ、稀莉ちゃん！」
唯奈「稀莉！」
稀莉「……おカ」
唯奈「へ？」
奏絵「うん？」

稀莉「よしおかん、勝者はよしおかんよ！」

唯奈「あああああああああああああああああああああああああああああああああああ」

奏絵「やったああああああああああああああああああああああああああああ」
唯奈「なんで、何で私が負けたの稀莉」
稀莉「嫉妬するのが少し怖かったから。それにやっぱり気持ちを素直に言葉にしてほしいわ」
奏絵「リスナーさん、稀莉ちゃんに告白する時は直球でいきましょう」
稀莉「送ってきたら破るわよ」
唯奈「あばばばばばば」
奏絵「これにて正式に、公式に、これっきりラジオの相方は『吉岡奏絵』ということで決定しました。稀莉ちゃんの相方は私。稀莉ちゃんのパートナーは吉岡奏絵！」
唯奈「ああああああ」
稀莉「唯奈はいつまでも、うなだれない！」
唯奈「だって、だって」
奏絵「へへ、唯奈さん敗れた感想はどうですか？」
唯奈「あああああ、悔しい、悔しいわ」
奏絵「稀莉ちゃんはどうでした？」
稀莉「もうゲスト出演しません」
奏絵「私は楽しかったので、いつでも勝負に来ますよ！」
稀莉「メンタルが持たない！」
奏絵「そんな勝者、吉岡奏絵と佐久間稀莉がお送りするラジオ『これっきりラジオ』は毎週火曜二十一時に絶賛放送中です」
稀莉「ふつおたはいりません。破ります」
奏絵「ツンデレってやつですね」
稀莉「違う！」
奏絵「ゲスト出演の感想もどしどし送ってください」
稀莉「唯奈ファンもぜひ聞いてください！」
唯奈「以上、今回のゲスト、佐久間稀莉さんと、私の天敵、憎きライバル、吉岡奏絵さんでした。……いつか稀莉を取り返してやるんだから！」
奏絵・稀莉「「ありがとうございました―」」

＊　＊　＊　＊　＊

収録を終えた後、やたらニコニコとした笑顔の唯奈さんが手を差し出してきた。

「いい勝負だったわ」

私も笑顔で握り返す。

「ありがとう、収録楽しかったよ」

唯奈さんが強く手を握り、私にぐっと顔を近づける。睨みをきかせ、耳元で語り掛ける。

「調子乗るんじゃないわよ。今は稀莉を預けているだけなんだから。稀莉に変なことしたら絶対許さない」

笑顔のまま睨んでくる。怖い。

「何、二人で友情を育んでいるのよ」

稀莉ちゃんが手を握り合う私たちに文句を言う。これは川辺で殴り合った後の友情の誓いなどではなく、警告、脅されている光景なんですけどね。

「ははー、さては嫉妬かな、稀莉ちゃん」

唯奈さんの手を離し、稀莉ちゃんを揶揄う。

「違う、断じて違うわ」

「ふふ、大好きだよ稀莉ちゃん」

「うなっ」

ど真ん中ストレートに弱いことを学んだので早速活用する。

「いてっ」

べしっと背中を叩《たた》かれた。

振り返ると鬼の形相をした唯奈さんが睨んでいる。

「お、お邪魔しましたー」

私は慌ててブースから退散したのであった。


「あちゃー、お天気お姉さんは嘘つきさんですね」

予報では「傘は必要ありません！」と高らかに宣言していたのに、外に出たら雨が降っていた。

「乗っていきますか？」

傘を持って立っている稀莉ちゃんのマネージャー、長田さんが私に尋ねる。

「いいです、いいです。地下鉄まですぐなんで」

これぐらいの雨なら少しぐらい濡れても大丈夫だろう。

「遠慮しなくていいわよ」

稀莉ちゃんも私を止めるが、私は首を横に振る。

「じゃあせめて傘だけでも貸しますよ」

長田さんの優しい気遣いも私は断る。

「大丈夫です、今のよしおかんは無敵なので」

そういって私は雨の街中を駆けだした。

数分で駅について、地下鉄で数十分。家に着くまで三十分もかからない。濡れても家ですぐシャワーを浴びればよいだけ。少し我慢すればいい。


ラジオが人気で、他番組にもゲスト。さらに声優の仕事も少しずつ増えていて、空音を演じていたあの頃みたいに充実していた。

今は雨に当たるのさえ気持ちよかったのだ。


……そう、私は調子に乗っていた。

雨足が強まる。

第5章　また今日もジングルが流れる

何が正解かなんてわからない。

今の演技が正しかったのか、間違っているのか。音響監督さんが頷いても、必ずしも成功とは限らない。その頷きはしぶしぶ頷いただけの諦めかもしれない。

自分が納得できる演技ができればいい。

そう言う大御所さんもいるが、自分で「上手くいった」と思っても、すぐに不安になり、自信は疑心に変わり、迷路に入り込む。いざ放送を見て、全国に流れても本当に合っていたのかはわからず、完全に納得できることなどない。

常に不安に脅かされ、心配に磔《はりつけ》にされる。

それでも、正しいと思うしかない。人の言葉を信じるしかない。私の中の何かを信じてあげるしかない。そうやって騙し騙し、演技していくしかない。


ただ正しくないことはすぐにわかる。わかってしまう。

間違いは、妥協は、驕《おご》りは、失敗として目の前に現れ、私を攻撃する。

そう、昨日の私は間違っていたのだ。


「ごほごほ」

朝起きたら鼻水ずるずるで、咳《せき》が止まらない。頭がぼーっとするし、熱もあるだろう。

風邪を引いた。

原因はわかりきっている。昨日のラジオゲスト出演の後、雨に濡れて帰ったことだろう。しかも家に着いたら疲れていたのか、濡れたままの服で床に寝ていた。最悪の対応にも程がある。

声優において喉のケアは美容よりも重要なことだ。声が出せない声優など意味がない。商売道具をないがしろにしてはいけないのだ。健康でいることは、プロとして当然のことだった。

それなのに、風邪をひいてしまった。

でも今日はこれっきりラジオの収録の日だ。家でのんびり寝ているわけにはいかない。

ともかく着替えなくちゃ。さすがにパジャマ姿のまま収録に行けない。

あーだるい。家で寝ていたい。

首を横に振って、頭から「逃げ」の考えを追っ払う。

それは駄目だ、駄目。仕事に行かなきゃ。

「あえいうえお」

声もがらがらだ。のど飴を舐めれば少しはマシになるだろうか。

化粧も簡単に、私は家を飛び出した。

今日は暑い日なのか、マスクをしているからか、それとも熱があるからか、汗が止まらず、タオルで何度も拭った。

「はあはあ」

普段の倍以上の時間をかけ、なんとか収録現場に辿り着いた。

「おはようございまず……」

ドアを開け、中に入ると私を見た女性スタッフが「大丈夫ですか？」と心配そうな声で話しかけてくる。

「だ、大丈夫です、げほっ」

咳《せ》き込む私の辛そうな姿にスタッフは顔を曇らせる。

どうみても大丈夫じゃなかった。

歩けば歩くほど熱が上がるのを感じ、ここに来るのがやっとで、何度も引き返そうと思った。

「仕事なんで、私の仕事なんで」

か細い声で私は自分を奮い立たせる。

正直立っているのもしんどい。立っているだけで精一杯だった。

「あんた、大丈夫？」

稀莉ちゃんが側にいるのも気づかなかった。

「はは、大丈夫だよ、稀莉ちゃん」

そういったそばからよろけ、壁にもたれる。

「奏絵！」

稀莉ちゃんが私の名前を叫ぶ。

「ごめん、ちょっとふらっときちゃって。もう大丈夫、大丈夫だから打ち合わせ始めましょう」

強がる私の言葉は即座に否定された。

「吉岡君、今日はもう帰ってくれ」

重い頭を声のした方に向ける。植島さんが厳しい顔で私を見ていた。

「できます、私できますから、やらせてください、げほげほ」

何の説得力もない強がり。

植島さんの表情が厳しい顔から、呆《あき》れた顔に変わった。

そして、当然のように言葉は投げられる。

「厳しいことというようだけど、迷惑なんだよ」

「迷惑……」

言葉が突き刺さる。

「ああ、迷惑だ。他の人に風邪が移るかもしれない。咳がマイクに入ったらその都度、編集しなくてはいけない。とてもじゃないが君の調子を見ながら、ストップさせてなどできない。倍以上の時間がかかる。君のために尽くせとスタッフに言うことなどできない」

わかっている。私が悪いのだ。

それでも私は食い下がる。

「だって、私にはこれしか、このラジオしかないんです……」

稀莉ちゃんが心配そうに私を見る。

「残念だよ、吉岡君」

植島さんは言葉を止めなかった。


「プロ失格だよ」


その言葉に、その一言に頭が真っ白になる。

「そんな、お願い、お願いしますから……」

植島さんに必死に訴えるも、表情一つ変えない。

ああ、終わりだ。

そして、手から力が抜けた。

景色が揺れる。

どさっ。

世界が回転する。

「……」

気づいたら床に寝ていた。

床が冷たい。

私の名前を必死に呼ぶ稀莉ちゃんの声が聞こえたが、意識はフェードアウトしていった。

ぷつん。

そして、完全に意識を失った。

＊　＊　＊　＊　＊

稀莉『残念なお知らせです。吉岡奏絵さんは前回の放送で最後となりました』
〇〇『今回からは稀莉さんの新しいパートナー、〇〇がお届けします』
稀莉『わーい、〇〇さん宜しくお願いしますね』
〇〇『稀莉さんの新しいお姉さんとして頑張りますね』
稀莉『はい、〇〇さん頼りにしていますね。〇〇さんは私も尊敬する声優さんで、こうやって一緒にラジオをお届けできるのが本当に嬉しいんです』
〇〇『そんなことないですよ、稀莉さんも今一番勢いのある声優じゃないですか。私こそ一緒にできるのが嬉しくて嬉しくてたまらないんです』
稀莉『えへへ、こんな綺麗なお姉さんと共演できるなんて最高です』
〇〇『またまたー』
稀莉『お世辞じゃないですよ。前はアラサーのおばさんで私のこと厳しく言う人だったんで』
〇〇『そうだったんですか』
稀莉『はい』
〇〇『確かにおかしかったですね。稀莉さんがいつも悪口ばかりで変なテンションでした。あれはやっぱり無理していたんですね』

稀莉『言いづらいけど、そうですね、無理していました』
○○『これからは無理しなくていいですからね、私と一緒に楽しくラジオしましょう』
稀莉『はい♪　それではさよなら、よしおかん、吉岡奏絵さん』

＊　＊　＊　＊　＊

がばっ。

「嫌だ！　さよならなんて嫌だ！」

大きな声を上げ、目を覚ます。

今のは何だ。夢、現実？　本当に夢なのか。

ここは何処だ？

辺りを見渡す。真っ白な部屋だ。座っているのはベッド？　いや、座っているのではなく、ベッドに私は寝ている。

部屋は夕暮れでオレンジ色に染まっている。

知らない場所。だが、何処にいるかはわかる。

ここは、病院だ。

近くに人がいた。椅子でうちのマネージャーの片山君が腕を組みながら下を向き、寝ている。私の大声も気づいていないほど、熟睡している。

徐々に冷静になり、少しずつ記憶を取り戻す。

忘れたかった。思い出したくはない失敗を。

「そうか、私は倒れたんだ」

風邪で高熱なのに無理して収録現場に行き、倒れた。植島さんが帰れと言ったのに素直に聞かずに倒れた。

稀莉ちゃんの目の前で、私は倒れた。

『残念だよ、吉岡君。プロ失格だよ』

植島さんの言葉の通りだった。私はプロ失格の行いをしてしまった。

「……ハハ」

乾いた笑い声を発す。

咳は出なくなったが、頭がじんじん痛くて、熱はいまだ高そうだ。

もう終わりだろうか。

あの悪夢は夢だけど、夢じゃない。近々私に降りかかる未来だ。


――パーソナリティ降板、交代。


それだけのことをした。それだけの愚行を冒した。

打ち切りにはならないだろう、人気声優・佐久間稀莉の番組なのだ。何とかして存続させるはずだ。

その隣に、私はいない。

感情が溢れる、壊れる。

「……っ」

叫び出す瞬間に、人の声がし、止まる。

「目、覚ましたんっすね、吉岡さん」

寝ていたはずの片山君が目を覚まし、私に優しく話しかける。

「吉岡さん、目、目の下」

片山君に指摘され、目の下を指で触ると湿っていた。

知らずに涙が流れていたのだ。もう気持ちは溢れていた。せき止めることはできなかった。止めたつもりで容量オーバーだった。だから、せめて。

「片山君」

「はい、何っすか」

「悪いんですけど、十分だけ席外してくれないですか？」

彼は突然の私の言葉に戸惑うことなく、素直に「わかりました」と言い、病室から出ていった。

一人になった。

もう何も遠慮はいらなかった。

溢れた涙はもう止まらない。

声を上げ、子供のようにわんわん泣いた。

無敵でもなんでもなかった。私はただの子供で、いつまでも大人になれない声優だったのだ。いや、声優というのもおこがましい。声優失格、プロ失格。一瞬の栄光に縋るだけの駄目人間であった。

自分の愚かさに嫌気が差し、自分の惨めさに心が沈む。

一度ひっくり返った盆は元に戻らないし、零《こぼ》れた水はただ落ちるだけ。

泣いても泣いても、涙は枯れなかった。

◇　◇　◇

「何で、吉岡さんは声優になろうと思ったのですか？」

「そうですね、元々アニメや漫画が好きだったのもあるんですが、きっかけはラジオですかね」

「ラジオですか？」

「そう、ラジオです。私は地方出身で、地元が嫌で嫌で大学は東京に出てやる、都会に繰り出してやると意気込んでいたんです。あっ、今では地元大好きですよ。都会に夢見ていた少女だったんですね、私も。で、受験勉強を真面目にしていたのですが、その息抜きがラジオでした」

「ラジオが息抜き」

「はい、部屋にテレビもなかったのでラジオだけが娯楽でした。その中でも毎週かかさず聞いていたラジオがあったんです。それが本当面白くて、録音して通学時にも聞いていましたよ」

「そんなにラジオにハマっていたんですね」

「良くも悪くも地方なんで、他に娯楽がなかったんですよ。それに受験生でしたのであまり遊べなかったんです。それでラジオばかり聞いていた。息苦しい受験勉強の中で、ラジオだけが癒《いや》しの時間でした。それで、ある日ふとその面白いラジオは誰がやっているのだろうと調べたら」

「声優だったということですか」

「その通りです。声優さんがラジオをやるなんて思っていなくて、知った時びっくりしましたよ。それまでは声優はアニメの中だけだと思っていましたから。こうやって自分の声を活《い》かす方法があるんだーと感心しました。ちょっと自慢ですが、私も学生の時、友達や先生に声を褒められることが多かったので、もしかしたら自分の声も電波に乗せて届けることができるんじゃないかな、と夢見ちゃいました。一回だけ自分で録音して、パーソナリティごっこしたことあるんですよ。まぁ聞くに堪えないものでしたけど。プロってすごい、私なんかじゃラジオで喋れないと痛感しました」

「でも、その夢が叶《かな》ったわけですね」

「ええ。ラジオはまだアシスタントで、メインではないんですが、本当に楽しいんです。あの時の私のように学生さんが聞いてくれている、頑張っている勉強の息抜きになっていると思うと、嬉しくて、応援したくなりますね」

「いつかメイン番組を持ってみたいですか」

「はい、そうですね、いつか持ってみたいです。ただ今はアニメの声優の仕事をもっともっとやっていき、自分の演技の幅を広げていきたいという気持ちです。いずれ、いずれ叶うといいなと思っています」

「きっといつか叶いますよ」

「そうだと嬉しいですね」

「その時は一人でやりたいですか」

「うーん、どうでしょう。一人だとネタが尽きそうなので二人がいいですね。それか毎回ゲストを。いや、生意気言ってすみません。形は何でも、人数は何人でもいいです。ともかく声を運べたらいいです」

「応援しています」

「ありがとうございます」

「本日のインタビューは『空飛びの少女』で主役の空音を務める吉岡奏絵さんでした。本日はお忙しい中、ありがとうございました」

「ありがとうございました」

◇　◇　◇

十分と私は言ったのに、三十分後に「吉岡さんいいですか?」とノックをし、片山君が病室に戻ってきた。

私の真っ赤な目には触れず、片山君はいきなり私に頭を下げた。

「ごめんなさい」

謝るのは私の方だ。何故彼が謝るのか。

「吉岡さんが体調悪いのに気づかずごめんなさいっす。俺、マネージャー失格っす」

失格は私の方だ。プロとしてなってないのは私で、私の体調に彼は何の責任もない。そう弁明するも彼は言葉を続けた。

「それでも俺は駄目駄目だけど、吉岡さんのマネージャーっすから。吉岡さんの失敗は俺の失敗だし、役者さんの悲しみは俺の悲しみっす」

「真面目ですね。頭上げてください」

片山君がゆっくりと顔を上げる。彼も泣きそうな顔をしていた。

「ごめんなさい、ご迷惑をおかけしました。私、プロ失格です。悪いのは私なんです。雨に濡れて帰って、体調管理を怠って、最近仕事が増えて調子にのっていて、全部、全部私のせいなんです。本当にごめんなさい」

ベッドにいながらも、今度は私が頭をさげる。

「吉岡さん、頭を上げてくださいっす。そもそも俺が普段から仕事できないのがいけなくて」

「いやいや、私が」

「俺が」

「私が」

片山君は困った顔で苦笑いする。

「もうお互い謝るのはやめましょう」

「わかりました、これで終わりにしましょう。ごめんなさい」

片山君が椅子に座り、お互いの謝罪タイムは終了する。

もう謝らせてくれないなら、向き合わなくてはいけない。

「私が倒れた後のことを教えてください」

起きたことを悪夢のまま終わらせてはいけない。事実に向き合わないと責任を感じる片山君に、スタッフに申し訳ない。そして、一人残してしまったあの子に。

「それじゃ……話しますね」

普段は能天気な片山君が気を遣いながら、ゆっくりと話を始めた。

「現場のスタッフが運んでくれたんです」

私が倒れた後、急いでスタッフが車を出して病院に連れていってくれた。救急車も考えたが、きちんと呼吸はしており、病院が近所にあったことからすぐに運ぶことを決断した。事務所にも電話があり、連絡の入った片山君が大慌てで病院に駆け付けたとのことだった。

熱は三十八度あったが、ただの風邪と疲労で、大きな病院に運び込まれるほどの症状はなかった。

しかも豪勢に一人部屋。大泣きできたのでありがたい。

「今日は一日入院ですので、ゆっくりしてくださいっす」

たかが風邪に至れり尽くせりだった。

「ラジオはその後収録したんですか？」

「はい、佐久間さんが一人で収録したらしいっす」

「そっか……」

稀莉ちゃん一人に番組を背負わせてしまった。

一人でやりづらかっただろう。あんなことがあった後に、どう明るく振舞って収録すればいい？

平常な気持ちで収録なんてできないだろう。

どう稀莉ちゃんに謝ればいいのだろうか、いや、謝る機会はあるのだろうか。また彼女に会うことができるのか。

私が『これっきりラジオ』に戻る機会はあるのだろうか。

そう思うと胸が締め付けられ、動悸《どうき》が激しくなる。


――コンコン。


ドアがノックされ、扉が開く。息を呑む。

見知った顔だった。忘れるはずがない。

そこには稀莉ちゃんがいた。

「良かった、目、覚ましたんだ」

ほっと安心した顔を私に見せる。

今日見たはずの顔が、もう遠い過去のように感じられる。

「稀莉ちゃん……」

その後に続く言葉がうまく出てこなかった。

「あー起き上がらなくていいから。安静にしてなさい」

近づいてきた彼女が私を無理やりベッドに寝かせる。

何を言うべきだろう。まずは「ごめんなさい」と謝罪か。「私がいなくて平気だった？」そんな調子のいいこと言えない。

それとも「私なんかいなくてもいいよね。私なんか必要ないよね？」か。そんなこと言っても彼女が困ってしまうだけだ。

熱のせいか、突然の来訪に驚いているのか、まったく考えがまとまらない。

喋らないと、稀莉ちゃんに伝えないと。何か言わないと。

でも、先に声を出したのは彼女だった。

「はい、これ」

彼女が細長いパーツを差し出した。

「何、これ……？」

「ＵＳＢメモリ」

「ＵＳＢメモリ？　何でそんなのを私に？」

「今日の収録音源が入っているから」

がくんと揺れる。

収録音源。

私のいない、これっきりラジオの収録。

それがこの小さな容器に入っている。

収録したものが渡されることなど、通常ではありえない。スタッフからの手配か、うちの事務所からなのか、植島さんからの通達なのか、稀莉ちゃんからの……何なのか。真意が見えない。

何も言わず、私は震える手で得体の知れない小さな塊を受け取る。

「って、あれパソコンないか」

「俺が持ってきているんで大丈夫っす」

そう言って片山君がノートパソコンを鞄《かばん》から取り出す。

「これで環境はばっちりね」

この中に何が詰まっているのか、希望か、絶望か、それとも。

私の不安を感じ取ったのか、彼女が言葉を口にする。

「聞くも聞かないも自由だから」

聞かなくてもいい。逃げてもいい。勇気を出さなくてもよい。

「でもね、この収録に私の想いが詰まっているから」

稀莉ちゃんの思い。

何、それは何？

決別宣言？

怖い。
言葉にしてよ、今すぐ教えてよ。
怖い、嫌だ、嫌だ。
でも私の口からは何も出てこなかった。
「じゃあ、あんまり長居すると悪いから、これで」
そう言って帰ろうとする彼女に、小さな声で「ありがとう」と言うのが精一杯だった。
彼女は「うん」と小さく微笑み、片山君と共に病室を後にした。

一人になった。私一人取り残された。
手に残されたUSBメモリが軽いはずなのに、重く感じる。
この中に私が消えたラジオの音源がある。
気になる。
でも、なかなか聞けなかった。
怖かった。
何が収録されているのか。ここには私の知らない『これっきりラジオ』がある。
私がいなくてもこれっきりラジオが成立するのか。普段と変わらないのか。
私は「いなくても」良いのか。
この中に答えが、全てが、未来がある。

逃げたい、捨ててしまいたい、なかったことにしたい。
でも、ここには稀莉ちゃんの想いがある。

決心がつく頃には夜になり、消灯の時間になっていた。
私はようやくノートパソコンを起動し、ＵＳＢメモリを差す。
そして、私は灯《あか》りの無い一人だけの病室で、恐る恐る再生した。

＊　＊　＊　＊　＊

稀莉『こんにちは。佐久間稀莉と……』
稀莉『佐久間稀莉だけがお送りする〈これっきりラジオ〉！』
稀莉『はい、お聞きの通りです』
稀莉『本日はよしおかんが体調不良のためお休みです。もういきなり休んで困っちゃうわね。アラサーなんだからしっかりしなさいよね。はいはい、夜更かししてないで早く寝て治すこと！』

＊　＊　＊　＊　＊

いつもの稀莉ちゃんの声が聞こえた。知っている声なのにどこか昔の気がする。
知っている彼女。
でも、毒舌も今日はどこか優しく、私を気遣ってくれているのを感じる。

＊　＊　＊　＊　＊

稀莉『はい、〈よしおかんに報告だ！〉のコーナーですが、本人不在です。でもやります。やっちゃいます』
稀莉『さっそく読みますね。「夢見がちなアラサー」さんから。いくつになっても夢を見るのは大事ですが、行動に移さないと駄目ですよー』
稀莉『はい、「お二人は好きな物を先に食べるタイプですか、後に食べるタイプですか？」。はいはい、来ましたよ。ふつおた。あまりに普通すぎるおたより』

稀莉『ふつおたはいりません！』

稀莉『びりっ……て止める人がいないと何だか調子が狂うわね』
稀莉『仕方がないので、答えるわね。先に食べるタイプです』
稀莉『……一人だとここから話が発展していかないわね』
稀莉『仕方がないので、植島さんに聞きます』
稀莉『えーなになに。なるほど、ちょびちょび食べていくタイプということ。めんどくさいタイプですね。食べるなら一気に食べなさいよ！』

最初は稀莉ちゃんが何を喋るのかと不安だったが、普段通りの稀莉ちゃんだった。
いつの間にか安心している自分がいた。彼女の声を聞くと落ち着く自分がいた。
そして、気づけば音量を上げ、夢中になって聞いていた。

＊　＊　＊　＊　＊

＊　＊　＊　＊　＊

稀莉『次は、〈もうこれっきり！〉のコーナー！』
稀莉『こちらではもうこれっきりにしたいことをリスナーから募集し、私たちがアドバイスすると
いったコーナーになっています』
稀莉『そうですね、私は、一人でずっと喋ることが辛いから、休まれるのはもうこれっきりにして
ほしいですね』
稀莉『はい、今日は〈劇団・空想学〉はお休みです』
稀莉『さすがに一人で寸劇やるのはしんどいわ。一人二役とか地獄ね』
稀莉『たまに一番組で何人も演じる声優さんいるけどホント尊敬するわ。声の使い分けとか大変。
絶対頭の中でぐちゃぐちゃになる』

二人でやる番組なので一人でのコーナー進行は無理がある。
それでも彼女はスタッフの助けもありながら、そつなくこなした。三十分はあっという間に過ぎ、放送は終わりを迎えようとしていた。

＊　＊　＊　＊　＊

＊　＊　＊　＊

稀莉『イレギュラーな一人放送回でした』
稀莉『しんどい、本当しんどかった。二人分喋るとかもう無理』
稀莉『よしおかん、聞いているんでしょ。あんたがいないと辛いんだから、ちゃんとしてよね』
稀莉『すぅ……』

稀莉『私にはあなたが必要なの！』

稀莉『余計な責任とか感じないで、明るい顔して元気な声を聞かせなさいよね』
稀莉『一人だとつまらないんだから』
稀莉『ゲストなんていらない。代わりなんていらない。他にはいないの』
稀莉『私とあなたがいるからこその、〈これっきりラジオ〉なんだからね！』

稀莉『……って恥ずかしいこと言いすぎた。植島さんカットで宜しく』
稀莉『えっ、カットしない？　ふざけないでよ！　これ放送されたら私恥ずかしいですけど！　もう時間？　どうせ録音でしょ、いくらでも編集が。うう、はい、もうしょうがないわね、終わり、終わりにするわ』
稀莉『来週は二人で、吉岡奏絵と二人でお送りします。佐久間稀莉でしたー！　また来週！』

＊　＊　＊　＊　＊

涙は枯れたはずなのに、また私は泣いていた。
でも、さっきとは違う。嬉しい。温かい涙だ。
稀莉ちゃんは私を「必要」としてくれた。

『私にはあなたが必要なの！』『私とあなたがいるからこそのこれっきりラジオ』

これが、稀莉ちゃんが私に出した答えだった。
確かに、確かに伝わったよ、稀莉ちゃんのメッセージ。
彼女は言った。言ってくれた。

『来週は二人で』

私は戻っていいんだ、私があの場所にいていいんだ。彼女の隣に座っていていいんだ。

私を救う、何よりの特効薬だった。

彼女は答えを私にくれた。

十歳下、いやそんなの、もう年齢とか関係ない。ラジオの相方の、私のパートナーの稀莉ちゃんが私に想いを届けてくれた。

「ありがとう……稀莉ちゃん」

今度は私が返す番だ。

めそめそしているのは終わりにしなくてはいけなかった。

もう泣くのはこれっきりで、
調子に乗るのもこれっきりで、
無理をするのもこれっきりで、
自分を卑下するのもこれっきりだ。

もっと自信を持て。

私は佐久間稀莉の相方だ。パートナーだ。

私は強くないし、無敵じゃないし、へこむことだってある。

でも私には支えてくれる相方、励ましてくれるパートナー、誰よりも優しい彼女がいる。稀莉ちゃんがいるんだ。

それが何よりも心強く、温かかった。


その夜は慣れないベッドだったけれど、すぐに眠りにつくことができた。もう悪夢を見ることはなかった。


入院は一日で終わり、すっかり元気になった私は、次の日の昼には帰宅していた。昨日は何で倒れたのか不思議なくらい元気だ。病院での点滴が効いただけではない。わかっている。

そして、倒れた日から一週間が経った。


「ご迷惑おかけしました」

収録の打ち合わせ、開口一番に私は皆に頭を下げ、謝る。事前に電話、メールで謝っていたが、大事なのは直接顔を見て謝罪すること。

これっきりにするために、私はやらねばならない。

「自覚に欠けていました」

プロの声優という意識が欠如していた。

「調子にのっていました」

仕事が増え、何でも上手くいくと思ってしまった。私は無敵だと錯覚してしまった。

「アラサーのくせに子供でした」

二十代後半にもなって、へまをやらかし、社会人として失格の行為をしてしまった。駄目駄目であったことを認める。

私は駄目なのだ。それを受け入れる、理解する。

稀莉ちゃんが何か言おうとするが、植島さんが手で制止する。

言葉を続ける。

「もう風邪をひかない、とは言えません」

どんなに気を付けても、体調を崩すことはあるだろう。物事に絶対はない。でも被害を最小限にする努力をしなくてはならない。

「でもプロとして、声優として、ラジオパーソナリティとして、皆に迷惑のかけないように普段の生活から精一杯努めていきます」

言っているのは当たり前のことだ。でも口にしなければ変えられない。

顔を上げ、ラジオスタッフ一人一人の目を見る。

若い女性スタッフ。ベテランの男性スタッフ。スポンサーの男性。構成作家。アシスタントさん。マネージャー。

皆と目が合う。誰も逸らさなかった。

ここにはたくさんの人がいる。私と稀莉ちゃんだけじゃない。

大勢のスタッフがこの現場で、私たちのラジオのために、全力で頑張っている。いや、ここにいる人だけではない。事務所、同期、友達、ライバル、そして多くのリスナー。

私はそんな皆の期待を裏切った。

私は意志を、気持ちを大きな声で伝える。

「これからは今までのように、いやそれ以上に面白いラジオをつくるべく、頑張ります」

具体的に何を頑張ればいいのかはわからない。私が面白いと思ったものが正解とは限らない。

それでも、私は自分の信じたものを、自分を発信して、発進せねばならない。

だって、それが失敗だとしても、前に進まなければ、挑戦しなければ何も生まないのだから。

「改めてこれからも宜しくお願い致します！」

深々と頭を下げる。

一瞬の沈黙の後――、

パチパチパチ。


拍手の音が聞こえた。

つい頭を上げ、見るとそれは植島さんからのエールであった。それにつられ、周りのスタッフも拍手をし出す。気づけばライブ終了後みたいに拍手大喝采だった。

恥ずかしい。拍手なんてされる立場にない。でも、嬉しい、温かい。

悪いことしたのに、笑顔で迎えてくれるスタッフたち。

「おかえり」

「これからもよろしく」

「先週は寂しかったな」

「よしおかんがいないと物足りないわ」

「無理すんなよ」

「おかえりなさい」

「風邪をひかないためには普段からプロテインを」

「いやいや、それより生姜湯《しょうが》で」

ハハハ。つい笑ってしまう。

失態をして初めて気が付いた。私は支えられ、応援され、愛されている。

私はここが好き。これっきりラジオの現場が好きだ。

「ありがとうございます」

もう一度、頭を下げる。

溢れそうになる涙をこらえ、笑顔で頭を上げた。

そして、

「稀莉ちゃん」

彼女の顔を見る。

「これからもよろしくね」

今日も制服姿で、誰よりも可愛いお姫様に声をかける。

彼女に救われた。彼女のおかげで、私は立ち直れた。

「当たり前よ。私の相方らしくちゃんとしなさいよ」

いつも通りの厳しい口調。慣れたものだ。その言葉が私を元気にさせる。

そんな毒舌家で、私よりも十歳若くて、ピチピチの女子高生。

「うん、稀莉ちゃんのパートナーだもんね」

売れっ子で、可愛くて、芯は優しい彼女。

番組が始まったばかりの共演者。

でも、私のことを相方と認めてくれた。

私は、そう。私のことを必要としてくれた彼女のことが、

「わかれば宜《よろ》しい」

大好きなのであった。

＊　＊　＊　＊　＊

奏絵「はい、お便りです。『アルミ缶の上にあるぽんかん』さんからです。あるぽんさんこんばんはー」
稀莉「あるぽんもすっかり常連ね。何回もおたより破っているのに送ってくるなんてドMなのかし

ら」
奏絵「はい、あるぽんさんを虐めない。余計喜んじゃう人かもしれませんよ」
稀莉「うっ、それは気を付ける」
奏絵「ごめん、あるぽんさんが変態扱いされちゃった」
稀莉「このラジオに送ってくる人なんて、どうせ皆変態よ」
奏絵「リスナーをディスらないで！　余計喜んじゃうんだから。はいはい、読みますよ。『佐久間さん、よしおかんさんこんばんはー』」
稀莉「よしおかん呼びも定着したわね」
奏絵「私ももう否定する気ないわ。いや、でもよしおかんに、さん付けはおかしくないかい？」
稀莉「続きは？」
奏絵「ちょっとぐらい抗議させてよ。はい、『僕は今就活中で人生の選択に悩んでいます』、あるぽんさん大学生？　だったんですね、もしくは専門学校生。就活かー、大変だ。それは悩みますね」
稀莉「私は就活したことないけど、確かにわかるわ。人生の選択って大事」
奏絵「続き読みますね。『僕はこれから人生の選択をするわけですが、お二人も人生が変わった出来事ってありますか？』」
稀莉「人生が変わった出来事か……」
奏絵「私はあるよ」
稀莉「声優になれたこと？」

奏絵「ううん、もっと具体的」
稀莉「空音を演じたこと？」
奏絵「ううん、違う」
稀莉「じゃあ、何よ」
奏絵「えへへ」
稀莉「何よ笑って気持ち悪ぃ」

奏絵「これっきりラジオを始めて、稀莉ちゃんに出会えたこと」
稀莉「……!?」
奏絵「確かにデビューも人生が変わった。本当、声優デビューできなかったらここにいないし、空音を演じなかったら私は私じゃなかった。でも、このラジオでも私は凄い人生が変わった」
稀莉「いきなり何よ、あんた」
奏絵「いいじゃん、事実なんだもん。たまにはデレを見せていかないとね」
稀莉「誰需要よ」
奏絵「ねえ、稀莉ちゃんはある？　人生が変わった出来事」
稀莉「……ある」
奏絵「聞かせて、聞かせて」
稀莉「あの、ね」

奏絵「うん」
稀莉「あなたに」
奏絵「え？」

稀莉「吉岡奏絵に出会えたこと」

奏絵「へ？」
稀莉「何よ」
奏絵「……え、そ、そうなんだ」
稀莉「うん」
奏絵「え、なにこれ。ドッキリじゃないよね。看板持って立ってないよね？　稀莉ちゃんこそデレなの？」
稀莉「違うわよ」
奏絵「え、え、リスナーさん、私お金渡したわけじゃないですから！」
稀莉「どういう誤解よ！」
奏絵「うん、そうなんだ。稀莉ちゃんが私に出会えてね……、へへ、何だか、恥ずかしいな」
稀莉「……もう言わない」
奏絵「同じだね、稀莉ちゃん」

稀莉「ふんっ」
奏絵「そんなあるぽんさんの人生も変わるかもしれないビッグニュースです」
稀莉「切り替え早っ！」
奏絵「プロですから」
稀莉「そんなプロ根性は見たくなかった。もうしょうがないわね。はい、なんと〈これっきりラジオ〉の公開録音が決定しました」
奏絵「パフパフー」
稀莉「これっきりラジオ初めての単独イベントです！」
奏絵「十一回にしてイベントって異例の早さよね。しかも単独」
稀莉「これも皆さん、リスナーさんのおかげですね」
奏絵「イベント応募方法は次回お知らせしますので、絶対聞き逃さないでください」
稀莉「公開録音だとカットできないから心配だわ……」
奏絵「大丈夫、私と一緒だから大丈夫！」
稀莉「だから不安なのよ！」

＊　＊　＊　＊

まだまだ彼女のことはわからない。
たかが十一回。出会って約三ヶ月だ。

それに今は人気だけど、このラジオがどうなっていくのかもわからない。
急に終わるかもしれないし、一年、三年、五年も続く長寿番組となるかもしれない。
いずれにせよ私の普通じゃない声優人生は続いていく。
声優として何を残せるのか、生きていけるのか、食べていけるのか不透明だ。
走るレールなんて何も敷かれてないのだから。
ただ、今はこのラジオ番組「これっきりラジオ」がある。
過去の栄光に囚われるのではない。先の見えない未来を不安視するのではない。
今を、この時を精一杯生きる。
そして、私たちが一生懸命やっているラジオを聞いてくれた人たちが、
笑顔になれたら、楽しい気持ちになれたら、
パーソナリティとしてこれほど嬉しいことはない。

＊　＊　＊　＊　＊

奏絵「イベントに向けて、どしどしおたより応募してきてねー」
稀莉「ふつおたはいりませんから！」

＊　＊　＊　＊　＊

第2部 止まらないドキドキ

断章　ふつおたはいりません！

私が初めて彼女、吉岡奏絵を見たのは「空飛びの少女」のイベントだった。

当時、私は小学生だった。

周りの男子たちが「空飛びの少女が面白い」「この後の展開気になりすぎる！」「まじ熱すぎ！」と盛り上がっているのを聞いて、そんなに面白いのかと気になってしまい、学校帰りに本屋に寄って小説を買ったのがきっかけだった。

「空飛びの少女」は素晴らしかった。

男子たちが盛り上がるのも当然だった。熱い展開、広大なファンタジー要素、激しいバトル、空音の恋愛模様。そして空音のかっこいい生き様に私は夢中になり、寝る間も惜しんで読んだ。気づけば最新刊の十巻まで読破していた。

そして、私を虜《とりこ》にした「空飛びの少女」がアニメ化することを知った。

深夜に起きて、両親に見つからないようにテレビの前で正座して見ていた。

アニメの出来は、原作に忠実に、いや原作以上に素晴らしいものだった。その要因が空音の「声」だった。

私のイメージした空音以上に空音であり、彼女の熱演に心が揺さぶられた。

エンドクレジットでみた「吉岡奏絵」という四文字に私は憧れと尊敬を抱いた。

思えば、親が役者の他に声優の仕事もしていたにもかかわらず、声優という仕事を意識したのは、この時が初めてだったのかもしれない。

今までほとんど手を付けていなかったお年玉を使用し、「空飛びの少女」のＤＶＤを購入した。親がいない日に隠れて何回も何回も見た。おかげで台詞のほとんどを覚え、空音を自分で演じてみたりもした。

ＤＶＤにはイベントチケットというものも付いてきた。

イベントには興味あったが、小学生の私が行くにはハードルが高すぎた。親を説得する勇気もなかった。

でも、イベントチケットにはこう書いてあった。

出演：吉岡奏絵

憧れの人に会いたい気持ちが勝った。

私は当時所属していた劇団のマネージャーに頼み込み、チケットを応募してもらった。もちろん親には内緒だ。

私の思いが届いたのか、見事当選し、「空飛びの少女」のイベントに行けることになった。さすがに小学生だけは不味いと思ったのか、劇団のマネージャーも一緒に参加してくれることになった。

イベント前日は、大好きな「空飛びの少女」のイベントに行ける、それに憧れの吉岡奏絵に会える！　と興奮しすぎて、ほとんど眠ることができなかった。

当日、イベントでステージに立つ吉岡奏絵から目が離せなかった。

「みんな、こんにちはー！　空飛びのイベントに来てくれてありがとう！」

面白いトーク、彼女が担当したエンディング曲の熱唱、そこに空音がいるかのような朗読劇での熱演、誰よりも彼女は輝いていて、誰よりも大きい存在だった。

とても新人声優には見えなかった。

私もこの人みたいに輝きたい、吉岡奏絵みたいに大きな存在になりたい。

イベント後も彼女のことを考えてばかりだった。

彼女への憧れは一層増し、また会いたい、という気持ちが強くなった。

寝ても覚めても、学校でもお風呂でも、ベッドでも彼女のことばかり考えていた。

恋愛を漫画や小説、アニメを通じてしか知らない私にとって、それは初恋みたいなものだったのかもしれない。

このイベントをきっかけに私は声優になる決意をした。

彼女に夢を与えられたのだ。我ながら単純である。

決意をしたからには両親を説得する必要があった。

……もちろん吉岡奏絵の名前を伏せてだが。

最初は母も反対した。けれど母自身、役者で声優経験もあったことから、強く反対できなかったのだろう。劇団関係から声優の仕事を貰えるようお願いしてくれた。母には感謝してもしきれない。

そして、私は気づけばとんとん拍子で声優になった。

彼女と同じ舞台に立てた。

しかし、憧れの吉岡奏絵は「空飛びの少女」の初主演以来、輝きを失っていった。


彼女に二回目に会ったのは、アニメ「無邪鬼」の収録現場だった。

「初めまして、吉岡奏絵です。今大人気の佐久間さんに会えて光栄です！　私、モブ役やちょい役ばかりなんで名前も知らないと思うんですけど、宜しくお願いします〜」

そこに私が憧れを抱いた吉岡奏絵はいなかった。

ステージで堂々としていた、輝いていた、誰よりも大きかった彼女は落ちぶれてしまっていた。

彼女に失望した。

私の憧れた「吉岡奏絵」はこんなんじゃなかった。

でも、それは私の勝手な理想の押し付けで、今の彼女に責任はなかった。

彼女がどうなろうと私は関われない、憧れただけの他人であった。

所詮、初恋なんて実らないものなんだ。

そんな時、転機が訪れた。


「佐久間さん、ラジオのオファーがきました」

正直、ラジオの仕事は嫌いだった。

何度かパーソナリティを務めているが上手くいったためしがない。

演じるのではなく、「佐久間稀莉」でいるのがよくわからなかった。いつも愛想笑いだけで、当たり障りのないことしか喋らない、つまらない場所だった。

それでも仕事だ。選べるほど私は偉くないし、これも声優の仕事である。

ラジオは二人組ということで、ラジオの相方、相手を決めるのは私に委ねられた。

構成作家が候補のリストを作ったらしい。紙には十人の声優の名前が書かれていた。

そこにあったのだ――「吉岡奏絵」の名前が。

私は喜ぶと共に、これはチャンスだと思った。

憧れの「吉岡奏絵」を取り戻す機会だと。

私はマネージャーにすぐ返事をし、作戦を練ることにした。

「ただいまー」

「おかえりなさい、稀莉さん」

私の家は両親が仕事で忙しく、ほとんど家にいないため、夕飯時まで家政婦の晴子《はるこ》さんが家事をしてくれている。

「今日もお仕事お疲れ様です」

「ありがと、くたくただわ」

「ふふ」

晴子さんがふいに笑う。

「どうしたの？」

「嬉しそうですね、稀莉さん」

「そう見える？」

「はい。いいことありました？」

「うーん」

いいことね、思い当たる節はあれしかない。

「これからある予定」

「そうですか、それは楽しみですね」

晴子さんはここで働いて六年になる。

十八歳の時から働いてもらっていたので、今は二十四歳になる。私のお姉さん的立ち位置で、何でも相談にのってくれる良き理解者だ。

「すぐご飯にしますか？」

「少し勉強してからにします」

「わかりました、ゆっくり準備しますね」

そして、私の秘密を唯一共有している人物である。


秘密への扉を開ける。

そこは私の自室だった。

壁には「空飛びの少女」のポスターに、雑誌についていた「吉岡奏絵」のポスターが貼ってある。

棚には「空飛びの少女」の全DVDに、声優になってからのお金で買い直したBD、ライトノベル、漫画等《など》の書籍が陳列されている。机には「空音」のフィギュアがいくつもあり、ベッドには「空音」の服が少しはだけた、ちょっとエッチな抱き枕が横たわっている。

オタク部屋だった。それもけっこう重度の。

部屋の掃除をしてくれる家政婦の晴子さんに、この秘密をさすがに隠し通せるわけがなく、打ち明けている。親に内緒にできているのが奇跡だ。

ベッドにダイブし、空音の抱き枕に顔をうずめる。

「空音とラジオ、奏絵さんとラジオ♪」

憧れの人とラジオの仕事ができるのだ。浮かれてしまうのも無理がない。

また会えるのが、お話しできるのが、嬉しくて、嬉しすぎてたまらなかった。

でも、でもだ。

彼女を、あの頃輝いていた「吉岡奏絵」を取り戻すために私は考えなければいけない。

どうしたら彼女は変わってくれるだろうか。

普段の当たり障りのない良い子の私、佐久間稀莉では彼女は変わってくれないだろう。輝きを取り戻してくれないだろう。

ならば、私は鬼になるしかない。

悪魔になる、彼女にとってとことん嫌な奴になる。

十歳の年の差だ、こんな小娘に舐められたらムカつくだろう、イラっとくるだろう。

その怒りが変化のきっかけになればいい。「こんにゃろー」と私を見返すため、努力してくれればいい。

年下に舐められて、何も思わないようだったら、もう彼女は終わった声優だ。そんな吉岡奏絵は見たくない。

私は悪い子になるんだ。彼女を大好きな私は封じるんだ。

彼女を怒らせるために、憧れる私はいなくていい。

「ふつうのオタクな私はいらない！」

ベッドの上に立ち、拳を突き上げ、高らかに宣言する。

そう、吉岡奏絵が大好きで、空飛びの少女の大ファンの、普通のオタクな私はいらない。

ふと横を見ると吉岡奏絵のポスターが目に入る。今日も可愛い彼女の百点満点の笑顔に私もつられて笑顔になり、はっとする。

いざ彼女を前にして、笑顔を抑えきれるだろうか、と不安になるのだった。

私が吉岡奏絵に会うのはこの後すぐのこと。

それは三度目の出会いだった。

第1章　打ち上げは食べ放題ですか？

「私はこの作品に出合い、たくさん成長させてもらいました。難しい時代設定でしたが、ヒロインの千鳥として精一杯演技することができたと思います。毎回アフレコは大変でしたが、今では良い思い出で『無邪鬼』という素晴らしい作品に携われたことは誇りです」

新宿のとあるホテルの宴会場に大勢の人が集まっている。

結婚式、記念授賞式？　違う。今日開催されているのは、アニメの作品打ち上げだ。

壇上の上で話すのは今をときめく女子高生声優――佐久間稀莉。

俳優の母親譲りの才能だろうか、抜群の演技センスを持ち、主要キャラを何役も射止めている実力派。けれども才能に驕ることなく、音響監督に物おじせず意見を言うストイックさを持つ努力家でもある。

彼女こそ、スポットライトの下で輝くのにふさわしい女の子だ。可愛く、よく通る声は世界を魅了する。

そんな彼女が、美声の天使が、私――吉岡奏絵のラジオのパートナーである。

「今日はこのような広い会場で、素敵な打ち上げに参加でき、とても嬉しいです。美味しいお食事がたくさんあるということでぜひ皆さんも楽しんでくださいね。キャラクター、作品のモチーフの料理、飲み物もあるということで私も楽しみにしています」

彼女が微笑み、場が和む。

ステージに立つと別人みたいだ。いつも私を罵っている人に見えない。

「ヒロインの千鳥を演じる佐久間稀莉さんでした。続いて、監督から乾杯の音頭をいただきたいと思います」

この春始まったばかりの私たちのラジオ番組『これっきりラジオ』。

失敗もあったが、再生数もどんどん増え、この三ヶ月でかなりの人気が出ている。

第一回目はつまらない放送だった。

それが変わった。変えた。私が「よしおかん」になることで、二人のかけ合いは勢いを増し、どんどん言葉が溢れていった。

「不仲」関係から始めた番組が回を増すごとに「仲良し」度を増し、今では言いたいことを言い合える良き関係となっている。以前とは違った、毒舌の稀莉ちゃんも好評で受け入れられている。

監督の挨拶が終わる。

「それでは皆さんグラスをお持ちください。乾杯〜！」

「「乾杯ー！」」

そして、九月には初のイベントも予定されている。これからも道はまだまだ続いていくのだ。大忙しで、息つく暇もない。

まぁいい、これは嬉しい忙しさなのだから。

そろそろ思いにふけるのはよそう。今日は打ち上げだ。ラジオのことばかり考えていたら、作品に申し訳ない。今は勝利の美酒に酔い、たらふく喰《く》い、満たされるのだ。

乾杯のビールを早々に飲み干し、次のお酒を求め、旅立つ。

打ち上げ会場には大勢の人がおり、全員がこの作品の関係者であるが、ほとんどの人の名前も顔も知らない。

それもそのはず、打ち上げには私の知っている監督、プロデューサー、音響監督、声優以外に、現場でアニメを作っている人たちが大勢いるのだ。アニメ制作会社の制作進行さん、絵を描く作画さん、背景さん、CG屋さんに撮影さん、演出さん、脚本さん。フリーの人から会社に属する人、私も全て把握できないほどに多くの業種の人がいる。また実際に作る人だけでなく、広報、宣伝、Ｗｅｂ担当、様々な仕事がアニメの作品を支えている。

全員の顔を覚えて、皆に「ありがとう」と一人一人お礼したいところだが、時間が足りない。この場を楽しむことで、感謝の気持ちにかえたいと思う。話してばかりだと、食べたり飲んだりすることできないからね。

それにしても『無邪鬼』はなかなかにヒットしたのだろう。打ち上げ会場を見ればわかる。ホテルの宴会場を貸し切り、食事はバイキング形式。種類も豊富で、さらにアニメにちなんだ料理もある。かなりのお金がかかっている内容だ。

打ち上げの規模が必ずしも「アニメが成功したかどうか」の指標になるわけでもないが、概《おおむ》ね間違っていないと、私は思う。

大学生御用達《ごようたし》のチェーン店の居酒屋で開催された時には「あーこの作品売れなかったんだ

な……」と察してしまったこともあった。会社の会議室で、シートを敷いて開催されたこともある。室内で花見かな？　と思ったが、それはそれで楽しかった。

　昨今では、打ち上げが開催されるだけでマシなのかもしれない。ひどい時には、打ち上げの「う」の字も出てこず、アニメの最終回が終わり、ＢＤは発売され……ないこともある。

　そう思うと、今回の打ち上げはかなり恵まれた部類だろう。超大ヒットした作品は、六本木で開催されたり、シャンパンタワーが用意されたりと何かとリッチらしいが、そういった場で和める気はしない。残念ながら、パリピ気質ではない。

　それに何といっても、この打ち上げは無料である。

　作品によってはお金が徴収され、個人負担、事務所負担の場合もあるが、今回はタダ、無料である。無料である！　普段コンビニ弁当やスーパーの半額弁当の私にとって、打ち上げはご褒美なのである。

　今回は無料で美味しい料理を食べ放題、なだけではない。さらにお酒も飲み放題なのである。最高だ、打ち上げ最高かよ！　ワイン、ビール、ハイボール、カクテル。定番ものは基本的に揃っている。

　でも、私が求めているのは違う。普段飲めないものを求めているのだ。

「あ、ああ！」

　あった、さすが時代劇ものアニメだ。日本酒がある！

　それも樽《たる》だ。爽やかなお姉さんが竹勺《ちくしゃく》を使って、升に日本酒を入れている。

「お姉さん、ください、ください」

子供のように無邪気にお姉さんに日本酒を求める。お姉さんが若干引いているが、気にしない。

「はい、どうぞ」

お姉さんから日本酒を受け取り、今年一番の笑顔を浮かべる。

透き通った水面にそっと顔を近づけ、香りをかぐと柔らかな陽気が私を包む。たまらず私は口につけ、日本酒の世界へ誘われる。

ごくん。

「う、うまいっ!」

なんだこの美味さは! 久しぶり飲んだからそう思うのではない。今まで飲んだ中でも格別においしい。優しさの中に、濃厚さと、厳しさを持つ、絶妙な調和。何処の銘柄だ? これ持ち帰りたい。

「こちらの日本酒、特注なんですよ」

お酒のお姉さんが微笑む。

「特注なんですか?」

「ええ。プロデューサーの実家がお米農家で、市販されることのないお米を使用しています。ここでしか飲めないものですよ」

「ここでしか、飲めない……!」

アニメオタクにとって「限定品」は欲望を掻《か》き立《た》てる魅惑の言葉である。「ここでしか」という言葉はずるい、ずるすぎる。

「お姉さん、もう一杯！」

いつの間にか飲み干した升を差し出し、お姉さんにおかわりをもらう。

「はー幸せ」

至福の時間である。私はこのために声優をやっていたのだ。……いや、さすがに嘘だよ、冗談だよ、半分ぐらい。

「はは、いい飲みっぷりじゃねーか」

私の豪快な飲みっぷりを褒めるのはベテラン男性声優さんだった。

「お疲れ様です！　あはは、お恥ずかしい所を」

「いいって。吉岡がそんなに酒豪だったとは意外だわ」

「私なんてそんな〜」

そう言いながら、三杯目のおかわりを求めている私だった。

同じ声優さんと話せるのも作品打ち上げの良い所だ。

「あの作品見ましたよー。演技すごすぎて鳥肌でした！」

「だろー、俺もちょっと自信あったんだ」

ガハハとベテラン声優さんが笑う。

一緒のアフレコだと話せるが、忙しい人気声優や、ベテランの人だと別録りなことも多い。同じアニメに出ているのに初めて会うのが、イベントや打ち上げといったことも珍しくないのだ。同じ事務所でもなかなか会えない人だっていたりする。

だから、共演者と交流できる打ち上げは貴重なのだ。

それに、

「お、いたいた。たっちゃん、お前のとこの米の酒、この子が美味しそうに飲んでいるぞ」

「本当ですか、嬉しいな」

やってきたのは四十代くらいのスーツを着た男性。この作品のアニメ会社のプロデューサーである。

「お疲れ様です。93プロデュースの吉岡奏絵です」

「どうもどうも、お疲れ様です」

「本当に美味しくて感動しています」

お世辞でもなく、本気で美味しい。

「ありがたいです。どれぐらい飲んだんですか」

「もう五杯目ですかね」

「えっ、五杯!?」

プロデューサーさんに軽く引かれる。無理もない、打ち上げが始まってまだ三十分ぐらいだ。

「な、たっちゃん。吉岡はすげーんだ。こんなに飲める女性はなかなかいないぞ」

「はは、確かに」

「恐縮です」

最近は飲まない人も多いので、こんなに飲む女性声優はさぞ珍しいだろう。

プロデューサーが「あっ」と驚く。

「どうしたんですか？」

「吉岡さんって、よしおかんさんですよね？　あのラジオの」

「さん付けはいいですよ。はい、よしおかんです。これっきりラジオを今作ヒロインの佐久間さんとお届けしています」

「あー、やっぱりそうなんですね。うちの制作の子が面白いと話題にしていて、気になっていたんですよ」

「そうなんですか！　少し恥ずかしいですね、ははは」

アニメ会社の人も話題にしてくれるとは嬉しい。

「たっちゃん、そんな面白いの、そのラジオ？」

「ええ、凄い人気ですよ。確かイベント決まったんでしたっけ？」

詳しい。さすがプロデューサーだ、情報が早い。でも、ヒロインの子の動向を探るのは当然のことなのかな。

「はい、ありがたいことにイベント決まったんです。今から緊張しています」

「何回もイベントしているから大丈夫だろ」

「あはは、そうだといいですね」

空音以降はほとんど主演キャラを演じていないので、イベントでメインを張っていないのだ。もうあの頃の思いを忘れてしまっている。

お酒を飲みながらも話は止まらない。いや、話を止められない。

社交の場でありながら、これは仕事なのだ。

プロデューサーに「そういえばうちの酒を美味しく飲んでいた子がいたなー」と印象づけられれば勝ちだ。これは営業、自己アピールなのである。声優を選ぶのは、プロデューサーだけではないが、決定権を持つ一人である。華やかな場でありながら、ここは勝負の世界なのだ。生き残るためには、覚えてもらうしかない。

だから、ベテラン声優の男性も私のためにわざわざプロデューサーを呼んでくれたのだろう。気遣いができるよい先輩だ。

「くはー、うめー」

ただお酒を飲む仲間を見つけたかっただけではないよね？

さて私はお酒を飲みながらも、どこか冷静に、場を見極めなくてはならない。ずっとベテラン声優、プロデューサーと話していては他の人にも挨拶ができないのだ。頃合いを見極め、失礼のないように次のアピールの場に移らなければならない。

普通はお手洗いに行ったり、お酒を取りに行ったりしその場を離れるのだが、私の欲望のままに突っ走った結果、日本酒ゾーンの前で陣取ってしまい、「お酒を取りにいってきますねー」が使えない。

見極めろ。いつだ、ここか、いや、違う。今じゃない。

ごつん。

「ぐはっ」

背中に衝撃を受け、日本酒を少し吹く。も、もったいない。

誰だ、私にタックルをかますのは。敵襲なのか!?

振り返ると、いたのは小さな女の子。

「あれ、稀莉ちゃん？」

「ふんっ」

何だかむすっとしていて、不機嫌だった。

いつの間に私地雷踏んだ？　いや、今日は壇上で挨拶するのを見ていただけで、稀莉ちゃんとは話してはいない。

「おー、ヒロイン様の佐久間じゃん」

「お疲れさまです」

「がるがる……」

私の背中で稀莉ちゃんが男性二人に威嚇している。

「どうしたの、稀莉ちゃん？　変なものでも食べた」

「食べてない！」

「がはは、おもしれーな、佐久間は」

稀莉ちゃんの失礼な態度も、二人は意に介さない。

そして、私の服を引っ張る稀莉ちゃん。何なんだ。急にお母さんが恋しくなったの？　私、こんなかわいい子産んだ覚えないけど！

「私と、ご飯たべよ」

「お、おう、わかったぜ」

思わず、男口調で返してしまう。

「そうだな、美味しいご飯もあるんだから、食べないともったいない。行ってきな」

「ですね」

二人の後押しを断るわけにはいかない。

「はい、じゃあお腹もいっぱいにしてきますね」

「おう、親子で仲良くな」

「せめて姉妹にしてくれません!?」

ツッコまずにはいられない。

こうやってすぐ言葉を返せるのも、ラジオをやっている成果なのかな、と思うと微笑ましい。母親に見られるのは、うら若き乙女としては微笑ましくはないけどね。

確かにお酒だけでこの打ち上げを終わらせるにはもったいないぐらい、多種多様な料理が置いてある。作品が時代劇だからか、和食が多いが、パスタやお肉系もしっかりとある。

「このお寿司《すし》美味しそうだね」

「……」

「あー、ステーキ！　ステーキだよ、稀莉ちゃん！」

「……」

「キャラのプリントケーキだ、可愛い。写真撮ろうよ」

「……」

稀莉お嬢様がご機嫌斜めである。

どうしてだ！　まったく理由がわからない。

悩んでいても解決しない。わからないなら、聞くしかない。

「あのー、稀莉ちゃん、私何かしたかな？」

「何にもしてない」

「さいですか」

「うん」

会話終了。何もしてないのに怒られる理由とは何だ、何なのだ。

料理を取り終え、近くの丸テーブルに料理を置く。話しやすいようにと立食パーティーなので、他の人とも自然と目線があう。

すかさず挨拶。

「どうもこんにちはー」

「こんにちはー、たくさん料理とってきましたね」

眼鏡のお姉さんが挨拶を返してくれる。ラフなTシャツ姿が様になっていてカッコいい。

「はは、食べ盛りなもので」

「うちもついつい食べすぎちゃいますわ。普段ロクに食べれないから」

「私もです。打ち上げはありがたいですよね」

「年に何回かの収穫祭ですわ」

そしてノリもいい。雰囲気の良い女性だ。アニメの宣伝や営業の人かな？

「失礼ですが、お仕事は営業関係ですか？」

「違います、違います。うちはアニメの背景描いています」

「すみません、現場の方だったんですね。背景ですか！　無邪鬼の背景とっても綺麗で感動しました」

「ほんと？　ありがとう。細かいのばっかで大変だったんですよ。城の細部や城下町は嫌気が差しましたわ」

「取材にも行ったんですか」

「行きましたね〜。でもほとんどは当時の写真から想像して、どーんです」

どーんという感覚はわからないが、さすが美術の人という感じで面白い。

現場の人と話すと、アニメは色々な人の協力で出来上がっているのだと実感する。普段見えないから、こういう風に顔を合わせるのは大事なことだ。

「なああ、うちのことはいいけどさ」

「はい？」

お姉さんがちらっと横に目線を投げる。あっ。

さらにむすっとした女の子がいた。ごめん、話に夢中で稀莉ちゃんを放置しすぎた。

彼女の皿はすでに空っぽだった。

「……」

無言の圧力が怖い。

というかどうしたの今日の稀莉ちゃん？　普段は愛想の良い天使なのに、今日は自分から話すことをせず、やたら苛々《いらいら》としている。

「甘いものが足りないのかな？　ほらほら、さっきとってきたケーキあるよ」

お姉さんが気を遣ってくれる。

甘いものを見た稀莉ちゃんの目が一瞬輝いたのを私は見逃さなかった。

「お言葉に甘えて、ケーキもらおうか」

「いらない」

強情だ。

ケーキにフォークを差し、持ち上げる。

「ほら、あーん」

「い、いいって」

「落ちちゃうよ、はいはい、口開けて」

目を丸く大きく開けた稀莉ちゃんが、口は小さく開き、私はケーキを運搬する。

もぐもぐ。小動物に餌付けしている気分だ。

「ほら、美味しいでしょ」

「……うん」

「お姉さんにお礼言わないと」

「私は子供か！」

十七歳は子供だよ、というツッコミは怒られそうなので避ける。

「ありがとうございました。美味しかったです」

きちんとお礼の言える良い子だ、うんうん。何で母親気分なのだろうか。

美術のお姉さんが温かい目で眺めながら、口にする。

「いやー、お二人は仲良しですね。さすがパートナーですわ。普段からこうイチャイチャしているんですか？」

「イチャイチャって、これぐらい普通じゃないですか」

「いやいや、普通じゃないですよ」

……えっ、そうなの？

稀莉ちゃんが顔を真っ赤にしている。あれ、普通じゃなかった？

私が同僚の人にあーんする、……うん、普通じゃないわ。

「仲良しでいいですね」

「はい、ラブラブですかね」

お姉さんの言葉にのって返答すると、稀莉ちゃんがその場から逃げ去った。

怒らせてしまったかと反省。後で謝らないと。本当、今日の稀莉ちゃんはよくわからない。

「あらあら、苦労しそうですね」

「ええ、苦労しています」

「いやいや、佐久間さんがですよ」

「へ」

お姉さんの言葉が理解できない。が、わかった風に流すことにした。

それより、別の疑問が。

「私たちのこと、ご存知だったんですか？」

「そりゃもちろんです。有名声優の二人ですから」

「稀莉ちゃんはともかく、私も？」

「ええ、人気ラジオじゃないですか。私もよく仕事中聞いていますよ。めっちゃ笑えます」

そうか、めっちゃ笑えるか。リスナーの生の声は嬉しい。私も意外と知名度があるのだなと自惚《うぬぼ》れる。まあ、アニメの打ち上げだからね。そりゃ普通の世界より、知られてはいる。

「ありがとうございます」

「これからも応援してますね、よしおかん」

普通の人からの「よしおかん」呼びはまだどこか恥ずかしい。けれども皆に知られて認められているのは、嬉しくてたまらない。

打ち上げは飲食しながら、人と話す場。

というだけではない。

「あーこのシーン良かったよね。あのモブ私なんだ」

「ふーん」

スクリーンに映し出されたアニメ最終回を見ながら稀莉ちゃんに話しかけるもいまだに不機嫌だ。

幾分、緩和された気もするが、ちょっとつれない。

それにしても大きなスクリーンで見るアニメはいいものだ。私は一人寂しく家のテレビで最終回を見たので、大きな会場で誰かと見るのは楽しい。

主要キャストだとスタッフ皆で鑑賞したり、先行上映会があったり、一人だけではないことがあるのだが、私はこの作品ではモブだ。鑑賞の場に呼ばれるわけがないし、自分でチケットを取り、参加するのは悲しい。

「やっと見つけました。あまりうろうろしないでください佐久間さん」

やってきたのは、稀莉ちゃんの事務所のマネージャーの眼鏡女子の長田さんだ。

「こんばんは、吉岡さん。今日もお綺麗ですね」

「何ですか、その口説き文句！　こんばんはです」

無表情ながらも「ふふっ」と笑い声をこぼす。ラジオの収録の度に会うが、この人も個性派ぞろいの声優に負けない、普通じゃない、面白い人物だ。

「なによ、佳乃。私は迷子じゃないわよ」

「迷子とは言ってませんよ。また今日も吉岡さんをストー、ぐふっっっ」

長田さんが何か言い終える前に、稀莉ちゃんが長田さんに見事なタックルを決めていた。稀莉ちゃんが真っ赤な顔で抗議する。

「よ、佳乃！」

「はいはい、大人しくしましょうね佐久間さん」

しかし、平然と二本足で立っている長田さん。侮れない。何なんだこの人たち！　高レベルな戦いを打ち上げで披露しないでくれ。

「じゃあ、私はお邪魔かと思いますのでこれで」

「待ってください、吉岡さん。これから抽選会ですので、私たちと一緒にやりましょう」

「抽選会ですと！」

打ち上げでは定番のイベント、それがプレゼント抽選会だ。

入口で番号の入った紙、トランプ、ビンゴカードなどが配られ、打ち上げの空気が一段落したところで行われる催しだ。

打ち上げにもよるが、たくさんの商品が用意され、中にはテレビ、旅行券などかなり高価な景品もある。

「楽しみですね。お言葉に甘えてここにいます。一緒に見届けましょう」

「見届けるんじゃなくて、当てる気でいなさいよ」

「調子乗ると当たらないから、謙虚でいるのさ」

望むと当たらないものだ。だから無心で。テレビ、家電、旅行……あかん、邪念が溢れ出す。

「それでは、プレゼント抽選会を始めます！　くじを引いてもらうのはこの人！」

司会に紹介された主演男性声優さんが登壇する。

「はい、いきますよー。皆さん、注目してくださ い〜」

ふと疑問に思い、稀莉ちゃんに話しかける。

「稀莉ちゃんは登壇しなくていいの？」

「私は遠慮したわ。引く方にまわったら楽しめないじゃない」

「確かに。当てたいものね」

「うん、絶対に当てる」

絶対に？　そんなに欲しいものがあるのだろうか。この若さで色々なものを手に入れている稀莉ちゃんが。

「はい、二十八番の方」

「はいはいー」という声が聞こえ、女性が前に向かっていく。あっ、さっき話をした背景のお姉さんだ。

男性声優さんから商品を受け取る。

「商品は最新の炊飯器です。当たったお気持ちをどうぞ」

「炊飯器すごく嬉しいです。会社に置きます。お夜食はこれで困りません」

どっと笑いが起きる。決して冗談ではなく、本気なんだろうな……。

「はい、たくさん炊いてくださいね」

次々と番号が読み上げられていく。

プラモデルセットに、折り畳み自転車、お米券に、ワイン。プレゼントに限っては作品に関係なく、多種多様だ。かなりの数が用意されており、多くの人が当選している。けれども、

「当たらない、当たらないぞ！」

私はどこにも引っかかっていなかった。

「私も当たりませんね」

「私も」

長田さんも稀莉ちゃんも当たっていない。しかし、当たっていないということは残り三つの大きな商品が当たる可能性があるということだ。

「次の商品は、おーこれは凄いですね。最新ゲーム機にVRセット。これ俺がもらいたいぐらいです」

会場からは「おー」と驚きの声。私はそんなに、かな。けど売ったらいい値段？　いやいや、打ち上げの商品を売ったら倫理的にアウトでしょ。

「三番！　おーそこの方！　おめでとうございます」

あっさり外れる。景品はあと二つ。

「残る二つは旅行券です。一つ目はあの有名なテーマパーク、ネズミの国のペアチケットです」

稀莉ちゃんの肩がびくっと震えた。さてはこれがお目当ての商品か。ネズミの国が好きなんて、やっぱり高校生なんだな。普段大人びているので、女子高生らしさに安堵《あんど》する。

私は久しく行ってないな……。青森にいた時は憧れの場所だったけど、大学生になって女友達たちと二度行ったきりだ。行ったら楽しいけど、積極的に自分から行こうと思わない。機会があれば喜んで行くが、なかなか機会というのもないもので。あれ、私悲しい独身アラサー女性？

「引きます。どれどれ、八十八番！　八十八番です！」

「おー、当たっちまった」

前に向かうは日本酒を一緒に嗜《たしな》んだベテラン声優さん。

「おめでとうございます！　どなたと行きますか？」

ペアチケットだから定番の質問だ。

「せがれと行くかな。もう中学生だから親父《おやじ》と一緒に行ってくれるか不安だぜ」

あははと笑い声に包まれる会場。そして、隣で真っ白に燃え尽きている稀莉ちゃんがいた。

「ざ、残念だったね」

「……」

「そんなにネズミさん好きだったんだね、稀莉ちゃん」

「ううん」

「え、くまさんの方？」

「そういうことじゃなくて」

「まあ、いつでも行けるよ、きっと」

「……うん」

落ち込んでいる彼女をどうにか励ましたいが、どうしたものか。

そして一等賞の発表が始まる。

＊　＊　＊　＊　＊

奏絵「始まりました」
稀莉「佐久間稀莉と」
奏絵「吉岡奏絵がお送りする……」
奏絵・稀莉「これっきりラジオ〜」
稀莉「第十五回目の放送です」
奏絵「この番組も十五歳ですか」
稀莉「はい？　十五歳？」
奏絵「一歳から始まり、もう中学生ですよ」
稀莉「あーそうですか」
奏絵「反応うすっ！」
稀莉「はいはい、百歳目指して頑張りましょう」

奏絵「いえ、十八歳でストップします」
稀莉「どうして、なんてツッコミはしないわよ」
奏絵「うー、つれないな」
稀莉「はい、オープニングからお便りです。ラジオネーム、『あるぽんさん』からはいはい、常連。『こないだ宝くじで一万円当たりました。大金ではないですが、当たるというのは嬉しいですね。お二人は最近何か当たりましたか』
奏絵「これはまた」
稀莉「タイムリーな話題ね」
奏絵「こないだ作品の打ち上げがあったんですね。作品の打ち上げといえば、そう、プレゼント抽選会！　そこで私たちは見事」
稀莉「……何も当たりませんでした」

＊　＊　＊　＊　＊

「素晴らしいスタッフに囲まれ、無事に作り終えることができました」

プロデューサーさんが締めの挨拶をしている。もうすぐ打ち上げも終了だ。

結局、抽選会でプレゼントは当たらなかった。稀莉ちゃんは外の空気を浴びてくると言い、マネージャーの長田さんと出ていってしまったので、私は一人ぼっちに。

となればすることは一つなわけで、日本酒との第二ラウンドに興じたのだった。無事、一人の力ではないが、会場にあった樽をすべて空っぽにし終えた。謎の達成感。

「吉岡、お前すげーな」

ベテラン声優さんも途中で飲むのを止め、周りの人たちもギブアップ。最後は私の独壇場だった。

私は何と戦っているんだ、さすがに飲みすぎだと反省。

「お褒めの言葉ありがとうございます」

周りから拍手された。何これ恥ずかしい。

「そんな吉岡にプレゼントだ」

渡されるは紙の封筒。

「……現金ですか？」

「さすがにそんなのやるか！　そのままで渡す奴がどこにいる」

「あはは、ですよね。開けさせてもらいます」

開けて出てきたのは、テーマパークのペアチケットだった。

「えっ、これさっきプレゼント抽選会で当てたのでは？」

「おう、そうだよ」

「いえいえ、悪いですよ。息子さんと行ってくださいよ」

「さっき連絡したら、テーマパークよりサッカー観戦したいだとさ。だからそれはいらないんだ。

素直に受け取ってくれ」

「あ、ありがとうございます！」

思わぬプレゼントだ。

「今度、ぜひ何かお礼を」

「いいって。楽しんで来いよ。気にすんな」

「はい、お言葉に甘えて。って言いたいところですが」

「うん、何だよ？」

このチケットを本当に欲しい人は別にいる。事情を話したら、ベテラン声優さんも快く承諾してくれた。


打ち上げも終わり、お目当ての人物を探すがなかなか見つからない。もう帰っちゃったのかな。まだ残っている共演者に尋ねる。

「あのー、佐久間さん見ていませんか？」

「佐久間さん？　さっき帰るといって出て行ったよ」

「本当ですか、ありがとうございます」

やっぱりだ。駆け足で出口に向かう。

別に今渡せなくてもいい。収録の時でもいい。チケットが逃げて無くなることはないのだ。

でも、今渡したかった。

だって、稀莉ちゃんが悲しい顔をしていたから、落ち込んでいたから。せっかくなら打ち上げを楽しい気持ちで終えて欲しい。

だから今なのだ。

しかし会場内では見つけられず、外に出る。

電車やタクシーに乗ってしまってはもう追いつけない。

「……諦めるか」

そう呟きながらも足は止まらず、歩道を駆けていた。

そして、見つけたのだ。

「稀莉ちゃん！」

ちょうどタクシーに乗り込もうとする彼女を発見した。

彼女も大声を出した私に気づき、乗るのを止める。

「どうしたのよ」

近づいてきた私に声をかける。

「渡したいものがあって」

「渡したいもの？」

「これ」

そういって二枚のチケットを渡す。ネズミがいるテーマパークのチケット。

「どうしてこれを」

「もらったの。お酒飲んでいたらね、えへへ」

私のお酒飲みの才能もここで役立ったわけだ。

「欲しかったんでしょ。遠慮せずに貰って。この作品で頑張ったのは稀莉ちゃんなんだから」

「よしおかん……」

いまだ驚いた顔の彼女。こんなところで「よしおかん」呼びはしないでくれって無粋なツッコミもできない。

「ありがとう」

その笑顔が見られただけで満足だ。

「うん、うん。いいってことよ。友達と楽しんできな。じゃあ」

用事は済んだので長居しては悪い。足早に立ち去ろうとした。

シャツの裾が引っ張られ、立ち止まる。

稀莉ちゃんが俯《うつむ》きがちに摑んでいた。

「……」

「どうしたの？」

「……あの」

「うん」

「その、何というか」

「うん」

「いき、たい」

「え、ちゃんと生きているよ」

「そういうことじゃなくて。行きたいの、一緒に」

「うん？」

一緒に行きたい。それは何処に？　話の流れだと、そうなる。私と一緒にテーマパークに行く。

でも本当にそうなのか？

「私とでいいの？」

「う、うん」

「友達とじゃなくていいの？」

「だから、そう言っているでしょ」

「わかった、予定合わせていこうか」

「うん！」

さっきよりも満面の笑顔。彼女のこんな無邪気な笑顔は初めてで、印象的だった。

長田さんに促され、タクシーに乗り込み、彼女は去っていった。

残された私は一人、駅まで歩く。

……お酒を飲みすぎたのだろう。顔が凄く熱かった。

第2章　場内の撮影は禁止です

「イベントは三ヶ月後だ」

暑さも増し、半袖のシャツになった植島さんが私たちに向かって話す。

『これっきりラジオ』の初めてのイベントが決まったのだ。放送から三ヶ月で初のイベントが決定とは異例の早さだろう。ただイベントは公開録音形式で、コーナーはほぼそのままなのであまり悩む必要がない。助かる。

「それで場所は何処なんですか」

私の質問に植島さんが嬉しそうに答える。

「武道館」

「嘘つけ」

すかさずツッコミをいれる。最大一万人以上も入る夢の舞台で、初イベントなんてありえない。売れている声優さんのライブでも集めるのが大変なのだ。新参ラジオが烏滸《おこ》がましい。

「もう少し乗ってくれてもいいじゃないか」

「それで何処なんですか」

隣の稀莉ちゃんがあきれ顔で問う。

「科学ホールだよ」

なるほど、科学ホールときたか。

確かに武道館からは近い。というかほぼ同じ敷地《しきち》といってもよい。冗談も遠からず正解だったというわけか。

科学ホールは五百人以下のキャパで、ラジオイベント、声優イベントをやるにはちょうど良いスペースだ。初めての私たちには少なすぎず、かといって多すぎない絶好の場所と言えるだろう。調子に乗って大きい会場をとって大赤字では駄目なのだ。

「いいですね」

「定番だけどね」

「定番だからいいんでしょ」

都内でアクセスもしやすい。土日だと、科学館の本来の目的で家族連れや子供が多いのが難点なぐらいだ。

「それにね」

過去にも聞いた言葉を繰り返される。

「二人の化学反応を起こすにはちょうど良いと思ってね」

初めて聞いたときは、なんて胡散臭《うさんくさ》い言葉だと思った。無理もない。真っ白な台本を見た後だったのだ。

でも、今ならその言葉に納得できる私がいる。

＊　＊　＊　＊　＊

稀莉「〈もうこれっきり！〉のコーナー！」
奏絵「はい、このコーナーはリスナーさんから、辞めたいのに辞められないこと、もうこれっきりにしたいことを募集します」
稀莉「このコーナーいつまで続くの？　そろそろ、これっきりにしたいのだけど」
奏絵「まだ十回近くしかやってないじゃん。お便りもたくさん来ているんだよ」
稀莉「どうせくだらないのでしょ」
奏絵「わからないよ。抱腹絶倒のお便りあるかもよ」
稀莉「そんなお便りがこのコーナーなんかにきたら怖いわ」
奏絵「はいはい、読みますよー。ラジオネーム、『この夏は十kg痩せて彼女をつくるぞ……そんな夢を見ていました』さんから」
稀莉「ラジオネーム長い！」
奏絵「『合コンに行き、気になる女の子と連絡先を交換しようとしたら、私トークアプリ入ってないから〜と言われ、じゃあアドレス教えて！　と言ったら今日携帯忘れたと言われました。ドジっ子ですね。彼女に会うのはこれっきりでした。惨めな思いはこれっきりにしたいです』」
稀莉「あっ、ラジオネームはそういう……」
奏絵「ご愁傷様です」
稀莉「可哀《かわい》そうね」
奏絵「ええ、せめてその場では交換して、家に帰るまでは浮かれた気分にさせてほしいですね」

稀莉「まぁ、期待して帰るよりそこで目が覚めて良かったんじゃない」
奏絵「それはそうかもですね。愚痴を言う二次会の方が面白いっていいますからね。良い酒《さけ》の肴《さかな》になったと思えば救われるかと」
稀莉「はい、二次元に逃避しましょうということで」
奏絵「そんなこと一言も言っていないのだけど!?」

＊　＊　＊　＊　＊

さて今日の収録を終え、気づいたことがある。

私、稀莉ちゃんの連絡先を知らない！

三ヶ月も経ち、それなりに仲良くなったつもりなのに、合コンで出会う異性以下の関係だったとは驚きである。

いや、タイミングがなかったのだ。最初の稀莉ちゃんはともかく毒舌で、私に当たりが強かった。そんな彼女に連絡先なんて聞けるはずがなかった。

でも、今は違う。

ラジオ公式イベントの前にある、非公式イベント開催のために連絡ゲットは必須だ。稀莉ちゃんに誘われた、テーマパークへのお出かけ。お出かけするのに連絡先を知らないと非常に困る。待ち合わせ不可能だ。

しかし、別問題もある。

チケットを渡して以降、彼女から『お出かけ』についての話がない。「いつ行こう」とか「この日空いているよー」とか何も話がない。あれは私の妄想だったのだろうか。それはない、確かに私は彼女にチケットを手渡し「一緒に行きたい」と誘われた。

まぁ、ここは年長者の私が直接聞くべきだろう。彼女から誘ったとはいえ、年下の彼女から予定調整するのも可笑しい話だ。

だから、私は軽い気持ちで発言した。

「ねえ稀莉ちゃん。この後空いている？」

「空いていないことも、ない」

「どっちやねん！」

「あ、空いているわよ、馬鹿！」

何故か怒られたし。空いているなら良いけどさ。

「ファミレスでいい？」

「嫌よ」

即答。「じゃあ何処がいいの？」と聞いては、誘ったのが私なので申し訳ない。給料日前なので戦力が心もとないが、ここは稀莉ちゃんも許してくれるお洒落《しゃれ》な場所を選択するべきだろう。

「それでは、稀莉お嬢様。私がエスコートしましょう。さぁお手を。ついて来てください」

「く、くるしゅうない」

かっこつけた私の演技に乗って来るとは、さすが稀莉ちゃんも役者だ。

「さあ、出発しましょう、稀莉お嬢様」

「う、うん。ちゃんと連れていきなさいよね」

勢いで手を繋いで歩き始めてしまったが、いいか。どうせ姉妹にしか見られないはずだ。外のむわっとした蒸しついた空気も気にせず、街へと繰り出した。


「……」

「……」

どんどん上昇するエレベーター。エレベーター内ってついつい無言になるよね。気まずい。

チン、と到着した音に一安心。呼吸困難にならなくてすんだ……。

辿り着いた先は、地上から遠く離れ、新宿を一望できる高層ビルのレストラン。

「なかなかに大人な店ね」

「はい、稀莉お嬢様もお気に召すと思いまして」

「そろそろ演技やめなさい」

普通に言うと恥ずかしいんだから、こう演技したくなるだって。

「わかったよ。じゃあ入ろうか」

「うん」

薄暗い店内に入り、びしっと決めた格好のお姉さんに案内される。ラッキーなことに窓際の席が空いていた。

座るとエレベーターから見た景色よりも、街が広く一望できた。まだ十九時だが夜もすっかり暗く、街明かりがきらめく。

「どう？　いい景色でしょ」

「うん、そうね」

言葉少なに反応するも、その目はきらきらと輝き、夜景から目を離さない。連れてきたかいがあったというものだ。

一度、事務所の人に連れてきてもらったことがあるお店だ。べらぼうに高いというわけではなく、いつかまた来ようと思ってリストアップしてあった場所。値段以上に素敵な夜景を見ることができる穴場だ。ただ高くないとはいっても、当分は半額シール付きの安売り弁当が続く覚悟をしなくてはならない値段ではある。

「乾杯しようか」

「え、ええ」

注文したのはソフトドリンクだが、グラスからしてお洒落で、写真映えしそうであった。本当はお酒を飲みたいところだが、今日はそういう場ではない。未成年の彼女の前では我慢、我慢。

「君の瞳に乾杯」

「ふるっ！　昭和か！」

「昭和の人に謝れ！」

これでも平成生まれだ。元々は映画の台詞らしいが、見たことはない。

「はいはい、乾杯するわよ」

「乾杯ー」

グラスを軽く合わせ、口にする。すっぱさの中にも、甘さがあり、繊細なハーモニーが奏でられる。自販機では味わえない美味しさだ。いや、この場所なら自販機のジュースをコップに注いだだけでも美味しく感じそうではあるが、うん、とにかく美味しい。

目の前の稀莉ちゃんも満足気だ。

「なんだか大人になった気分ね」

そんな一言もこぼれる。目の前にいる子はまだ学生なのだ。しっかりとした仕事っぷりからついつい忘れてしまうが、まだ十代の女の子。

でも夜景を前に飲む姿は色っぽく、ジュースを飲んでいるようには見えない。

「すぐ大人になるよ」

嫌でも大人になる。人生において子供の時間は短く、大人の期間の方が長いのだ。

「そうね」

学生の時期はすぐに終わってしまう。それからが大事なのだ。学生時の声優はチヤホヤされる。

声優一本の、一人立ちしてからが肝心。

肝心だったんだ。

今の私は後悔してないけどさ。

「こないだの打ち上げ楽しかったね」

「あんたは飲んでばかりだったじゃない」

「そうですね、そうですよ。だってあそこでしか飲めない日本酒があったんだよ。たらふく飲むでしょ。そうオタクは限定品に弱い！」

「それは否定しないけど！」

稀莉ちゃんも意外と何かを揃えているのだろうか。こう見えてオタク？　深掘りしていきたいが本題からズレていくので追及しない。

「それで、貰って渡したチケットだけどさ」

彼女が頬をぴくりとさせる。

「私と行きたくなくなった？　やっぱり友達と一緒に行った方が楽しいよね？」

「へ」

「そうだったら遠慮しなくていいからね」

「そんなことないわよ」

「そう？」

「遠慮なんかしていない」

「でも、なかなか話題にしてくれないからさー」

「……言いづらかったのよ」

言いづらい理由ね……、そうか。

「ラジオの現場で話すとネタにされちゃうからねー。なるほどなるほど、そういうことかー」

私は勝手に納得したが、稀莉ちゃんは渋い顔をしている。あれ、正解だと思ったが違う？

「まぁいいや。行く日にち決めようか」

「そうね」

弾んだ声が返ってきた。

スケジュール帳を確認し、空いている日を探す。といっても私はほぼ空いているので、彼女のスケジュール次第だ。学生の稀莉ちゃんは平日は学生生活を送らなくてはいけないので、行くなら土日に限られる。

「私は土日ならラジオ収録以外空いているよ」

「今月は厳しいから来月かしら」

「七月かー」

春はとうに過ぎ、雨の季節も終わり、夏へと向かう。夏はアニメイベントがひと際多いので、七月の最初らへんがねらい目だろう。

「十四日の土曜日はどう？」

「うん、大丈夫だよ」

「じゃあその日に決定ね。ちゃんと書いときなさいよ」

急《せ》かされてスケジュール帳に記載する。仕事にせよプライベートにせよ、空白が埋まることは心の健康に良いことだ。

「ともかく決まりだね」

「うん、楽しみ」

何にせよ、非公式イベントの日取りが決定した。後はスケジュールをブロックし、当日を迎えるだけだ。

「稀莉ちゃんはいつ以来？　ネズミの国に行くのは」

「うーん、今年の春に行った以来かしら。春休みに家族で行ったの」

「家族で、ですか」

家族ということは彼女の母親である大物役者――佐久間理香と、父親の映画監督も一緒だということだ。テーマパークにいるだけでも画になる。その三人が揃うと、何かの映画の撮影かと勘違いされそうだ。

「でも、家族ってつまらないのよね」

「でしょうね」

私の家族も絶対に行きたがらないだろう。人の混む場所に行きたがるはずがない。そもそも青森から出ることがほとんどないので、そんな心配もいらないのだが。

「乗りたいものは全て母が決めるから、好きな物に乗れないし、パレード見る時間までいられない」

「うんうん」

「だからね、今回は絶対にパレードを見たいの」

「そうだね、せっかく行くんだから見ないとね」

「いつも結愛が自慢してくるの、東京にいてあそこのパレードを見ていないなんて人生の半分を損しているって」

「女子高生が人生を語るな！」

結愛ちゃんというのは稀莉ちゃんの学校の友達だ。普通の東京の女子高生なら確かに一度は見たことがありそうだ。

「私は、見るのは問題ないけどさ」

「うん？」

「時間は大丈夫なの？　門限とかないの？」

「……ないわ」

言《い》い淀《よど》んだ。これは絶対にあるパターンだ。

「パレードとなると二十時、二十一時台かな。そこから帰ると二十三時ぐらいには帰宅と……」

渋い顔をする目の前の彼女。親御さんは心配だから仕方がないよね、こればっかりは。

「あのね、稀莉ちゃん」

「何とかするわ、何とかする！　心配しないで！」

「お、おう」

勢いに押し負ける。彼女が「何とかする」という以上、何とかするのだろう。

「しっかし、夜のパレードね」

「何か問題？」

私は問題ない。私は。

「そういうのは彼氏と見るのが素敵なんじゃない？」

「か、彼氏!?」

「そーそー、カップル御用達のイベントじゃん。それを私と消化していいのかなって」

「カ、カップ……」

「ギャルゲーで女の子と結ばれず、親友と一緒に見に行くエンドでいいのかってこと」

「その例え、よくわからない！」

「えー」

と言っても、女子高生はギャルゲーをやらないか。いや、一般大人女性もやらないだろうけど。

私はあくまで仕事の一環で、それなりプレイしている。それも男子を攻略するゲームより、私はかわいい女の子を攻略するゲームを好む。少年心で女の子を攻略した方がずっと楽しいのだ。

「イベントスチルが私との画でいいのかってことだよ！」

「……？」

全然ピンと来ていない。

「その、よしおかん、おかんはそういうところに」

「ちょっと待った。ストップ、ストーーーップ」

「へ？」

「こういうところで、よしおかん呼びはやめて、ね」

周りにお母さんと見られたくないのだ。自意識過剰！

「吉岡さんとかにしといて？」

「その、奏絵は」

「奏絵？」

「あんたの名前でしょ」

「そうでした」

名前呼びされたことないから、唐突に名前呼びされるとピンとこない。確かに姉妹なら苗字呼びは変だ。ちゃんと考えてくれているな、マイシスター。……あれ、そういえば最近誰かに名前呼ばれた気もしたが、思い出せない。

「奏絵は彼氏と行ったことあるの？」

「さあ、どうでしょうか」

真顔で受け取るな。あーもう、

「ないよ、ない！　大学の時、女友達四人で行ったぐらいだよ！」

「そ、そうなのね」

ほっとした顔をするな。恋愛経験皆無の私に安堵するな！　うー、どうせ惨めなアラサーですよ。声優業界に生き残るのに必死なんだよ！　あれ、テンションが可笑しくなってきた。知らぬ間にお酒入っていたっけ？

「もういいんだね。未来の彼氏と消化するイベントを、私で消化してしまって」

「大丈夫、問題ない」

「そうですか！」

私が気にしすぎなのか。最近の子はいちいち気にしないのかな。

「そうだ、そうだ」

「どうしたの奏絵？」

もう一つの目的を果たさなければいけない。バッグをガサゴソと漁《あさ》り、目的の物を取り出す。

「今更なんだけど」

スマートフォンを目の前に出す。

「連絡先交換しない？」

「え、連絡先交換？　もう、前に交換して……いない。何で交換していないの私達？」

「さあ、何ででしょうね」

出会ったばかりの誰かさんが生意気でそれどころではなかった。とは面と向かって言えない。

「出かけるわけだから、交換しておこう、ほんと今更だけどさ」

「トークアプリでいい？」

「できたら、電話番号も知っておきたいかな」

「うん、わかった」

夜景の見える素敵なレストランで、連絡先を交換している姿は似つかわしくなくて、滑稽だ。

でも、新たな一歩だ。

「よし、登録完了」

携帯が鳴り、見るとトークアプリで稀莉ちゃんからスタンプが届いていた。太った猫が『よろしくにゃー』と言っている。

「はは、センス悪っ」

「なによ、可愛いじゃない」

「女子高生のセンスはわからないわ」

「これだからアラサーは」

私もスタンプを返す。可愛いペンギンの「ありがとう」のスタンプ。

「ありがとうね」

「スタンプでも言っているじゃない」

「言葉にしないといけないと思って」

文字だけでは伝わらない。口にしなければ分かり合えない。

「稀莉ちゃん、ありがとう。私を救ってくれて。私がいない回のラジオ、すっごく嬉しかった。何よりも元気が出た。私を必要と言ってくれて、私はまた頑張ろうと思えたんだ」

「いきなり何よ、恥ずかしい」

稀莉ちゃんが顔を背ける。かわいい奴め。

「だから、少しでも稀莉ちゃんに返していけたらと思ったんだ。一緒にテーマパークが行くのが恩返しになるのかわからないけど、楽しい時間になったら嬉しい」

「……そんなの、お互い様よ」

「え、お互い様？」

「あーもう何でもない！」

「そうですか」

「そうですよ！」

「もう怒らないでよ。大好きな稀莉ちゃんの我儘ならそれなりにきくよ」

彼女が前を向き、私を見た。あれ？　余計な事言ってしまった？

「じゃあ、あのね」

「う、うん」

沈黙が体に悪い。汗が額ににじみ出る。

「いや、いい。また別の時に言うから」

「お、おう、わかった」

軽い冗談から、何を頼まれるのかと身構えたが、先送りにされた。頑張れよ、未来の私。

その後も話は盛り上がり、気づけば二十一時を過ぎていた。

「そろそろ帰ろうか」

「そうね」

「帰りは？」

「タクシーかな」

「私は電車」

じゃあ、ここでお別れとなるわけだ。

席を立ち、レジで会計をする。少々お財布には痛いが、私の奢りだ。と言いたいが「悪いから」と稀莉ちゃんが少し出してくれた。かなり助かった、私の悲しき経済事情。

無事会計も終わり、店を出る。

誘って良かった。目的は果たし、きちんとお礼も言えた。何もかも良い方向に進んでいた。

「美味しかったね」

「うん、よしおかんチョイスにしてはよかったわ」

「よしおかんって言うな！」

あははと笑う私に対し、反応が返って来なかった。

「……」

後ろを振り向く。

稀莉ちゃんが立ち止まっていた。

真っ直《ま》ぐ《す》に前を向いて。

私は、彼女の目線の先を見た。

「どうしたの？」

そこには綺麗な女性がいた。隣のレストランでお食事をしていたのだろう、周りの女性たちと話しながら、出口からエレベーター前に近づいてくる。

見たことあると思った。

一目で芸能人だとわかった。オーラが違う。声優でも、役者をやっている人もいるし、最近はアイドルから声優も多いが、それでも空気が違った。スクリーンで、テレビで、舞台で、自身の存在を輝かせる人だ。

そして、見たことあるのはテレビだけじゃない気がした。既視感があったのだ。それは身近で、誰かに似ていて、面影があって。

そう、ちょうど隣にいる稀莉ちゃんにそっくりだったのだ。

大人の色気、すらっとした身長、気品のある雰囲気は違う。でも、似ているのだ。上手く説明できないが、稀莉ちゃんと同じ空気なのだ。

思わず隣の彼女に声をかけてしまう。

「稀莉ちゃん？」

顔を強張《こわば》らせ、反応が無い。もしかして、もしかしてなのか。

そして、私の言葉で気づいたのか、この場で一人だけ別世界の女性が私たちに気づいた。

正確には、私の隣の彼女に。

「あら、稀莉じゃない」

親し気に話す女性は稀莉ちゃんの母親で、大人気俳優の佐久間理香だった。

「あなたたちは先に行っていいわ」と言い、連れの女性二人はエレベーターで降りていった。私も一緒に降りて逃げたい気分だったが、そんなわけにはいかない。

「こんなところで会うとは奇遇ね、稀莉」

「お母さんこそ」

佐久間理香は「ふふっ」と小さく笑い、そしてガラッと表情を変える。

「今、何時だと思っているの」

「まだ二十一時でしょ」

「もう二十一時よ」

「子供には遅い時間だわ」

「子供じゃない」

「高校生でしょ？　まだまだ子供だわ」

「私はきちんと仕事しているし」

「だから、帰りが遅くなっていいっていうの？」

バチバチと火花が飛び交うかのような言葉の応酬。私も割って入った方が良いのだろうか。

「それに今日は仕事の話をしていたのだから」

「そうなの？」

話に入るなら今だ。

「あーどうも、ごめんなさい。稀莉さんと一緒にラジオをやっています、吉岡奏絵と申します」

「吉岡さん？　あら、どうもこれはご丁寧に」

「今日は今度イベントを行うので、二人で打ち合わせをするために私が誘ったんです。大切な娘さんを夜遅くまで付き合わせてしまい、大変申し訳ございませんでした」

「あら、そうなのね。仕事の話をしていたのね」

「はい、そうなんです」

実際はラジオのイベントではなく、二人で出かけるイベントの話をしていたわけだが、ここはうまく話を作るしかない。稀莉ちゃんも何も文句を言ってこないので、この言い訳で良いのだろう。

「確かに仕事で遅くなることはしょうがないわ」

稀莉ちゃんのお母さんも納得してくれた。

「でも、仕事でも感心しないわ」

というわけではなかった。

「収録などで延びることもあるでしょう。でも寄り道は調整できること。吉岡さんを責めるつもりはありません。吉岡さんは悪くありません。この子がきちんと言って、断れば良かったのですから。ね、稀莉？」

「……」

彼女は答えない。

「吉岡さんも振り回してしまい、すみません。まだまだこの子も子供なんです。仕事をしてお金を稼いでいるとはいえ、まだ学生なんです」

その通りだ。否定のしようがない。高校生で門限二十一時は珍しくないし、だいぶ許されているともいえる。この仕事をしていなければ、当たり前のことなのだ。

「そう、ですね」

私はただ肯定するしかない。

「稀莉。マネージャーによーーく言っておくから、二十一時門限は必ず守りなさい」

「え」

そうでなければ、

「声優の仕事を辞めてもらうわよ」

いいわねと念押しし、稀莉ちゃんは渋々頷いた。

「それでは、お騒がせしました。稀莉、行くわよ」

稀莉ちゃんは俯いたまま、母親とエレベーターに乗り込む。

ドアが閉まり、私は取り残される。「私も一緒に下ります」とは言えなかった。

「参ったな……」

運が悪かったといえばそういうことになるが、何にせよ、軽い気持ちで食事に誘った私がいけなかった。配慮が足りなかった。たとえ稀莉ちゃんが門限についてはぐらかしていたから招いた結果だとしても、私が悪い。

ただ、ここで稀莉ちゃんの母親に会わなかったとしても、問題は先送りされるだけで、この決定はいずれなされたであろう。

「参ったな……」

参ったのは私ではなく稀莉ちゃんであるが、影響は大きい。

遅い時間の外出禁止。つまり、一緒に出掛けるテーマパークでお目当てのパレードが見ることができない。きちんと見ていったら二十一時に帰れるわけがない。

仕方がない。

どうにもならないことなのだ。家でのルールだから仕方がない。家族でも、友達でもない私が「この日だけは例外で！」と求めるのは間違っているのだ。

でも、稀莉ちゃんの落ち込んだ顔は見たくなかった。

「参ったな……」

私はもう一度ひとりごちた。

＊　＊　＊　＊

奏絵「今夜もたくさんお便りが届いています。嬉しいですね」
稀莉「ふつおたはいらないわよ」
奏絵「では一通目。ラジオネーム、『カップラーメンは4分待って食べる』さん。『よしおかんさん、稀莉ちゃんこんばんはー』」
稀莉「こんばんはー」
奏絵「『今度、橘唯奈さんのライブに女の子と一緒に行くことになりました』」
稀莉「※※※ピーーー※※※」

奏絵「待って稀莉ちゃん!?　すみません、ここ編集でピー音入れてください！」
稀莉「何よ、自慢、自慢なの!?」
奏絵「落ち着いて、とりあえず最後まで読ませて。『その女の子が橘さんを好きということで、勇気を出して誘ったのです。僕は彼女のことを前からずっと好きで、チャンスをうかがっていました。今回が絶好の告白の機会だと思うのですが、どう告白したらいいか、アドバイスをいただけないでしょうか』」
稀莉「よしおかん、その手紙渡しなさい！　破る、破るわよ！」
奏絵「落ち着いて、落ち着いて！」
稀莉「そもそも唯奈のライブに行くのに、何でうちのラジオに送ってくるのよ！　あっちのラジオに送りなさい。唯奈独尊ラジオに！」
奏絵「ごもっともです。一度お邪魔しましたが、これっきりラジオは唯奈さんのライブに一切関係ありません。仲良し？　ではありますが」
稀莉「そうよ！　それに何？　ライブで告白？　唯奈に迷惑じゃない」
奏絵「ライブ前に告白して、残念な結果になったら二人はお通夜状態ですからね。ライブ前に解散し、帰宅してしまうかもしれません」
稀莉「ライブ後でも迷惑よ。仮に成功したとしても、楽しいライブより彼女への告白が頭に残る。失敗したら、どんなに楽しいライブでも忘れたい思い出になってしまう。どちらに転んでも真摯にライブに挑んでいるファン、唯奈に失礼なのよ」

奏絵「おお、真面目な意見だ」
稀莉「それに告白するぞ！　と思ってライブに行ったら絶対にそれどころじゃなくて、集中できないわ。だから、ライブで告白するのは駄目！」
奏絵「でも、ライブの勢いを借りたいという気持ちもわからなくないですね。大人になったら修学旅行や卒業式とかそういうイベントがないから、何かに縋りたい気持ちはわかります」
稀莉「うぐっ」
奏絵「稀莉ちゃん？」
稀莉「な、何でもないわ」
奏絵「だ、大丈夫？」
稀莉「あばら三本で済んだわ」
奏絵「それ全然大丈夫じゃないよ!?」
稀莉「そもそもよ、前にも言ったかもしれませんが、私たちに恋愛の相談をするのが間違っているのよ。恋愛の『れ』も知らない学生に、こじらせアラサーおばさんよ」
奏絵「誰が、こじらせアラサーおばさんだって、稀莉ちゃん？」
稀莉「じゃあ、恋愛アドバイスできるっていうの？」
奏絵「私だって、できる、できるんだ！　伊達にギャルゲーばかりやっていないわ」
稀莉「駄目みたいですね」
奏絵「諦めないで！　ここは、そうですね、あの、選択肢は出てこないんですか？」

稀莉「はい、次のお便り行きましょう」
奏絵「えー、あー、カップラーメンは4分の人すみません、上手くいったら連絡くださいね」
稀莉「連絡が来なかったらうまくいかなかったってことね、リスナーの皆は察しなさい！」
奏絵「今日の稀莉ちゃん闇落ちしそうだよ！」

＊　＊　＊　＊　＊

ラジオでつくった演技ならいいが、実際は違う。

暗黒面に落ちた雰囲気は、打ち合わせの時から漂わせ、ラジオ本番ではリア充アピールのお便りをばっさばっさと斬り捨てていった。今の彼女なら一人でジェ○イを殲滅《せんめつ》できそうだ、怖い。

「今日の佐久間さん、面白かったね。グッド、グッド！」

褒める構成作家の植島さんの言葉にも「はあ？」と不機嫌に答える。

理由はわかっている。稀莉ちゃんの母親にコテンパンに絞られたのだろう。そして門限は変わらず、厳格化され、パレードは見られなくなった。

でも、そればかりに囚われてはいられない。

「イベントに向けて、グッズ戦略。さらによその番組へのアピールもしていくから」

そう言う植島さんは上機嫌だ。

私たちもイベントに向けてテンションをあげなくてはいけないのだ。いけないのだけども。

――私に何ができる、というのか。

すべては、私が招いたこと。

チケットを稀莉ちゃんに渡した。夜、食事を誘って、稀莉ちゃんの母親に遭遇した。

私が生き残るために、佐久間稀莉を変えた、ラジオを変えた。

結果論だ。いまさらぐちぐち文句を言い、後悔しても仕方がない。

ならば走るしかない。回り道なんかせずに、ただ真っ直ぐにぶつかるしかない。


「長田さんー」

まぁ、人の力、マネージャーの力は借りるわけだが。

さあ不格好でもタックルを決めてやろうではないか。

第3章　編集点からReStart

やまない雨はないというが、今年の梅雨は降りすぎである。ずっと雨だと洗濯が困るんだよな。乾燥機能付の物を買えよ！　という話だが、値段を見ると尻込みしてしまい、買えないままでいる。誰かプレゼントボックスに入れてくれないだろうか。洗濯機をイベントに持っていけるわけない！というセルフツッコミは無視する。ね、商品券でもいいからさ？

そんな妄想をしながら駅前で傘をさしてぼーっと待っていると、女性が近づいてきた。

「遅れてごめんなさい」

「いえいえ、全然です。事務所の違う私が、仕事以外で呼んでごめんなさい」

やってきたのは眼鏡姿の女性、マネージャーの長田さんだ。マネージャーといっても私のではなく、稀莉ちゃんのマネージャーだ。

「こんな所で話もあれですから、お店に入りましょう」

「ええ、そうしてくれると助かります」

「わかりました。近くに美味しいパンケーキのお店があってですね」

「行きましょう吉岡さん。さあ、さあ！」

長田さんが先行して歩く。

「ちょっと待って、そっちの道じゃないから！」

私が案内しないといけないのに、どんどん進んでいく。長田さんを捕まえたのは数分後で「何で私が先に歩いているんですか？」という台詞付きだった。それは私が聞きたい。


目の前にそびえ立つは三段の塔。雪の女王が住んでいそうな、甘い粉雪が舞う真っ白な建物は、見た目だけでも他とは違う逸品だ。

白い塔に、メープルシロップを注ぐ。くどくない上品な甘さのシロップが生地の甘さとマッチし、舌を幸福で包む。

「美味しいですね、このパンケーキ」

「もぐもぐ」

目の前の長田さんは一心不乱に食していた。どうやら食事中は話ができなそうだ。しばらく大人しく食べ終わるのを見守っているとしよう。

私たちが入ったのは、おしゃれな街の一角にあるパンケーキ屋さん。普段なら行列でなかなか入れないのだが、雨の季節ということもあり、すんなりと入店することができた。

私も甘いものは好きだけれども、長田さんは私以上に甘いものに目がないようだ。仕事の出来る、ビシッとしたクールな眼鏡女子にはブラックなコーヒーや抹茶系の渋いお菓子が似合うと思っていたが、人は見かけによらない。

「それで、話とは何でしょうか」

食べ終わった長田さんが急に冷静な口調で話し出し、思わずくすりと笑ってしまう。

「何が面白いんですか」

「いえ、さっきまでとのギャップが面白くて」

「それは失礼しました。私は少々甘いものに目がなくてですね。良いお店を紹介していただきました、ありがとうございます」

少々、ね。まぁいい。これで賄賂は成立したというわけだ。

「で、私に頼みがあるんですよね」

そして見透かされていると。

「あはは、バレちゃいました？」

「ええ、急に呼ぶんですから。私とただ世間話をしたいわけではないでしょう」

「そんなことはないですよ？」

「本当ですか？　では私と温泉に行き、日本酒飲みながら語り合いますか？」

「それは興味ありありのお誘いです。ぜひ！　と言いたいところですが」

「今は、佐久間さんのことを聞きたいんですよね」

「その通りです」

導き出すのは簡単だ。私は稀莉ちゃんの相方で、長田さんは稀莉ちゃんのマネージャー。共通事項は、稀莉ちゃんしかないのだ。

「ちょっと長くなりますが」

私は経緯を話し始めた。打ち上げでのこと、テーマパークのチケットのこと、一緒に食事に行ったこと、そこで稀莉ちゃんの母親に会ったこと。

「それは、運が悪かったですね。佐久間さんの母親に会うなんて、会いたくても会えませんよ」

「そうですね、芸能人ですものね。でも、会わなくてもいずれ門限は厳しくなったのではないかと思います」

「仕事にも理解がある方ですので、意外な話ですね。まだ学生ということで事務所もかなり気を遣っており、今まではとやかく言われたことはなかったです」

今までは問題なかった。支障はなかったのだ。

それが、変わった。

ラジオが始まったから？　私と出会ったから？　私の配慮が足りなかったから？

「それで、吉岡さんはどうするつもりですか」

「ぶつかるつもりです」

長田さんが不思議そうな顔をする。

「ぶつかる？」

「ええ、直接ぶつかってきます」

「本気ですか？」

「馬鹿だと思います？」

長田さんが口を押さえて小さく笑う。

「ふふ、私、吉岡さんのそういうところ好きですよ」

「お褒めに与り光栄です」

アイスコーヒーの氷が溶け、カランとグラスにぶつかり、音を鳴らす。

結論は決まっている。氷が溶けるのを待ってはいられない。

「でも、ぶつかりたくてもぶつかれない」

欲しいのは、道しるべ。

「だから、私を利用する」

事務所的にはかなり黒。場合によっては罰を受けるかもしれない。

「はい、そうです、利用します」

これは賭けで、博打《ばくち》で、無謀な突撃。長田さんにはリスクしかない。

「私に、宝の地図をいただけませんか」

そんな私の無茶なお願いを、長田さんは驚きもせず答える。

「ええ、いいですよ」

「本当ですか！」

「ただ条件が」

「条件？」

「ある人の協力を仰ぎます」

「協力？　誰ですか」

味方になってくれる人がいれば心強い。

でも、返ってきたのは日常的にはよく聞かない言葉で、

「メイドさんです」

「メイドさん!?」

アニメではよく聞く単語だった。


長田さんとの話も終わり、事務所に向かう。

毎日とはいかないまでも、それなりの頻度で事務所には行っている。台本を受け取ったり、ファンレターやプレゼントを受け取ったり、世間話をしたりなど、行けばそれなりに用はある。台本は郵送でもお願いできるが、できるだけ私は自分で受け取りに行く。対面してのコミュニケーションが大事なのだ。顔をあわせるって大事。事務所に顔を出さないと存在を忘れられそう、という後ろ向きな理由ではない……!

「お、吉岡さんじゃないっすかー、ちわっすー」

「こんにちは、久しぶり?」

調子の良いマネージャーの片山君に会うのも久しぶりだった。私のマネージャーであるはずなのに、現場で全く遭遇しないのはどうなのかとは思うが、風邪で倒れた時に色々とお世話になったので文句も言いづらい。

「そうそう、事務所に台本が届いていたっす」

「どうもですー」

渡されたのは、秋に放送されるアニメの一話の台本だ。中二病全開なキャラが多く登場する、ツッコミどころ満載のアニメだ。メインヒロインではないものの、サブヒロインで、ほとんどの話に出演する。レギュラーの仕事があるというのは良いものだ。

悦に浸っていると、目の前のマネージャーさんが「あっ、いけね」と焦りを顔に出す。

「すみません、連絡忘れていたんですがこのアニメの雑誌取材のオファーも来ているっす」

「本当ですか」

「まじっす、マジ」

急に口頭で言うなー、とツッコミたいが、仕事の依頼は嬉しい。

「でも、私サブヒロインですよ？　普通メインヒロインが務めるのでは」

「メインヒロインは別雑誌で大々的にやるらしいっす。ここはサブヒロインとサブヒロインで雑誌を飾りたいらしいっすよ」

いずれにせよ、おこぼれでも仕事はありがたい。

「それにあれっすね」

「あれ？」

「製作委員会からのご指名っす」

「私がですか？」

「これっきりラジオの評判がいいんで、吉岡さんのパーソナリティとしての評価が急上昇しているんすよ！　取材でも面白いことを言うの期待されているっす」

「そうですかねー。で、もう一人のサブヒロインは誰になるんですか」

「えーっと、誰だっけ。西や……」

思わず彼女の名前が浮かぶ。

「西山！　西山瑞羽！」

「そうそう、その人っす。よくご存知っすね」

忘れるわけがない。西山瑞羽は私の貴重な同期だ。そうか、瑞羽もあのオーディションに受かっていたのか。なるほど、彼女となら何の心配もない。むしろ仲が良すぎて、雑誌の取材を居酒屋気分で話してしまいそうで不安だ。

「なんだ、知り合いだったんっすね。それじゃ問題ないっすね」

「はい、何も！」

雑誌の取材に心配はない。

「ねえ、片山君。話変わるんだけど」

「何っすか、吉岡さん？」

あるのは別の心配だ。

「メイドって日本に存在するの？」

こいつ何言っているんだ？　という渋い顔をした。

「メイド喫茶にいるんじゃないっすか？」

「そういうことじゃなくて、一般社会にいるメイドよ」

「別世界線の話っすか？　二次元ならいそうですが、この現代社会の日本でメイドって」

わかっている、私も冗談だと思った。

「吉岡さん、疲れているからってメイド喫茶に癒しを求めるのは危険っす。そして、メイドさんを家に雇いたいとか思ったら末期っす。俺の友達のしげちゃんはメイドさんにつぎ込みすぎて破産して」

「そういう反応だよね！　三次元ではそういう反応だよね！」

「もしや、ついに二次元に行ける方法を生み出したんっすか？」

「違うわい！」

何だか説明するのも面倒になってきた。

「今度、メイドさんと会う約束をしたのよ」

「メイド喫茶でもなく、二次元でもなく、このありふれた世界の東京での話っすか」

「そうです」

「そうっすか」

沈黙が流れる。

「大丈夫っすよ、よしおかんさんなら！」

根拠のない励ましを貰う。

会うのは二日後。これっきりラジオの収録の後だった。

私はメイドさんに魔王城に案内され、お姫様を助け、宝をゲットするのだ。
……何を言っているんだろう、私は？

＊　＊　＊　＊　＊

奏絵「今回は特別コーナーです！」
稀莉「ぐっつぐつ、グッズづくりー！」
奏絵「ぱふぱふ」
稀莉「……このタイトル名、センス無さすぎじゃない？」
奏絵「稀莉ちゃん、そういうこと言っちゃ駄目だよ。三十分かけて考えたアラサー女性が泣いちゃうよ」
稀莉「考えたのあんたか！」
奏絵「今回は、イベントで販売するグッズを私たちとリスナーで考えたいと思います」
稀莉「そしてスルー」
奏絵「事前に応募いただき、たくさんお便りが来ています！」
稀莉「まともなお便りなのよね？」
奏絵「それはどうでしょう」
稀莉「嘘でも自信持ちなさいよ」
奏絵「こちらのボックスに入っているので、どんどん引いていきましょう。そりゃ」

稀莉「不安だ……」

奏絵「うどん」

稀莉「う、うどんって販売できるの？　飲食オッケーなの？」
奏絵「飲食は厳しいですからね」
稀莉「なになに、実際に売ったイベントもあるそうです。屋台とかではなく、持ち帰ってゆでるならオッケーと」
奏絵「でも、なかなかハードル高いですね」
稀莉「そして、私達何もうどんに縁もゆかりもない！」
奏絵「香川出身でもないですしね。ラジオネーム『香川星人』さんからでした。お前が香川か！」
稀莉「次引くわよ」
奏絵「どうぞ」

稀莉「抱き枕」

奏絵「誰をプリントするの？　稀莉ちゃん？」
稀莉「却下、却下よ」

奏絵「じゃあ、等身大植島さん？」
稀莉「どこに構成作家の抱き枕が欲しい人がいるの!?」
奏絵「一部需要があるかもよ」
稀莉「ないでほしい！　ラジオネーム『むっつに生まれたむっつり』さんでした」

奏絵「イベントTシャツ」

稀莉「ふつう！　ふつうすぎる！」
奏絵「定番っすね。もちろん販売すると思いますが、大事なのはデザインです」
稀莉「どういうのが人気なの？」
奏絵「フルグラTはなかなかハードル高いですね。普段も着られるようなお洒落なのが好ましいかも」
稀莉「ださいと駄目なのね」
奏絵「ええ、ださいとパジャマ用になります」
稀莉「これは真剣に考えましょう」
奏絵「イベントTシャツは販売しますのでお楽しみに！　ラジオネーム『にんげんいんげん』さんでした」

稀莉「婚姻届」

奏絵「おお」

稀莉「もちろん却下よ！」

奏絵「ええー」

稀莉「売ってどうするのよ、私たちのリスナーには必要ないわ」

奏絵「失礼な！　売ったらその場で記載してプレゼントボックスに入っているかもしれないじゃん」

稀莉「こわっ、そんなの嫌よ」

奏絵「年収次第で考えます」

稀莉「やめなさい！　ラジオネーム『果汁3％』さんからでした」

奏絵「よしおかん印刷済み用紙」

稀莉「どういうこと？」

奏絵「えーっと、私の顔がただただ印刷されてあるだけかな。これ何に必要？」

稀莉「なるほど、破る用ってわけね！」

奏絵「……はい？」

稀莉「いつもやっているじゃない。ふつおたはいりませんーびりびりって。その要領で」

奏絵「その要領で私の顔を破らないでよ！」
稀莉「私は破らないわ。会場の皆が」
奏絵「やめろ、私のメンタルが終わる」
稀莉「そうね、紙の無駄遣いは良くないわね」
奏絵「紙じゃなくて私！　私の気持ちを考えて！」
稀莉「そうか、破いた紙を退場する時にフラワーシャワーのように使って、再利用すれば……」
奏絵「はい次、次！　ラジオネーム『スメル山口』さんからでした。お前はもう送ってくるな、出禁！」

＊　＊　＊　＊　＊

今日もひどいラジオだった。誉《ほ》め言葉？

ゲラゲラと笑い合う私たちに、植島さんが意気込んで話す。

「イベントグッズは大事なんだ」

大事なのはわかっている。お客さんに届く、私たち初のグッズだ。良いものにしたい。

しかし、私の思いはどこかズレていたみたいだ。

「何で重要かわかっているかな」

そういわれると答えづらい。

「それは、チケットが売れてもイベントはたいして儲《もう》からないからだ」

「へ？」

「え？」

私と稀莉ちゃんが似たような反応を示す。

「チケットが満席になっても、せいぜい会場費、設営、人件費、諸々《もろもろ》の諸経費が賄えるぐらいで、収益的にはトントンなんだ」

もちろんチケットが売れなければ赤字だけどね、と付け加える。

「チケットでは利益がでない。じゃあどこで利益を出すか」

「それがイベントグッズということですか？」

「その通り、正解。もちろんグッズの製作費もかかるので、必ずしもプラスになるとは限らないが、一番利益が見込めるポイントなんだ」

ライブでも同じだ。ペンライト、タオル、Tシャツが売れるから、イベントは儲かる。儲かるから、イベントを開催するのだ。

確かにライブに行ったら、ついついグッズは欲しくなっちゃうよなー。

「でもラジオイベントだと、なかなかグッズは売れない。ライブみたいに一体感を出すためにTシャツやタオルを買ってくれる人はあまり多くない」

だから『魅力的なグッズ』にしなくてはならない。リスナーが買いたい、欲しい、手に入れないと！　と思うようなアイテムにしなければいけない。

「というのがあくまで一般的に言われることだけどね。会場費や設営をケチれば、チケットだけでもそれなりに利益は出る。でもせっかくなら良い場所で、良い環境でイベント行いたいだろう？」

「はい、そうですね」

「なので頼んだよ。まだ幸い時間はある。グッズづくりは真剣に考えてくれ」

発破をかけられた。思った以上に責任重大じゃないか、グッズづくり。私たちが好き勝手にやっていいものじゃない。

「ちゃんと話さないとね……」

「そうね……」

ラジオの勢いを失い、意気消沈してしまった私たちであった。

でも、テンションを下げるわけにはいかない。

「稀莉ちゃんはこの後、お仕事？」

「そうね、雑誌の取材があるの」

「さすが稀莉ちゃん、忙しいことで」

「嫌味？」

「違うよ、いいことじゃん！」

「まあ、悪いことではないわね」

「うん、食べるためには必要なんだ……」

「闇を感じるわ」

「グッズについては今度真剣に考えよう、ね」

「そうね、また」

稀莉ちゃんはマネージャーの長田さんと出ていった。

そう、予定通りだ。

稀莉ちゃんがこの後、仕事なのは知っている。事前に知っていた。

なぜなら、稀莉ちゃんはその場にいてはいけないのだから。

「さて、私も旅立ちますか」

無事に帰ってこれる保証はないけどね。


電車に乗り継ぎ、目的地のある駅に辿り着く。着いたのは白金台《しろかねだい》駅。一時期話題になった「シロガネーゼ」と呼ばれた専業主婦が存在する、都内を代表する高級住宅街だ。

もちろん降り立ったのは初めてだった。プラチナ通りに私が縁あるわけがない。

そう言いながらも今日はスカートを履き、精一杯のお洒落をしているのだから、私も情けない。

今日は決戦なのだから身だしなみをしっかりしないといけない理由もあるのだが。

さて、地下鉄への階段前で集合なのだが、どうやらメイドさんはまだ来ていないようだ。……言葉にすると可笑しいが、何も間違っていない。私はメイドさんと待ち合わせをしているのだ。秋葉原でもなく、白金台で。

「こんにちは」

大学生ぐらいの清楚な雰囲気の若い女性から声をかけられた。マルチストライプ柄のスキッパーシャツに、紺色のワイドフレアパンツ。

「吉岡さんですよね？」

知らない女の子に、私の名を呼ばれる。君の名は？　ここで私を呼ぶ人に、心当たりは一人しかない。待ち合わせをしている人。でも釈然としない。

「メイド服じゃないんですね？」

「えっ、着ませんよ？」

オタクの夢が破壊された瞬間であった。

彼女が、私と待ち合わせしていたメイドさん。

「柳瀬《やぎせ》です。稀莉さんがいつもお世話になっております」

柳瀬晴子さん。稀莉ちゃんの家で、メイドという名の家政婦をしている女性だった。

「まさか連絡をいただくとは思っていませんでした」

柳瀬さんと徒歩で目的地へ向かう。

柳瀬さんはマネージャーの長田さんから紹介されたのだ。目的地にたどり着くための、案内人だと。

「急にすみませんでした」

「いえいえ、一度会ってみたかったんです」

「私とですか？」

「ええ、だって毎日」

「毎日？」

「……何でもありません」

「毎日なんなの!?」

ふふと笑い、誤魔化す仕草は可憐で、画になる。

改めて稀莉ちゃんは凄い家に住んでいるのだと思い知らされる。家政婦がいる家って何だよ。文字通り別世界の人間だ。

「何だか初めて会った気がしませんね」

「もしかしてどこかで会ったことありましたか？」

「そんなことはないです。でもですね、ふふ、想像していた通りの人ですね」

「そうですかー」

「そうですよ、ふふ」

どう想像されていたか、聞きたい気もするが聞けない。「想像通りガサツな女性ですね！」と言われた日には、駅へ折り返してしまいそうだ。

「稀莉ちゃんは家ではどんな感じなんですか？」

「私の口からは、残念ながら言えませんが、いい子ですよ」

緘口《かんこう》令が敷かれている。いい子だけど何なの!?　いい子の裏に色々と隠されている気がするが、柳瀬さんは話してくれないだろう。

「稀莉さんの家で働くのは六年になるんです」

「へー、長いんですね。学生さんの時からですか？」

「そうですね、高校を卒業してからです」

ということは、柳瀬さんは今二十四歳なのか。見た目はまだ学生さんにしか見えないが、丁寧な話し方を聞くにもう立派な社会人だ。

「どういう経緯でメイドさんになったんですか、なんて踏み込んじゃっていいんですかね？」

「ええ、大丈夫です。あっ、でももう着いちゃいましたね。ここです」

「へ？」

思わず変な声を出してしまった。

目の前にあるのは大きな門。

その先にあるのは、真っ白な大豪邸だった。

「ここがあの稀莉ちゃんの家ね……」

「はい、稀莉さんのお家です」

お家というには立派すぎる、お屋敷《やしき》だった。

ここ東京だよね？　おかしくない？　土地の余った青森でもこんな家ないよ？

門が自動で開く。

「いらっしゃいませ、吉岡様」

呼び方が、さん付けから様に変わる。

……来てしまった。稀莉ちゃんのお家。

そして、稀莉ちゃんの母親が待つ決戦の場所に。


「こちらです、吉岡様」

門をくぐり、豪邸の中に入った私を柳瀬さんが案内する。広すぎるし、扉が多い。一人では迷子になりそうだ。

歩きながら、ちらちらと家の中を見る。高そうな絵画があったり、大きな壺《つぼ》があったり、真っ赤な絨毯《じゅうたん》が敷かれていたりする。なんだこのRPGのお城の中みたいな風景は。

「お待たせしました、到着です」

落ち着かない私に声をかける。ちょっと待って、もうラスボスの部屋？　セーブポイントはないの？

そんな心の声が届くはずはなく、柳瀬さんが扉を開く。

そして、扉の先にいたのは、

「ようこそ、吉岡さん」

稀莉ちゃんの母親、佐久間理香さんだった。

前回会った時とは違い、眼鏡姿で、だいぶラフな格好なのだが、それでも存在感は圧倒的で、別次元だ。レベル三十ぐらいの私なんかが張り合えるのかな……。

「今日はいきなり押しかけてごめんなさい。どうしても話がありまして」

いきなり頭を下げ、お願いする。焦《じ》らしても仕方ない、先手必勝だ。

「いいのよ、私もきちんと話したかったの。さあさあ席に座って」

あれ？

促され、素直に椅子に座る。

「お腹空いていますか？　今、晴子が用意しますんで」

「いえいえ、お気遣いなく！」

「そんなことはできないわ、大切なお客様ですもの」

へ？

「私が、ですか？」

「そうよ、ずっと話したかったの。こないだはごめんなさいね。稀莉に言ったとはいえ、あなたを責めるような言い方になってしまったわ」

「いえいえ、私が悪いんです。ごめんなさい！」

「もう謝らないで〜。私もあの場で怒らないと母親としての威厳が保てないから、仕方なかったの〜」

あれあれ？

「理香様、吉岡様、お待たせしました」

柳瀬さんが料理をテーブルに並べる。綺麗に飾られた、瑞々《みずみず》しいサラダに、いい香りを漂わせるスープとこれまた良い香りのパン。

「この後はメインのお肉をお持ちします」

「さぁ、食べましょう」

「……」

私はラスボスに挑むつもりだった。最悪の場合、稀莉ちゃんの相方を外される覚悟をもってきた。

それなのに、何だこの状況は。

決戦のつもりが、食事にご招待。

あれ？　私、意外と歓迎されている？　これが最後の晩餐《ばんさん》になるなんてないよね？

「どうしたの？」

「い、いただきます」

「どう？」

「美味しいです！」

お世辞ではなく、本心からの声。

「そう、良かったわ」

理香さんが微笑む。その眩《まぶ》しい笑顔はやはり親子だと実感させられる。

「あの、本当、急に押しかけ……申し訳ございませんでした」

「もう吉岡さん、そんなに謝らないで～」

「私、稀莉さんには良くない影響を与えていますので、佐久間さんには嫌われている、怒られるんじゃないかって、失礼ながら思っていました」

「はは、そんなことあるわけないじゃない。ね、晴子」

「ふふ、そうですね、理香様」

「だって、うちの稀莉がラジオ始まってからずっと楽しそうにしているもの」

稀莉ちゃんが楽しそう？

「あの子、あまり自分のこと話さないのよね」

「でもラジオが始まってから、今日の収録で何があった、かなっ、吉岡さんがどうだった、あの台詞が面白くてーっと自分から嬉しそうに話すんですよ」

「本当ですか？」

「本当、本当」

「あんなに喋る稀莉さんはレアです」

家だとラジオや私のことを嬉しそうに話してくれるのか。嬉しいけど、ちょっと恥ずかしい。

「だから私はあなた、吉岡さんに感謝しているのよ」

「いえいえ、私なんか」

「卑下しないでください。それにね、晴子」

「ねー、理香様」

「そもそもが」

「ええ、その通りです」

「そもそも？」

「はは、それは言えないね」

「ふふ、言えないですね」

二人で秘密の会話？　を挟み、私の頭はクエスチョンだらけだ。

ただ、良い雰囲気だ。私は気負いすぎていたのかもしれない。

「もしかして、佐久間さんもラジオを聞いてくれているんですか？」

「もちろんよ」

「私も聞いていますよ」

「で、ですよねー」

相手の母親まで聞かれる恥ずかしさと、申し訳なさがごちゃまぜになる。

「稀莉には言っていないけど、基本的にアニメ、ラジオの仕事は全部チェックしているわ」

「ええ、理香様と、旦那様と私の三人でリビングで鑑賞しています。稀莉様には内緒で」

「な、仲良しですね」

仕事に理解のある良き家族だ。稀莉ちゃんは「絶対に見るな！」と言いそうだが、親としてはやはり娘の仕事ぶりは気になるものだろう。

「あの子は全て隠し通しているつもりなのよね」

「バレバレですけどね」

「あの部屋とかね」

「そこが稀莉様のかわいらしさですよ」

「そうね」

二人で会話を続ける。今なら切りだせる。そう思い、本日の目的を果たすべく、口にする。

「佐久間さんにお願いがあるんです」

「あら、そういう話だったわね」

「実はこないだ作品の打ち上げでテーマパークのチケットが当たりまして、稀莉さんにあげたんです。それで、稀莉さんが私と行きたいと」

「ええ、知っていますよ。稀莉、ずっとニヤニヤしていたんですもの。楽しんできてください」

「はい、ありがとうございます。その上でお願いなのですが、どうしても夜のパレードを見たいんです」

「パレード？」

「はい、稀莉さんが凄く楽しみにしていて、ぜひ見せてあげたいんです。でもパレードを見たら門限に間に合わず、帰宅は夜遅い時間にどうしてもなってしまいます」

「そうね」

「だから、その日だけお願いです、私が家までお送りしますので、門限を破らせてください、パレードを最後まで見させてあげてください」

いける！

と思った。

「駄目ね」

「そ、そこを何とか」

「遅い時間に、大人の吉岡さんと一緒とはいえ出歩くのは良くないわ。女性二人で出歩く時間じゃないですもの」

それならタクシーで、車を誰かに出してもらって、いっそ理香さんも一緒に行きませんか？　違う、そういうことじゃない。ひねり出せ、アイデアを、打開策を。

でも、答えは別の方向から出てきた。


「だから、泊まってくればいいのよ」


「…………………は!?」

私の口からではなく、母親の口から。

思考が止まる。

「え」

「だから、パークのホテルに泊まってきなさいと言っているの」

「え、えええええええ！？！？！？」

聞き間違いでも、勘違いでもなかった。

言葉の意味はわかるが、真意が全くわからない。

「それならパレード終わって、遅い時間に自宅まで帰って来る必要ないでしょ？」

「そ、そうですが」

斜め上過ぎる解決法である。

パンがなければケーキを食べればいいじゃない。いやいや。

帰りが遅くなるなら、隣接するホテルに泊まれば安心じゃない。いやいや。

「私が、大事な娘さんとお泊り、しても、大丈夫、なんですか!?」

「え、大丈夫でしょ？」

「はい、吉岡様なら安心です」

何だろう、会ったのは二回目と一回目なのに、母親とメイドさんに信頼されすぎている。

「むしろ心配なのは稀莉さんの方というか」

「そうね、あの子が暴走しないか心配だわ」

「でも、こうでもしないと稀莉さんですからね」

「ええ、あの子強気に見えて、弱気だからね」

二人でこそこそ話をしているが、ばっちり聞こえてくる。稀莉ちゃんが心配？　どういうこと？

「あのー」

「あらあら、こっちの話です。吉岡さんは何も心配しなくて大丈夫です」

「本当に大丈夫なんですか!?」

「あっ、お金の心配はしないでください。うちが負担しますから」

「いえ、そちらの心配ではなくて！　それに悪いです、お金を出してもらうなんて！」

「チケット譲ってもらったんだから、これぐらいはねー」

「そうですね、理香様」

何とか説得し、自分の分の宿泊代は払うことになったが、ちょっと待て。

「いやいや、危うく納得しそうになりましたよ！　お泊りはさすがに不味いですって！　アラサー女性が二十歳にならない女子高校生とお泊りだなんて！」

言葉にすると完全にアウトだ。

「大丈夫よ、仲の良い姉妹か、従妹にしか見えないわ」

「稀莉ちゃんも私とお泊りなんてしたくないかと」

「そんなことないと思うわ」

「そうなんですかね……」

何を言っても母親とメイドさんの決断を揺るがすことはできない。

確かに「宿泊」なら、夜に出歩くこともないし、帰りも遅くならない。急な宿泊なら問題だが、相手がわかっているなら問題ないという二人の判断。そして、この方法ならパレードの最後まできちんと見ることができる。

私の問題は全て解決してしまう。

けど、いいのか、本当にいいのか。

いやいや、私が考えすぎなのか。

共演者との旅行、友達とのお出かけ。もっと軽く考えるべきなのか？　それに二人でお泊り旅行なんて絶対に楽しい。私たちがさらに仲良くなるためのイベントになるだろう。

そう、これもきっと「これっきりラジオ」のためなのだ。

迷う必要なんてないはずなのだ。

「うちの稀莉が迷惑をかけたらすみません」

「そんなことないです。いつも迷惑をかけるのは私です」

これがきっと最適解なんだ。

「稀莉さんが喜んでくれるなら私は喜んで頑張ります。彼女が笑顔になるパレードのために、娘さんを一日預からせていただきます」

がちゃり。

扉が開いた。

「はい、うちの稀莉を宜しくお願いします」

「はい、稀莉さんを笑顔にしてみせます」

「ただいまー、お腹空いたー……っ!?」

「あ」

ちょうど稀莉ちゃんが帰ってきたのであった。

「あら」

「ふふ」

「え、え」

四人はそれぞれ別の顔を浮かべる。しばしの沈黙を私が打ち破る。

「ど、どうもお邪魔しています」

「な、なんでよしおかんがいるのよおおおおお！！！！」

「お母さんの前で、おかん呼びはやめて!!」

「ここ、私の家よね!?　間違えていないよね？」

「お母さんが呼んだのよ、吉岡さんを。一度話してみたかったの」

「そうなの？」

稀莉ちゃんが私を疑いの眼差しで見る。せっかく佐久間さんが話を偽ってくれたので乗るしかない。

「そ、そう。私も謝らなきゃいけないと思っていて、前回のことがあったから」

「そしたらお母さんね、稀莉をください！　って言われちゃった」

「ふふ、熱烈でしたね」

「く、くだ、くだくだ」

稀莉ちゃんの顔が真っ赤に染め上がる。

「ち、違う！　稀莉ちゃんを、預からせてください！　って言ったの。あずからせて、っと」

「私を預かる？　お母さんは私を宜しくお願いしますって言っていたよね？　え、どういうこと？

何なの？　私を笑顔にする……？　えっ、結婚の挨拶なの？　娘さんをくださいっていうあれなの？」

「ち、違うから稀莉ちゃん！」

さらに林檎《りんご》のように真っ赤になった彼女は大声を上げ、

「ば、ばかあああーーーーー！！！！！」

許容量オーバーした彼女は部屋から逃げ出した。

残された私とご家族とメイドさんの二人。

「……これ、どうするんですか？」

「どうするって、逃げたら追いかけるしかないでしょ」

「そうですよ吉岡様、追いかけてください」

絶対、この二人楽しんでいる……。私たちを揶揄い楽しんでいるっ！　ニヤついた顔で逃げた方向を二人で指さないで！

「いってきます……」

こうなったのもここを訪れた私の責任なのだ。それに彼女に早く伝えなければいけなかった。最近落ち込んでばかりの稀莉ちゃんに、パレードが見られるようになったよ！　って。

そのためには「お泊り」が必要条件なのだけどね……。


足早に、と言いたいが足取りは重い。階段をゆっくりと上り、二階へたどり着く。

ぱっと見ただけで、五つほど部屋がある。「どの部屋が稀莉ちゃんの部屋なのか迷うな」と思ったが、扉にアルファベットで「ＫｉＲｉ」と書かれている可愛らしいプレートを発見したので杞憂《きゆう》に終わる。

ひとつ息を大きく吸い込む。

やることは報告するだけだ。決まったことを言うだけ。稀莉ちゃんが納得してくれればいい。悪いことを話すわけではないのだ。

「稀莉ちゃん」

掛け声と共に扉をコンコンとノックする。反応はない。

けど、扉を無理やり開けるようなことはしない。

「扉越しでいいから聞いてほしいんだ」

相変わらず反応は無いが、私は続ける。

「稀莉ちゃんに黙ってこんなことをして、ごめん。いきなり家に来たのは非常識だと思うし、稀莉ちゃんにとっては嫌なことだと思う」

共演者がいきなり家に訪れるなんて、番組のコーナーでも笑えない。

「でも、稀莉ちゃんを傷つけるためにやったことではないから。それは信じて」

扉の先から物音も聞こえない。布団を被っていたり、ヘッドフォンをしていたりしたら私の声なんて聞こえないかもしれない。

「稀莉ちゃん、テーマパークに行くの楽しみにしてたよね。特にパレード。それが夜間の外出禁止

になり、見ることができなくなった。落ち込んでいたよね。見ているだけでわかった。元気のなくなった稀莉ちゃんを見るのが私は嫌だった」

でも私は続ける。私は声を届ける。

「だから、私は稀莉ちゃんを救いたかった。稀莉ちゃんが笑顔になって欲しかった」

私は何度も彼女に救われた。今度は私が救う番だ。

「そのためにはお母さんを説得するしかないと思ったんだ。ごめんね、他に上手い方法が見つからなくて。ぶつかるしかできないんだ」

それが私なのだから。

「お母さんに承諾してもらったよ。一緒にパレードを見ていいって。見られるよ、稀莉ちゃん。やったね」

ここまではいい。「で、その条件が」とテンション低めで言葉を続ける。

「パークのホテルに一緒に泊まることなんだよね、あはは。夜間外出は危ないから泊まってきなさいって、まいったねー」

どんがらがっしゃん。

部屋で大きな物音が鳴り、慌てて私は扉を開けようとする。

「大丈夫、稀莉ちゃっ」

「待って！」

一瞬扉が開いたが、内側から勢いよく押され、戻される。

「入ったら絶交よ！」

「え、お、うん、わかった」

そんなに部屋見られたくないのかな？　まぁ、年頃の女の子だからしょうがないか。

それより稀莉ちゃんはしっかりと私の話を聞いてくれていた。届いていたのだ。

「泊まりって何よ!?」

「そのままの意味だと思いますが。ホテルに宿泊」

「いやいや、ありえないって！　無理、無理よ」

「私もそう思うのだけど、稀莉ちゃんのお母さんとメイドさんがそういうのでね」

「あの二人……。泊まりなんて無理だから」

ですよね。

「でも稀莉ちゃん。それだとパレードが見られないよ」

「うっ」

「稀莉ちゃん、私とのお泊りはどうしても嫌？」

「そういうわけでは……」

「私はずっとベランダにいてもいいから」

「ベランダあるかわからないし、さすがにそんな扱いできないわ。あー、もう」

中から立ち上がる音が聞こえる。

「一階で待っていて。二人の前で話すから」

ここでの話は終了。「うん、わかった」と言い、私は元の場所へ戻っていった。


「どうだった？」

「どうでした？」

戻るなり、興味津々な二人が迫る。「ちょっと待っていてください」と言い、静かに待つこと数分。扉が開き、稀莉ちゃんが目の前に現れた。

「お母さん、晴子さん」

稀莉ちゃんが軽く頭を下げる。

「ありがとう」

「うう、こうやって稀莉は嫁いでいくのね」

「違うわ！　あー、パレード見ること許してくれてありがとう。お言葉に甘えさせていただきます」

稀莉ちゃんの母親が嬉しそうに目を細める。

「うんうん、吉岡さんと泊まってくるのね」

「……そうなるわね」

「楽しんできなさい」

「ええ、まあ」

決まってしまった。確定してしまったのだ。

「吉岡さん」

苗字呼びで稀莉ちゃんに呼ばれ、違和感から反応が遅れる。

「は、はい」

「お世話になります。宜しくお願いします」

「うん、こちらこそ宜しく、お願いします」

なんだこれ。

帰りが少し遅くなるのを許してもらうだけだったのに、とんでもないことになってしまった。

稀莉ちゃんと宿泊。

やばい、マズイ。ラジオのネタにしたら、絶対に面白い。

……そういう発想をする時点で、私はラジオパーソナリティの鑑だなと思いました、マル。

断章　ふつおたではいられない

どうしてこうなった。

「稀莉ちゃん、先にシャワー浴びる？」

憧れの人で私に夢を与えてくれた人。

大人なようで、無邪気なところもある可愛い人。

ずっと大好きで、声を聞くだけで幸せになれる人。

弱い所もあり、情けない所もあるけど、私を笑顔にしてくれる人。

そして私のラジオの相方である、大事な人。

「稀莉ちゃん？」

「お、お先にどうぞ……」

心臓が飛び出る勢いでバクバクと音を鳴らす。

ベッドに腰かけていてよかった。立っていたら確実に倒れている。

いつもみたいに調子のよい言葉が出てこない。餌を求めるお魚のように口がパクパクするだけで声にならない。

「じゃあ、お言葉に甘えて先に浴びてくるね」

彼女が部屋から出ていき、一人になった私はやっと冷静に考えることができる。

彼女とテーマパークに遊びに行ったら、同じ部屋に泊まることになった。

「い、意味がわからない！」

いや、意味はわかるのだ。あらかじめ隣接するホテルを予約し、宿泊することになっていた。母親公認。決まっていたのだ、予定通りのはずなのだ。

でも、いざ同じ部屋に入ると頭が真っ白になり、緊張でロクに喋れず、挙動不審になった。

わかっていなかったのだ。きっと夢だと思っていた。そんな都合の良いことが起きるはずがない。どうせ中止になる、何かトラブルが起きて駄目になる。いきなりゲートが現れて異世界に飛ばされるかもしれない。怪獣が現れて、施設がめちゃくちゃにされるかもしれない。悪役に攫《さら》われて、ロボットに乗って戦闘になるかもしれない。

そう考えて、現実逃避をしていたのだ。

でもここはアニメの世界ではなかった。現実世界では何も起こらない。

いや、私にとっては一大事だった。

私、佐久間稀莉は、吉岡奏絵と今夜同じ部屋に宿泊する、泊まるのだ！

「意味が、わからない！」

いや、意味はわかるのだ。あらかじめ隣せっ。

シャー……。

聞こえるシャワーの音に背筋を伸ばし、身を固くする。

マズイ、まずい。

お風呂場には一糸まとわぬ姿の彼女がいる。

その驚愕《きょうがく》の事実に、速かった心臓の鼓動がさらに加速する。

マズイ、まずすぎる。

ふと横を向き、鏡を見ると真っ赤なゆでだこがいた。笑えない。それは顔を林檎のように真っ赤にした私だったのだ。私であって、私ではない何かだった。

もうふつうのオタクではいられない！

第4章　楽園ラプソディー

織姫《おりひめ》と彦星《ひこぼし》が今年は出会えたのかどうかは知らないが、七夕も終わり、じめじめとした梅雨もすでに明けていた。

やってくるのは夏。

「あっつー」

幸い、ラジオの収録ブースは冷房がしっかりと利いており、非常に快適だ。

私は青森育ちなので、暑いのは苦手なのだ。夏休みは好きだったが、残念なことに社会人に夏休みなど存在しない。いや、普通の会社に勤める人ならあるのかもしれないが、声優に夏休みは存在しない。むしろイベントが増加して、休める日が少ない。それは売れている証拠だから嬉しいことなのだけどね！

今年の私はそこそこに忙しそうで嬉しい。それにある予定が三日後に迫っているのだ。

「遅くなりましたー」

収録現場にやってきたのは制服の女の子。

「あついね、稀莉ちゃん」

鞄から取り出したタオルで彼女が汗を拭う。

「本当、やってられないわ。早く冬が来ないかしら」

「まだ夏が始まったばかり！　夏を満喫しなくちゃ」

「それもそうね」

「はいはい、打ち合わせ始めるよー」

ぼさぼさ髪の植島さんに声をかけられる。この人は暑くても髪を切らないのだろうか。さっぱりした植島さんを見てみたい気もするが、さっぱりした彼に街で声をかけられたら絶対に気づかない気がする。

「今日も宜しくお願いします」

「「宜しくお願いします」」

椅子に座り、ほぼ何も書かれていない台本と、ペンを取り出す。

さぁ三日後の彼女とのお出かけのために、気持ちよく収録を終えようではないか。

＊　＊　＊　＊　＊

奏絵「暑い時は何を飲む？」
稀莉「スポーツドリンクに、炭酸水とか」
奏絵「甘いジュースとか飲みたくならない？」
稀莉「そんなにかな。よしおかんはどうなの？」
奏絵「ビール！」
稀莉「聞いた私が間違いだったわ」
奏絵「夏の暑い日のビールは最高なんだって！」

稀莉「未成年の私にわかるか！」
奏絵「働いた後は最高。昼に飲んでも最高」
稀莉「ただ飲みたいだけじゃない！」
奏絵「いつか一緒に飲もうね？」
稀莉「その頃にはよしおかんは三十オーバーね」
奏絵「そういうのは言うなー！」
稀莉「はいはい、次に行くわよ」
奏絵「仕方ないな。それでは次のコーナーです」

稀莉「劇団・空想学！」
奏絵「はい、こちらのコーナーは久しぶりですね。劇団・空想学ではリスナーから募集したお題を元に即興劇をやります」
稀莉「もうとっくに終わったコーナーだと思っていたのに……」
奏絵「終わっていないよ！　勝手に終わらせないで」
稀莉「だって、疲れるんだもん」
奏絵「気持ちはわかる。でもやるよ、はいはい、ボックスからお題を引いて」
稀莉「楽なものが当たりますように、とりゃっ」
奏絵「どうぞ」

稀莉「ラジオネーム『ニンニク増し増しまっしー』さんから。ちょっと息臭いんで読むの止めましょうかね」
奏絵「メールで匂いがわかるかっ！」

稀莉「お題『ナイトプールではしゃぐウェーイな女子大生二人』」
奏絵「ナイトプールだと!?」
稀莉「私、よくわからないんだけど」
奏絵「若い女の子たちの間で流行っていたそうです。最近は、だいぶ落ち着いたかな。あっ、どうも。植島さんから詳細です」
稀莉「名前の通り、夜プールに行くことなのね。主な目的は、泳ぐのではなく、写真を撮ること……なにそれ」
奏絵「あー、ＳＮＳに自分の可愛い水着姿の写真を載せるんですね」
稀莉「泳がないで、何が楽しいの？」
奏絵「綺麗な写真が撮れる。それを色々な人が『イイね！』と褒めてくれる」
稀莉「それがどうしたのというの？」
奏絵「自己顕示欲が満たされる？」
稀莉「わからない世界だわ……」
奏絵「そうだね……。でも始めようか。始めないと終わらないから」

稀莉「レッツ」
奏絵「デイドリーム」

奏絵（女子大生）「今日、おにゅーの水着買っちゃったんだ、えへへ。似合うでしょ」

稀莉（女子大生）「ちょっと布面積少なすぎじゃない。男どもの目線を集めているわよ」

奏絵（女子大生）「いい男がいたら捕まえるのよ。今日はそれも目的じゃない」

稀莉（女子大生）「ええーそうなの」

奏絵（女子大生）「もうキリタンはやる気ないんだから。何よ、その水着」

稀莉（女子大生）「えっ、この水着？　中学の時の競泳水着」

奏絵（女子大生）「物持ち良い。って違う！　今日はＳＮＳで皆に褒められるような写真を撮りにきたのよ、全然だめじゃない」

稀莉（女子大生）「そう思って持ってきたのよ、じゃん」

奏絵（女子大生）「これは？」

稀莉（女子大生）「ナマハゲのお面」

奏絵（女子大生）「わー、めっちゃ斬新！　って違う、全然可愛くない。ナイトプールにナマハゲのお面って軽くホラー！」

稀莉（女子大生）「誰もやっていないわ」

奏絵（女子大生）「そりゃそうだ。どや顔やめい」

稀莉（女子大生）「ほらほら、空いたよ、シャッターチャンスよ」
奏絵（女子大生）「皆、やベー奴らがいると思って避けているのよ」
稀莉（女子大生）「はい、泣く子は」
奏絵（女子大生）「いねがー。って何、このシャッター合図」
稀莉（女子大生）「ねえねえ、見て。いい写真だよ」
奏絵（女子大生）「めっちゃぶれている！」
稀莉（女子大生）「お前への気持ちはぶれないぜ……」
奏絵（女子大生）「なぜ、そこでかっこつける」
稀莉（女子大生）「えーっと、……オチが思い浮かばないんだけど」
奏絵（女子大生）「メタな発言！　ごめん、私も思い浮かばない」
稀莉（女子大生）「……」
奏絵（女子大生）「……うわー、ウイルスに感染して周りの人たちがゾンビに！」
稀莉（女子大生）「超展開!?」
奏絵（女子大生）「私たちは、ナマハゲのお面を被っていたから無事だったみたい」
稀莉（女子大生）「ナマハゲつえー」
奏絵（女子大生）「うわー、ゾンビたちが寄って来るわ。逃げるわよ」
稀莉（女子大生）「ちょっと待って、あれは」
奏絵（女子大生）「あれは何？」

稀莉（女子大生）「ゴジ〇」
奏絵（女子大生）「わーでかい！　……ごめん、もう収拾つかない」
奏絵「終了ー！」
稀莉「ひどい」
奏絵「途中からB級映画になったと思ったら、ゴジ〇が出てきた」
稀莉「もうこのコーナー、本当に止めましょう」
奏絵「今なら同意する」
稀莉「なので、新しいコーナーを考えて、どしどし送ってきてくださいー」
奏絵「植島さんも頷かないっ！」

＊　＊　＊　＊　＊

柱にもたれかかり、腕時計を見る。

珍しくお洒落をしてしまった。ほどよい甘さのベージュのマキシスカートに、ボーダーのトップス。足は涼し気なサンダルで無防備。

ついまた腕時計を見てしまう。まだ待ち合わせ時間にはなっていない。

約束して待つ、というのは久々の感覚だ。待っている時間も苦ではなく、心がワクワクしてしまう。

駆ける音が聞こえ、顔を上げる。

彼女を視界にとらえ、自然と顔が綻んでしまう。

「待った？」

この日をずっと楽しみに待っていた。

「ううん、全然。待っていないよ」

白色のストライプのスカートに、ブルーのダンガリーブラウス。青空の中に浮かぶ雲のような色合いに、夏らしさを感じる。

「何よ、じろじろ見て」

「夏らしい格好だね」

「そう」

「可愛いね」

「うぐっ」

稀莉ちゃんが奇妙な声を出し、顔を手で押さえ、下を向く。あれ、怒らせちゃったかな。女の子は服装褒められると嬉しい生き物だと、ギャルゲーで学んだのに。

「大丈夫、稀莉ちゃん？」

「だいじょばないわよ、……今日生きて帰れるかしら」

「生きて？」

「もうさっさと行くわよ」

スタスタと歩き出す彼女の後を追う。入園前に時間をつぶしている暇などないのだ。楽しいアトラクションが待っている。

「あ、あの」

「どうしたの、稀莉ちゃん？」

「よしおかんの格好も新鮮だからっ」

「ふふ、今日はせっかくの稀莉ちゃんとのお出かけだからね」

「だから、その」

「うん？　どうしたの？」

「きれい」

「へ？」

思わず足が止まる。普段は辛辣な彼女から出た賛辞。たった一つの言葉に動揺する自分に驚く。なんだ、間違っていないじゃん。褒められると嬉しいじゃん。

「待ってよ、稀莉ちゃん」

追いかける足が軽い。彼女の隣に並ぶのは簡単なことだった。


さすが夏の休日。まだ早い時間だというのに園内は家族連れや、カップルさん、学生さんで溢れ、混み合っている。

「混んでいるねー」

「そうね」

困ったものだ。この炎天下でずっと並んでいるのは体力的にも、精神的にもくる。

「これは計画的に決めないと、あまりまわれなくなっちゃうね」

「これ」

思わず疑問符を浮かべる。稀莉ちゃんが取り出したのは紙の冊子だった。こ、これは。

「旅のしおり？」

「ち、違うけど、そんなものよ」

冊子を開くと文字がぎっしり詰まっていた。

まわるアトラクションの順番、ご飯を食べる場所、パレードの時間などなど、事細かに書かれている。

……稀莉ちゃんって、デートプランをガッチガチに考えてきてしまう子だったのか。

「ごめん、本当はよしおかんと相談して計画を立てるべきだったよね？　苦手なアトラクションとかあったらごめんなさい。ジェットコースター大丈夫？　ホラー系は？　ご飯は和食、それとも中華が良かったかしら」

「ストップ、ストップ！」

「な、何よ」

「落ち着こうか」

普通こんなに考えてこない。わざわざしおりにして準備してくるなんて重症だ。もう、ズレていて可愛い子なんだから。

「こんな真剣に考えてこなくても大丈夫だったよ」

「だ、だって、私、あまり友達と出かけたことないし、アニメのデート回ではこうしていたし」

残念、ここは二次元ではないんだな。いや、デートに水筒持ってきちゃう子大好きですよ？

「私は苦手なのないから、出来る限りまわろうか。さすがにこれ全部は無理だけど」

「そ、そうよね……」

あー落ち込まないで。

「稀莉ちゃんは間違ってないよ。考えてくれてありがとうね、嬉しいよ」

「う、うん！」

彼女の顔に元気が戻る。それでいい今日は楽しむ日なんだから。

そして、もうひとつ注意。

「あと、今日はよしおかん禁止ね。あれはラジオ限定で」

こういうやり取りをするのも何回目かわからない。気を抜くと、当たり前のように『よしおかん』になってしまい、私も何の疑問も持たなくなってしまう。危ない、危ない。

「わ、わかったわよ、……奏絵」

「宜しい。では、早速リストの一番上の所に行こうか、稀莉ちゃん」

「ええ」

と進みだしたのはいいものの、

「ねえねえ、稀莉ちゃん……っていない!?」

「か、奏絵待って～」

隣で喋っていたはずの彼女が五メートル後ろにいて、そして人の流れに巻き込まれていた。何とか脱出した稀莉ちゃんが私の元にやってくる。

「ごめん、ごめん。付いて来ていると思って」

「人多すぎ。皆、ここに期待しすぎじゃない？」

あなたが言いますか、あなたが。

仕方ない。はぐれて迷子になってしまったら困る。連絡先は交換しているが、この人の多さだと電話の声もまともに聞こえないだろう。

「こんなに混んでいるからさ」

だから、私はそっと手を差し出す。

「おやつなら持ってきていないわよ？」

「そんな食いしん坊じゃない！」

「じゃあ何？」

「はぐれないように、ね」

彼女が差し出した手の意味を理解する。少し戸惑いながらも、私の手をそっと握る。よし、これで安心だ。

「さぁ、今度こそ出発進行ー」

「声大きい、恥ずかしい！」

そう言いながらも彼女はこの手を離さない。

「……そっか」

思わず声に漏れる。手を繋いで、気づいたことがある。


——だから、私は、そっと手を差し出した。


違う。

違うことを理解してしまった。迷子になるなんて方便で、言い訳で、私は失うことを恐れている。

仕事を、ラジオを、彼女を。

『私』を。

繋いだ手でキミを感じて、私がいることを実感する。キミがいるから、私がいる——。

キミが隣にいないと、私は私じゃない。キミが隣にいるから、私でいられる。

気づかせてくれた、気づかされてしまった。

「そうなんだなー」

「何がよ」

「私って」

この小さな手が離せなくなってしまったんだなって。


「あはは、稀莉ちゃん、ひどい顔」

「奏絵だって、ブサイクじゃない」

「おい、ブサイクはやめろ、傷つく」

コースターが滝つぼに落ちる決定的瞬間をおさめた写真を見て、二人ではしゃぐ。有料ではあるが、ついつい記念にと買ってしまいがちだよね。記念、記念。そうやって物が増えていくんだよな……。

「それにしても大きな声出しすぎじゃない」

「別に怖いんじゃないよ」

「どうだか」

「マナーだよ、マナー。無反応だと逆に失礼じゃん。こういう時ははしゃがないとね」

「それもそうね」

「さあさあ、次は何処に行くんですか、お姫様」

「そろそろファストパスの時間だから、そっちに向かいましょ」

「稀莉ちゃんにはシューティング技術負けないよ！」

「愉快な船長だったね」

「私達も学ぶことがあるわ。あんな風にして人を喜ばせるのね、勉強になるわ」

「もう少しでラジオイベントだものね」

「あー思い出させないで～」

遊びに来ているのに、ついつい仕事のこと考えてしまう。日に日にラジオイベントが近づいている。考えてしまうのも仕方がない。

「稀莉ちゃんはイベントにけっこう出ているよね」

「それなりにね。でも、だいたい台本あるからそれを読むだけで」

アトラクションの待ち時間は長い。が、話は尽きない。

「稀莉ちゃん、アドリブ下手だもんねー」

「失礼ね。でもその通り。何かを演じるのは得意だけど、自分を出すのはよくわからない」

何かにはなれる。でも自分にはなれない。自分が何か、わからない。

「でもね」

どんな役でも上手に演じられる彼女にも悩みはある。それは何でもなれてしまうからの苦悩。

「奏絵と話していると、あーこれも自分なんだなって思えるの」

「毒舌の稀莉ちゃんが？」

「そう言われると否定したいのだけど、それも私の一部なのよね」

「全部ではないんだ」

「腹黒成分が百%だったら奏絵も嫌でしょ?」

「そうだね、天使な部分の稀莉ちゃんも残しておいて欲しい」

「奏絵以外には天使」

「ひっどーい」

私と話していると、自分が出せる。

嬉しいことを言ってくれるものだ。

「あ、進んだよ」

「やっと乗れるー」

同じであることが、嬉しい。


「もぐもぐ」

「もぐもぐ」

お昼をしっかりと食べたのに、二人してポップコーンをほおばっている。

「稀莉ちゃんのも頂戴」

「じゃあ奏絵のも」

お互いに違う味を買ったので、相手の味も気になってしまう。

「しょうゆバターもなかなかね」

「ミルクチョコレートも甘くて美味しい」

キャラメル味や、ソルト味もあるが、せっかくだから普段は食べない味を二人して買ったのだ。

カレー味には挑戦する勇気はなかったのだけれども。

「あとはチュロスも食べないとね」

まだまだ食べる気だ、この子。

「チュロスも色々な味があるのよ。シナモンは定番として、ストロベリーやメロンソーダー味もあるのよ！」

「く、詳しいね」

「もちろん！」

これは私も買わないといけない展開だ。カロリーが気になる年頃だけど、これだけ園内を歩いているから今日だけは許してよね？　と身体《からだ》に言い訳。お酒を飲まないだけマシだよね？


楽しい時間というのはあっという間に過ぎる。

暑い日差しも影を潜め、空はオレンジ色へ変化を遂げる。そして、やがて暗闇へと誘われる。

一日中遊び通したのだ。疲れないわけがない。でも隣の彼女はずっと元気で、そして今はキラキラと子供のように、いやまだ子供といえば子供な女子高生なんだけど、目を輝かせていた。

「もうすぐね！」

弾む声は興奮を隠しきれない。

彼女にとってはメインディッシュの、夜のパレードがまもなく始まるのだ。

「もうすぐね！　もうすぐ！」

「わかっているって」

本当、楽しみにしているみたいだ。こっちも何だか嬉しくなってくる。

陽気な音楽が流れてくる。

私の心もワクワクせずにはいられない。

そして現れた光の芸術に、彼女の笑顔が咲き誇る。

◇　◇　◇

ライブ会場というには小さなステージで、歌うのはエンディング曲とキャラソンの二曲だけのたった十分程度。はじめてのステージ。経験なんてほぼ皆無。何度も練習したが、緊張で足が震える。歌の出だしは声がしっかりと出なかった。

それでも私は挫《くじ》けなかった。だって空音ならどんな困難な状況でも負けない。激しい戦闘でも怯えず立ち向かうはずだ。

私は精一杯に歌った。空に奏でる音は会場を沸かせた。

震えていたはずの足はいつの間にかしっかりと地面を踏みしめ、力強く前を見ることができた。

「綺麗」と心の中で思わずつぶやいてしまう。

緑、黄色、赤、青のサイリウムのエールが私に送られる。今まで見たことのない幻想的な光景。

ステージから見た光る芸術は、今でも心のフィルムに焼きつけられている。

この場所が「好き」だと、声優になれて良かったと思えた瞬間だった。

◇　◇　◇

「綺麗だね……」

「本当に綺麗」

夜空の下で幻想的な光景が繰り広げられる。眩しく光る乗り物にマスコットが乗り、愛想よく手を振る。ついつい私たちも手を振り返し、きゃっきゃと喜ぶ。

音楽が陽気なものに変わり、ダンサーたちが勢いよく踊り出し、見とれてしまう。

「あっ、くま！」

稀莉ちゃんは踊っているマスコットのクマを発見したみたいだ。年相応に、無邪気にはしゃぐ彼女を見るのは珍しく、見ているこっち楽しくなる。

「楽しいね」

普段とは違う世界。部屋に閉じこもっていたら見られないセカイ。

「うん、楽しい」

隣の彼女が笑顔で肯定し、報われた気がした。ここまで来て良かった、と心が充《み》たされる。

今年の春前まではただの声優の同業者だった。私はただの名前のない脇役で、彼女は主役級をバンバンと射止める期待の女子高生声優。普通に生きていればまず出会うことのない二人だ。声優業界で働いていても、なかなか共演する機会はなかったであろう。そんな交わらないはずの私たちが巡り会った。

それは誰かの意図かもしれないし、運命かもしれない。

どちらでもいい。私たちは出会ったのだ。そして、私たちは変わった。混ざり合って、化学反応を起こして、まだ発展途中である。

でも楽しいことにもいつか終わりが来る。永遠なんてなくて、いつかは最終回がやってくる。

音楽が最高潮に達し、いよいよパレードもクライマックスだ。

光はさらに勢いを増し、ダンスも激しいものとなる。見ているだけで楽しく、私は目を奪われる。

だから、人々は魔法を求める。

永遠の魔法。繋ぎとめる願い。


「ずっと奏絵と一緒に……この時間がいつまでも続けばいいのに」

永遠を求めるため、言葉は紡がれた。

ずっと、一緒に、いつまでも、続けばいいのに……。

彼女から漏れた独り言。

でも、その言葉は私の心に深く突き刺さったのであった。

ずっと一緒に……。この時間が、いつまでも。ずっといつまでも——。


いつの間にか、音楽も鳴りやみ、パレードは終了していた。お客さんたちがざわざわと動き出す中、私はまだ感動しっぱなしの稀莉ちゃんに問いかける。

「さっきのって……」

「さっき？」

「この時間がって」

輝いていた目が急に慌てる。

「え、へ、心の声が、いや、違うから、違くないけど！　さ、さあ行くわよ！」

そう言って、急に歩き出すので私は追いかける。

けど、心は取り残されたままだった。

◇　◇　◇

「稀莉ちゃん、先にシャワー浴びる？」

パレードを見終えた私たちは予定通り宿泊するために、予約したホテルにたどり着いていた。

豪華なホテルなのでそれなりに広い。ベッドは二つあり、奥のベッドに稀莉ちゃんが座っている。

こちらを見ず、下を向いている。心ここにあらずで、返答がない。

「稀莉ちゃん？」

ようやくこちらを向いた。視線はかみ合わないけど。

「お、お先にどうぞ……」

「じゃあ、お言葉に甘えて先に浴びてくるね」

部屋から出ていき、脱衣所に行く。一人になり、やっと冷静に考えることができる。

——ずっと奏絵と一緒に、この時間がいつまでも続けばいいのに。

彼女のさっき呟いた言葉を思い出す。彼女はどうしてそんなことを言ったのか。

「……意味がわからないな」

もしかして告白？　ではないだろう。なら、あの言葉の意味は何だ。

いや、意味はわかっている。稀莉ちゃんが今日という日をすごく楽しんでくれて、終わってほしくないと願ってくれたのだ。……ずっと『奏絵』と一緒に？　そこで私の名前が出てくる理由はわからないが、ともかく私と一緒にいて楽しかったのだ。私と一緒にいたいと思ってくれた。そう考えてくれるのは嬉しくて、光栄なことだ。現に私も楽しかった。彼女と一緒に来られて良かったと心の底から思っている。

わからないのは、どうしてその言葉が私の中で反芻《はんすう》しているのか、ということだ。

「ずっと、か」

どこかでわかってしまっている。

——ずっと、なんてない。いつまでも、が続くわけがない。

身をもって知ってしまっている。だからこんなにも引っかかって抜けない。

シャワーを浴びても、すっきりはしなかった。冷静になるどころか、悪化している。考えれば考えるほど、深みに嵌《はま》る。

「意味がわからない……」

嘆きは、シャワーの音ですぐにかき消されたが、私の中からは流れていかなかった。


髪を乾かし、Tシャツを着る。本当はバスローブや可愛いパジャマを着るべきだと思うのだけど、何だか恥ずかしくて、キャラがどどーんと描かれたフルグラフィックTシャツを着用。これはこれで外に出られない恥ずかしさはある。

気持ち的に重い扉を開け、部屋に戻ると、稀莉ちゃんはベッドの上で正座をしていた。……何だこの光景。どうした、稀莉ちゃん？

「ごめんね、長風呂、長シャワー？　しちゃって」

「ううん、全然。大丈夫。大丈夫だからっ！」

全然大丈夫そうではないが、それは私も一緒だ。

「お次どうぞ」

「頂戴するわ！」

言葉が怪しい。部屋からダッシュで脱衣所に走り込んでいった。私の痛いTシャツに何も反応なし。

さて、どうしようか。いっそこのまま寝てしまうのも手か。でも目を閉じると刺さった棘《とげ》の存在をより感じてしまう。必要なのは気を逸らすことだ。TV、新聞、漫画なんでもいい。

「気を逸らすね……」

なんでもいいはずなのに、選んだのはラジオだった。

携帯を取り出し、アプリを開く。Webラジオは便利だ。時間や場所を気にせず、いつでも聞くことができる。放送時間になるまで待機する必要がないのだ。文明の進化って素晴らしい。

私たちのお送りする「これっきりラジオ」も通常の放送以外に、Webラジオでも配信されている。一週間限定無料。それより前は有料会員じゃないと聞けない仕組みだ。そうしないと、いざラジオCD発売した時に売れないからね。

けれどもここで自分達のラジオを聞くのはどうかなと思い、別のラジオ番組を探す。

そして、ちょうど良いのを見つけたのだ。

それは、私たちのよく知っている人のラジオ。

橘唯奈さんがお送りするラジオ番組「唯奈独尊ラジオ」だった。

＊　＊　＊　＊　＊

唯奈「今日も」
スタッフ「世界で一番」
唯奈「私が」
唯奈・スタッフ「可愛い！」
唯奈「唯奈独尊ラジオー」

唯奈「はじまりました、こんばんは。梅雨も明け、最近暑いですね。そういう時は私の声を聞けばさらに熱くなれるわ」
唯奈「熱中症には気を付けるのよ、大事水分」
唯奈「喉が渇いたら、あれを飲みなさい、あれ」
唯奈「あれって、何だっけ……」
唯奈「やば、私がコラボしたドリンク忘れちゃったんだけど」
唯奈「こないだスポンサーになってくれた、炭酸の、レモンの……」
唯奈「さぁ今日も始めるわよ、唯奈ー、独尊ー、ラジオー！」
唯奈「この番組は、日々の暮らしを豊かにするコンビニ『ステラ』と、あなたの喉を爽快、リフレッシュドリンク『レモンダッシュ』の提供でお送りいたします」

＊　＊　＊　＊　＊

「あはははは」

ひどい。最初の掛け声が「世界で一番私が可愛い」発言。さらにスポンサー様の提供商品を忘れる扱い。

だが、インパクトがある。名前を忘れたことで逆に商品名を知りたくなり、すかさず提供が流れるので『レモンダッシュ』の名は記憶に強烈に刻み込まれる。

うまい。本当に狙ってやっているのだとしたら、あざとすぎる。さすが、私のライバル？　だ。

「勉強になるなー」

所詮、私はラジオ新参者。ラジオの世界は奥深い。若い子のラジオだって、良き参考書だ。

ベッドに寝転がりながら、携帯のスピーカーでその後も夢中になって聞き続けたのであった。


「あ、上がったわよ」

「ふひひ、腹筋が割れるー」

「……なに、笑っているの？」

「ふへ」

パジャマ姿の稀莉ちゃんと目が合う。腹を抱えてベッドで笑っている私を冷たい目で見下ろしている。

「さっぱりした？」

「ええ、さっぱりしたけど……何しているの？」

「何って」

携帯から人の声が流れる。

「ラジオを聞いているんだよ」

「はぁーーーーーーーーーーー……」

深く深くため息をつく彼女。え、何か私、不味いことした？

彼女が小さな声で呟く。

「これじゃ、私だけが馬鹿みたいじゃない」

「どういうこと？」

「……何聞いているの？」

答えずに逸らし、逆に問われた。

「唯奈さんのラジオ聞いているんだ、唯奈独尊ラジオ」

「あー、あのラジオね。面白いの？」

「けっこう笑える」

「そう」

稀莉ちゃんが私の寝ころぶベッドに近づき、

「お邪魔します」

「へ」

そして、横に寝ころんできた。さっと移動し、スペースを空ける。き、稀莉ちゃん？

「よく聞こえないから、私にも聞かせなさい」

「そ、そうですか」

二人でベッドに横になり、ラジオに耳を傾ける。

最初は緊張していたのに、ラジオに集中すると緊張はすぐ何処かに飛んでいってしまった。

あっという間に唯奈独尊ラジオは終わり、別のラジオを聞き始める。聞きながら、あーだこーだと感想や意見を言うのは新鮮で、楽しすぎる時間だった。

「この声で怒るのはずるい。全然怖くなくて、むしろ怒られたい」

「このほわほわ感は凄いね。私たちにはまねできない」

私たちはラジオのパーソナリティ。

「このツッコミ参考になるわー」

「あんた芸人でも目指すの？」

「え、エムワン目指すっていったじゃん？」

「言ってないわよ」

こういう時間を切に求めていたんだと、実感する。

「ラジオって面白いね」

「そうね、笑える」

「私たちのラジオもこうやって誰かが聞いてくれているのかな」

「……そうね」

他のラジオを知ることで、自分のラジオを知ることができる。

「イベントで会えるね、リスナーさんに」

「ええ、どんな奴らがくるのかしら」

「あるぽんさんとか来るのかなー」

「実は女の子だったりしたら衝撃ね」

「ぷっ」

「はは」

嬉しい。大好きなラジオについて話せる時間が、共有できる想いが。

「では、夜通しラジオ聞くぞー」

「えー」

そして、まだまだ始まったばかりだ。


「すうすう……」

「さすがに二時を過ぎたら寝ちゃうよね」

体力が尽きたのか、途中からしどろもどろになり、やがて稀莉ちゃんは眠りに入ってしまった。

あどけない寝顔。凛《りん》とした鼻に、柔らかそうな唇。頰は少し紅潮し、穏やかな寝息をたてている。

ずっと、はないかもしれない。

でも、今はこのままでいい。そう思わせてくれる子が隣にいる。

それでいいだろ？　何を悩む必要があるのだ。一緒にいて恥じない声優になろう。彼女のためにもしっかりとしていこう。

私も寝ようと思い目を閉じたら、すぐに夢の国へと旅立っていたのであった。

第5章　始まるマチネ

「あつっ……」

白のTシャツに、スカート。ラフな格好で、汗を拭いながら、アスファルトの上を歩く。

七月も終わり、本格的に夏に突入。太陽も絶好調で、できれば家の中でクーラーをがんがんにつけて引きこもっていたいのだが、そういうわけにはいかない。

最寄駅《もよりえき》からタクシーに乗る手もあるが、そんな経費は出るはずもなく、灼熱《しゃくねつ》の大地を一歩一歩進む。

十分ほど駅から歩き、目的地に辿り着く。ここは都会のビル群の中に紛れて存在するレコーディングスタジオだ。普通の人は素通りしてしまう場所に、それなりの広さの建物が存在している。私も最初はなかなか見つけられなかったな。携帯の地図で場所はわかっているのに、迷ったものだ。

今日はこないだ受かったアニメの収録日だった。中二病全開の、仰々しい台詞オンパレードのアフレコだ。

扉を開け、気持ちを切り替える。ここからは爽やかな私に変身だ。

「おはようございます。93プロデュースの吉岡奏絵です。本日は宜しくお願いします！」

まずはコントロールルームにいる音響監督、アニメーション監督、プロデューサーさんなどに挨拶をする。別アニメの収録でも会ったことのある顔なじみのメンバーだ。これがチョイ役だと、人の名前を覚えることなく終わる。こちらも覚えられないということは、相手も覚えてくれずに終わるということだ。覚えてくれれば、次の仕事に繋がるかもしれない。今回私の役はサブヒロインなので、かなりの頻度で登場する。良い印象を与えてまた次に繋げたい。

「おはようございます」

「おはようございます」

続々と共演者がやってくるので、そそくさと部屋を去り、レコーディングブースへ。ブースの中には先客がいた。

「おっすー、奏絵」

「おはよう、瑞羽」

西山瑞羽。養成所の同期で、仲の良い声優だ。

「あっついねー」

「ねー、やってられないよね」

瑞羽も靴はスニーカーで、上はカットソー、ズボンのシンプルな格好だ。決して気を抜いているわけではなく、これも立派な仕事着なのだ。収録のために動きやすく、雑音を拾わないように音を立てない服、靴を用意する。プロとして当たり前のことだ。背の低い女性はヒールを履く人もいるが、そういう場合でもヒールの裏に緩衝材を貼り、音を和らげる工夫をしている。

ともかくノイズになるものは全て駄目。自分のお腹の音さえ注意しないといけない。

「おつかれさまっすー」

「お疲れ様です」

共演の女性、男性がブースに入ってきて賑《にぎ》やかになる。収録前に会話をしておくことはウォーミングアップにはちょうど良い。台本と睨めっこしているより、緊張も和らぐ。

「夏どこか行きました？」

「ライブが近くて、ずっとその練習」

「ひえー、大変ですね」

「私は少し実家に帰ったぐらいですかね。甥《おい》っ子が可愛くて」

「え、さっちんのところ、もう甥っ子さんいるの？」

「ええ、妹が去年出産したんです」

「妹さん!?　まだ若いよね」

「そうですね、二十二歳です」

「うはー」

「まじか」

「私たちとは別世界ですね」

声優は総じて「行き遅れ」してしまう。特に女性は二、三十代のうちが働き盛りなので、恋愛にかまけている暇がない。いや、人によってはしっかりと恋愛しているだろうけどさー。私の周りで浮いた話は聞かないし、情報として漏れると不味いので、皆、積極的に恋バナはしない。

そしていつの間にか三十歳、四十歳になり、ファンからも結婚を心配される羽目になる。

「奏絵は何処か行った？」

「私は……」

一瞬、言うのを迷ったが、隠す必要もないだろうと思い、告げる。

「ネズミのテーマパークに行ったよ」

「え、奏絵さんが」

「さっちん酷《ひど》くない!? 私、そんなに暗そうなキャラしている？」

「ち、違います。奏絵さんは登山やサーフィンをしているイメージでした」

「だいぶ違う！　そんなアウトドアキャラじゃないよ」

「あははは」

ゲラゲラ笑うな、私の同期。

「これっすか、これ」

「男じゃないわい。女の子と」

「女の子？　姪《めい》でもいたっけ？」

「いないけど」

「え、誘拐して……」

「するか！」

「じゃあ、誰とだよー」

「もしかして」

勘の良い同期さんは気づく。

「ラジオの相方？」

「そうだよ。稀莉ちゃんとだよ」

「へー、いつの間にそんなに仲良くなったのやら」

「佐久間さんっていい子だけど、なかなか食事とか来ないから意外ですね。まだ学生さんだから仕方ない部分もありますけど」

「そうなんだよ、まだ学生だから門限厳しくってー」

「しょうがないよねー。じゃあ早めに帰ったんだ」

「ううん、パレードまで見たよ」

言った後、「しまった」とすぐ後悔した。

「え、門限あるのに夜遅くまで連れまわしたの？　それはちょっと」

「あー、えー、そういうわけではなくて、お母様からは事前に承諾いただきまして」

「えっ、佐久間さんの母親とも面識があるの」

「え、その面識ありますが、その」

「家まで送ってあげたんですね！　優しいですね奏絵さん」

「いや、そういうわけでもなく」

「じゃあ、どういうわけなの？」

喋る度に、どんどん墓穴を掘っていく。興味津々の三人を前にし、説明しないわけにはいかない。

「えーっと、泊まってきました」

沈黙が生まれる。

「「……」」

準備ができたのか、音響監督が部屋に入り、

「それでは、そろそろ始めますねー」

私たちに声をかけるが、

「「えええええええ」」

「と、泊まり!?」

「二人っきりで!?」

「私、そういうのいいと思います!」

「やばくね、まずくね?」

「奏絵が遠くにいってしまった……」

三人の驚きの声でかき消されたのであった。ウォーミングアップとはいったい……。


「吉岡さん別録りでお願いします」

「はい、すみません、宜しくお願いします」

酷い出来だった。散々な結果の私は居残りでやり直しとなった。

「お先ですー」

「今度、詳しく聞かせてくださいね」

「じゃあ、また今度」

始まる前にトークで盛り上がっていた彼女らは、本番になると別人だった。役に入りきり、ミスもなく無事に仕事を完遂した。

一方の私は台詞をすっ飛ばすし、噛《か》むし、言葉を間違えるし、ひとり悪目立ちしていた。

まだまだ甘い。私と、役者の私は切り離せ。どんなことがあっても、役に徹しろ。自身の未熟さを痛感させられる。

音響監督が、部屋に一人取り残された私に合図をする。

「それでは、吉岡さん、三ページ五行目からお願いします」

「はい」

気持ちをしっかりと入れ替えた後は、うまくやれた。家で、カラオケルームで嫌というほど台本を読み込み、発声し、練習したのだ。普通の私であればやれるのだ。問題なくやれる実力はある。

でも発揮しなければ、その実力など無意味。やれるのにできなかった。

違う、言い訳を並べるな。私はすぐに揺らぐ。上手くいかない、これが私の実力なのだ。

でも、落ち込んでばかりもいられない。

「ありがとうございました」

アフレコ現場を足早に後にする。次に待っているのは、ラジオの収録。「これっきりラジオ」の現場だ。

切り替えろ。彼女の隣に立つ私は、しっかりとした声優でなくてはならないのだ。

「遅くなりました」

ラジオの収録現場に着くと、すでに稀莉ちゃん、スタッフが揃っていた。

「ごめんなさい、アフレコが少し長引きました」

「いいよいいよ、まだ雑談をしていたところだ」

構成作家の植島さんが特に気にしない様子で話す。普通に収録を終えていれば、時間通り辿り着いたのだ。これは私のミスで、至らない私が原因だ。

「元気ないわね、よしおかん」

立ちつくしたままの私に稀莉ちゃんが話しかける。

「はは、外暑かったからね、夏バテかな」

「気をつけなさいよ、そうやって無理すると危ないんだから」

彼女の優しさが、逆に辛い。そう、私は一度無理をして倒れた。高熱なのに、ラジオの収録に来て、皆に迷惑をかけた。

繰り返してはいけない。もう間違ってはいけない。弱さを見せるな。前を向け。

「さあさあ、吉岡さん座って、始めるよ」

植島さんが急かす。椅子に座り、一息。落ち着け、落ち着くんだ。

しかし、私はすぐに揺らいでしまった。

あっ、と思い出したかのように、植島さんが軽い調子で告げた。

「そうそう、二人には嬉しいお知らせと、悲しいお知らせがあるんだ」

不吉なことを口走る。

悲しいお知らせと、嬉しいお知らせ？

「どっちが聞きたい？」

「えぇ……」

私も、隣の稀莉ちゃんも困惑する。良いことだけ聞きたいが、そういうわけにはいかない。

「それはラジオ収録が終わった後で、話すとしようか」

「いやいや」

「無理無理」

気になって収録に集中できないではないか。隠されたまま、楽しく話せる気がしない。

「もうしょうがないな」

植島さんが渋々承諾する。

頭に浮かぶのはマイナスなこと。

構成作家の交代。イベントの中止。番組にクレームが入った。人気のないパーソナリティ、つまり私の交代。番組の終了。

――ずっとなんてない。

「じゃあ、悲しいお知らせからね」

いきなりだ。身構える余裕もない。

ゴクリと唾を飲み込む。

「イベントチケットは抽選なんだけど、一日で予定枚数を超えた」

……あれ？

「おお！」

予想していなかった朗報に反応が遅れる。

「本当ですか」

「本当、本当。好調すぎる」

周りの声、お便りの数の増加から人気が上がっていることは理解していた。けれども、イベントは別。本当にファンはいるのだろうか、実在するのだろうか。イベントの席は埋まらないのではないだろうか。そう疑心暗鬼になっていた。

私たちのイベントに来たい人がこんなにも、いた。いたんだ！

「良かったー、埋まるんだ」

「ああ、すでに一公演で倍率十倍ぐらい」

「十倍!?」

五百人ぐらいのキャパだったので、すでに五千人の応募があったことになる。中規模な会場も埋まるレベルの応募数だ。

「抽選締め切り日まで時間あるから、まだまだ増えるだろう」

「そうなんですねー、よかった」

嬉しさの前に、安堵の気持ち。良かった、私たちの「これっきりラジオ」は受け入れられているんだ。

「でも、来られないリスナーが多いのは申し訳ないわね」

「そうだね、稀莉ちゃん……」

せっかくの初めてのイベントなので、たくさんの人に来てもらいたいが、これぱっかりは会場の規模があるので仕方がない。

「というか悲しいお知らせなんですよね？　多くのリスナーが来られないのは確かに悲しいですが、席が埋まったのは嬉しいお知らせでは？」

稀莉ちゃんも「うんうん」と頷く。

「悲しいじゃん。数を見誤ったんだよ、プロとして悲しい。せっかくの儲けのチャンスが」

「あはは……、そういうことですか」

初めてのイベントなので予測しづらかったのだろう。余るよりはずっとマシだ。

「えー、じゃあ嬉しいお知らせ行こうか」

「はい」

植島さんが不敵に笑う。

「昼公演だけだったのを、夜公演も追加することになった」

「夜公演？」

「一日に二本」

「え、二公演？」

「そう、二公演。嬉しいでしょ？」

「来られるリスナーが増えるのは嬉しいですが」

つまり、それは私たちの労働時間と負担が二倍になるってことだ。どっちかというと、嬉しいお知らせと悲しいお知らせ、逆のような……。

ともかく良かった。考えていたことが全て外れた。良かった、この場所は変わらないんだ。

「よしおかん？」

「どうしたの、稀莉ちゃん？」

「あんたこそどうしたのよ」

何を言っているんだろう。言われても気づかなかった。

「目」

「え」

目の下を触る。目から水が零れていた。

……どうしてだろう。

自分でもわからなかった。何で私は泣いているんだろう。

「ごめんなさい、お手洗い行ってきますね」

目を手で隠して、その場から逃げ出した。


可笑しい。

安堵して涙が流れてしまった。別に追い詰められている状況じゃない。ラジオも好調で、声優の仕事もあって、相方とも仲が深く……宿泊するぐらいに深まりすぎているけど、順調だ。

鏡の中の私を見る。いつもと変わらないはずなのに、どこか頼りなかった。

そう、順調なのだ。

私は『順調』であることに怯えている。一度、転げ落ちた人間だ。何か落とし穴があるのではないかと疑ってしまう。

「しっかりしろ、しっかりしろ……」

声に出して鼓舞しても、鏡の中の私は救ってくれやしなかった。

＊　＊　＊　＊

奏絵「イベントまであと一ヶ月ですね」
稀莉「あー、八月がずっとループすればいいのに」
奏絵「いいね。それなら私はずっと年を取らずに、若いままでいられる！」
稀莉「え、若い？」

奏絵「やめい、アラサーに響く追及はやめい」
稀莉「はいはい、今日は重大なお知らせがあります」
奏絵「な、なんと！　イベントへの応募があまりに多すぎたため、公演数を増やすことになりました。昼に加えて、夜公演も行います。昼は予定があっていけないと諦めていた方、ぜひ応募してください！」
稀莉「この番組が終わった後から、公式ホームページから応募できます。要チェックよ」
奏絵「いやー、二公演ですか、大変だ」
稀莉「ええ、アラサーには過酷ですね」
奏絵「おいおい、まだまだ体力はあるから」
稀莉「でも、ありがたいですね」
奏絵「そうだね、私たちのイベントに多くの人が来たい！　参加したい！　とたくさん応募してくれたから実現した夜公演です。本当にありがとうございます」
稀莉「ありがとうございます！」

奏絵「さらにここでリスナーさんが気になる、あの情報を解禁しちゃいます！」
稀莉「そう、イベントグッズの情報です！」
奏絵「初公開！　なんと、すでに完成したグッズがここに届いています」
稀莉「うわー凄い！　凄いけど、ラジオの音声では何も伝わらない！」

奏絵「そこは仕方ないよね。なので、グッズの写真はあとでスタッフさんがＳＮＳやホームページにあげてくれます」
稀莉「では、一個目はこちら」

奏絵「イベントＴシャツ！」

稀莉「定番のものね」
奏絵「おしゃれだね、これ。普段着でも全然いける」
稀莉「色は、ホワイトとスカイブルーの二種類です」
奏絵「いいね、夏っぽさが出ているＴシャツだ」
稀莉「白色には真ん中に黒字で番組ロゴと、イベントの日付がプリントされています。スカイブルーの方は、白字で描かれていますね」
奏絵「それにさりげない工夫が色々とあります。一つだけ教えちゃいますね。袖のところを見ると」
稀莉「あっ、文字が入っている」
奏絵「そうなんです。アルファベットで私と稀莉ちゃんの名前が入っています。他にもいろいろあるぞー、ぜひ買って見つけて下さい。では、次！」
稀莉「次は、ラバスト！」

奏絵「ラバーストラップですね。わー、可愛い！　私と、稀莉ちゃんがイラストになっています。描いてくださったのは『へちまで水いらず』先生！　ありがとうございます！　本当に可愛いな」
稀莉「アニメに普通に出られる可愛さね」
奏絵「へへー、私が二次元デビューか」
稀莉「美化されすぎじゃない？」
奏絵「失礼な！　皆にはこんな風に見えているんだよ！」
稀莉「はいはい。『へちまで水いらず』先生は、私たちのラジオを毎回聞いてくれて、安いお金で快く引き受けてくださったそうです」
奏絵「もっと払ってあげて！」
稀莉「えーっと、それぞれポーズがあって、私は手紙を破っているのと、よしおかんは年齢をいじられて怒っているシーンです、とのこと」
奏絵「いじられて怒っているのに、このラバスト、満面の笑顔なんですけど」
稀莉「私だって、ニコニコとした顔で手紙を破っているラバストだわ」
奏絵「……」
稀莉「リスナーさんにはそう見えているのね」
奏絵「いやー、音声放送で良かったわ。二人とも酷い顔をしているからね」
稀莉「見せられないわね……」

奏絵「次は、パンフレットです」

稀莉「こちらはまだ撮っていないけど、私とよしおかんの写真やインタビューが掲載されます」
奏絵「どんな風になるのかな。楽しみだね」
稀莉「そうね、いったい半年も経っていないラジオのことをどんだけ盛れるのかしら……」
奏絵「そ、そういうこと言わないー」

稀莉「さて、ここからシークレットグッズです」
奏絵「私と、稀莉ちゃんのそれぞれが考えたグッズです。そしてまだお互いどんなものか知らない、ここで初めて知るのです！」
稀莉「いったいどんなものが出るのかしら」
奏絵「楽しみだね」
稀莉「おぞましいわ」
奏絵「おぞましい!?」
稀莉「はい、よしおかんからどうぞ」
奏絵「どどーん」

稀莉「こ、これはコップ？」
奏絵「ビールジョッキです」
稀莉「は、はあ!?」
奏絵「ビールジョッキです」
稀莉「いや、聞こえなかったわけではなくて」
奏絵「夏といえばビールでしょ!? ビールに必要なのはジョッキ。ジョッキで飲むのは格別なの！」
稀莉「未成年の私に言われても」
奏絵「さすがにお酒は売れないので、未成年でも問題なく買えるジョッキです。子供はコーラや、お茶を入れて飲んでね」
稀莉「文字も入っているのね」
奏絵「ええ、勝手にロゴを作りました。音符と鉛筆マークに『YOSHIOKA BEER』の文字。凄いでしょ」
稀莉「無駄なこだわり！」
奏絵「無駄じゃないよ。こういう工夫がビールを美味しくするのよ。あ、スタッフさん、私にももちろんくださいね」
稀莉「お金を払って、貢献してください」
奏絵「えー」

稀莉「では、私のはこちらです！」
奏絵「うちわ？」
稀莉「そう、団扇《うちわ》です」
奏絵「暑い夏のイベントでは重宝するねー」
稀莉「そう！　さらにイラストと文字が描かれています」
奏絵「おお、YES、NO枕みたいな感じで、会場でお客さんが受け答えできるね」
稀莉「イエスノーマクラ？」
奏絵「あっ、ごめん忘れて。続けて」
稀莉「う、うん。表には『もうこれっきり！』と書かれています」
奏絵「否定の言葉だね」
稀莉「裏には『はい、破りますー』です」
奏絵「どっちも否定!?」
稀莉「肯定なんてする必要ないわ」
奏絵「お、おう」
稀莉「ね、いいでしょ」
奏絵「会場の皆さんがこの団扇を持って参戦するのか……」
稀莉「よしおかんがつまらないことといったら、『もうこれっきり！』『はい、破りますー』と会場のお客さんから上がるの。楽しいでしょ？」

奏絵「なにその私に辛い環境！　リスナーさんからも否定されたら帰るからな！　お前ら覚悟しとけ！」
稀莉「あはは」
奏絵「笑いどころじゃないんだけどな……」

＊　＊　＊　＊　＊

始まってしまえば、パーソナリティのよしおかんでいられた。今日も面白い、面白くできたはずだ。


「私にも、ラバストもらえますか？」

稀莉ちゃんがスタッフに尋ねている。

「なんだ、稀莉ちゃんもやっぱりグッズ気に入っているじゃん」

「だって、私たちの初めてのイベントグッズなのよ。ジョッキはいらないけど」

「はは、家に送りつけてあげるから」

「一度家に来た人間が言うと、マジで送り付けてきそうだから笑えない」

「あはは」

大丈夫、私は笑えている。

◇　◇　◇

あと一ヶ月。

そう思っていたのも束《つか》の間《ま》。あっという間に日々は過ぎ去っていった。

夏アニメの収録も終わり、まだ暑さも残す九月へ。

ラジオのイベントは、もう明日に迫っていた。

そして、私は、

「奏絵の今日の演技面白かったわ」

「どうも。瑞羽もなりきっていてよかったよ」

「聞かないでよ～。恥ずかしい」

「恥ずかしくないよ、かっこよかったぞ」

呑気《のんき》に、同期と喫茶店でお茶をしていた。アフレコ後二人とも次まで時間があったので、こうやって話をして時間を調整しているわけだ。

「収録まだ三回目なのに、何回もやった気がするね」

「奏絵とだと新しい現場って感じしないわ」

「褒めているんだよね？」

「褒めている褒めている。実家のような感じで緊張感はなくなるけど」

「褒めてんだよね？」

新鮮さはないけど、安心感はある。

「次回私のキャラ出ないんだよ。もっと活躍してくれ！」

「ねー。それにこれからも続いてほしいよね、一クールの十二回じゃなくてさ」

「そうだといいけどねー。アニメ二期、三期とやってくれればいいけどさー」

実際はそううまくはいかない。ほとんどのアニメが一期で終わってしまい、その後続く作品は稀《け》有《う》だ。

それにいざ待望の二期が始まってもあまり売れずに、そのままコンテンツが終わってしまうなんてこともある。難しいのだ、続編は、続けることは。同じままでいることは、ずっとは難しい。

「どうかした？」

難しい顔をしてしまったのか、友人に心配される。

「ううん、どうもしないよ」

そう、どうもしない。一ヶ月前から、何も変わっていないのだ。でも同期は私の曖昧な返事に納得せず、続けた。

「奏絵さ」

「うん？」

「ラジオ楽しい？」

「もちろん、楽しいよ」

即答だ。

「いいな、羨ましい」

「羨ましい？」

「羨ましいよ。アニメの数回の収録と違ってずっと続くからいいよね」

——ずっと。

「ずっとなんてないよ」

否定が、声に出ていた。

「ラジオ番組だっていつか終わる。終わりが来る」

終わりがあるんだ。言葉にしてわかってしまう。

楽しい。今は楽しい。楽しいからこそ、

「終わった時の代償が大きい」

実際に私は味わったのだ。

私が新人のころ、ラジオ番組のアシスタントを務めた。デビューしたばかりだったので無我夢中で、だけど何もかも楽しく、充実していた。あることが当たり前で、毎回の収録が待ち遠しくて、放送はリアルタイムで聞いて、『日常』の一部と化していった。

だがラジオ番組は半年で終了した。

『日常』はあっさりと消え、私の心に穴がぽっかりと空いた。喪失。空いたまま、なかなか埋まらなかった。

「アニメの収録は話数がわかって、終わりがあるのがわかっている。けどラジオ番組は終わりが見えない」

宣伝ラジオ、期間限定なら別だが、普通なら終わりは見えていない。終わりを意識しない。
「いつ日常を失うか、わからない」

――終わりが見えない恐怖。

ずっと、がないのがわかっているから私は怯える。恐怖する。私だって思っているんだ。「この時間がいつまでも続けばいいのに」って。ずっと稀莉ちゃんとラジオをしたい。いつまでも稀莉ちゃんと話したい。夢の国から帰りたくない。

その理由は、私がこのラジオしか無いから、ではない。これを失ったら仕事がないからというわけじゃない。もう私の一部なんだ。日常に溶け込んでしまった。だから、

「失いたくない」

ずっと一緒にいたい、いつまでも続けたい。

そんなワガママを静かに聞いてくれた友人が口を開く。

「奏絵はそう思えるほど今の番組が大好きで、その時間が大切なものになっているんだね」

羨ましいよ、と彼女がほほ笑む。そして納得したかのように明るい声で言うのだ。

「わかった、奏絵の何とも言えない恐怖はわかった」

「瑞羽……」

「だから直接言ってあげなよ」

「え？」

彼女が私の後ろを指さす。

そこには、見知った可愛い女の子がガラスに貼りついて私を睨んでいた。

「き、稀莉ちゃん!?」

「じゃあ、私はこれで」

「え、どういうことなの瑞羽！」

「いやー仕事で一緒になった時に佐久間さんから『何か奏絵がおかしい』と聞いちゃってさ。同期の余計なおせっかいというやつさ」

「事前に言ってよ！」

「言ったら逃げるでしょ奏絵は？　後は二人でごゆっくり。頑張れよ、奏絵」

驚いた顔のままの私を置いて、瑞羽が足早に去っていった。私のことをよく理解した同期だことで……。


そして彼女が私の目の前に現れる。

「ど、どうも」

気まずい。心配されていたのだ。説教されても仕方がない。

「急にごめんなさい。こんなことして」

だがいつもの毒舌な稀莉ちゃんはそこにおらず、丁寧な口調だった。

それはそれで居心地が悪い。だから、つい軽口を叩いてしまう。

「いやいや、浮気現場を見られたかと思って、心臓が止まったよ」

「……浮気していたの？」

「し、してません！　同期は居心地いいとか思っていません」

「本当？」

「本当！　誓うから！」

「じゃあ、もう抱え込まないでね」

うっ。図星すぎて、私はその言葉に向き合わず逃げる。

「とりあえず、稀莉ちゃんの飲み物を買ってくるよ。甘いのでいいよね？」

「ええ、いいわ。戻ってきたら逃がさないから」

顔が引《ひ》き攣《つ》る。

イベントを明日に控えているのに、有罪確定で裁判所に出廷するような気分だ。

……いや、わかっているんだ。明日が「これっきりラジオ」のイベントだからこそ、稀莉ちゃんは私と向かい合おうとしている。

私が彼女の家に押し掛けたみたいに、今度は彼女が不意打ちを仕掛けてきたわけだ。

「お姉さん、アイスコーヒーと、キャラメルラテで」

そう、これはあの日の再来。

私と稀莉ちゃんが初めて二人で出かけて、喫茶店に行き、本音で話をし、距離を近づけたきっかけの日のやり直し。

逃げるなんてことはできなかった。


座っているだけで画になる。

私が席に戻って来ると、ふと顔を向け、表情が少し柔らかくなる。

手に持つアイスコーヒーと、キャラメルラテを前に出し、問う。

「どっちがいい？」

「私が苦いの嫌いなの、知っているくせに」

「ですよね」

あの時は強がってブラックを飲もうとしていたが、もう偽る必要はない。

キャラメルラテを手渡し、対面の席に座る。私は残ったアイスコーヒーを飲む。今の私にはこの苦さがちょうど良い。甘さに甘えられる時ではない。

目の前の彼女は美味しそうに甘いものを堪能《たんのう》している。無邪気な子供の姿に緊張した空気が少し和らぐ。

さて、何から切り出したら良いか。

ともかく謝るか。何に？　別に間違ったことはしていないし、ただ一人で勝手に不安になっているだけ。順調な自分を怖がっているだけ。ネズミの国での彼女の言葉を深く考えてしまっただけ。

何を迷っている、抱えているというのだ。私が知りたい、教えてくれ。正解を、道筋を。弱さをどう克服すればいい。

言葉は出てこず、苦味を口に含む。

「ねえ、よしおかんは私のこと嫌いなの？」

「ぶふっ」

唇に力を入れ、コーヒーが飛び散るのをせき止めた。

「飲んだコーヒーを噴くからやめて！」

心への突然のタックルは防御できない。

「答えてよ」

「……嫌いなわけないじゃん」

嫌いなはずがない。最初は生意気な女の子だった。でも稀莉ちゃんとのラジオは楽しい。私を絶望の淵《ふち》から救ってくれた。そんな女の子を嫌いになれるはずがない。

「……聞いたのよね」

「うん？」

「べ、別に勘違いしないでよね？　あの言葉にそんな深い意味はなくて、だからあんたが気に病む必要はなくて、告白とかじゃなくて」

……告白？　なんだかいまいちかみ合わない。

「……私、告白されたの？」

「されてないわよ。ばっ、バカじゃないのー」

稀莉ちゃんが慌てているが、深く追及せず本題に入る。

「どうして私に会いに来てくれたの？　話そうとしてくれたの？」

「わかれ」

「……稀莉ちゃんは何に対して怒っているの？」

「あーもう、何でわからないの」

「言葉にしないとわからないよ」

「何も言わないよしよしおかんが言うな！」

はあーーーーっと深くため息をつかれる。そして、長く説教される。

「私が呆れているのは何か悩んでいたり、不安に思ったりしているのに、また一人で抱え込んでいること。急に泣き出すとかおかしいから。それを私に相談してこないのがムカつくの。寂しいじゃない、私はラジオのパートナーなのよ。よしおかんが悩んでいたら相談にのってあげたいし、悲しいことがあったら知りたいし、嬉しいことがあったら一緒に喜びたいの、わかる？」

「わかる……けど、それは大人として私の示しがつかないというか」

「そう、それよ！　大人とか、私が女子高生とか関係ないの。年の差は関係ない。年齢関係なく、私たちは対等なの、わかる？」

それはわかっている。年の差なんて関係ない。彼女は立派な声優で、私も彼女を尊敬している。

「わかる……けど、私は相方として一人でちゃんとしないと」

だからこそ私は自分でしっかりとしないといけない。彼女の隣という立場に恥じないように。

「うぅ～、私は確かに言ったわ。私の相方らしくちゃんとしなさいって。訂正よ、撤回。ちゃんとしてなくていい。あんたが弱いのも、めんどくさいのも知っているわ。存分に思い知った。全部言いなさい、弱さも、困難も、壁も、私達二人で乗り越えるの」

何でも話しなさい、か。

「それだと稀莉ちゃんが上司か、お母さんみたいだね」

「よしおかんに言われたくないわ！　あーもういっそあんたの母親でもいいわ。勝手に母性でも感じていなさい。あんたはまだまだ子供なの」

女子高生に子供呼ばわりされるアラサーって。まぁ、その通りなんだ。めんどうで、弱くて、ちゃんとしていない。

「私も反省している。あんたにそう言っているけど、私も全然話さないもの」

そして、それは彼女も同じこと。

「私、明日のイベント不安なの。不安で不安でたまらない」

稀莉ちゃんが弱さを吐露する。

「最初はあんたと上手くラジオできるなんて思わなかった。でも、よしおかんのおかげで色々あったけれども、上手くいった。そしてあっという間にトントン拍子でイベントまで決まっちゃった」

私は静かに頷く。

「順調で不安なの」

そう、彼女も私と同じなのだ。

「私も同じだよ、稀莉ちゃん。順調すぎて、今が楽しすぎて不安なんだ。知っている、私は知っているんだ。ずっとなんてきっとなくて、失った時が怖い、怖くて堪《たま》らない」

「うん」

「私も稀莉ちゃんと出会って世界が一変して、輝きすぎて、不安なの。このまま光の中を駆け抜けていいのかって。どこかに落とし穴が潜んでいないかって、罠《わな》が仕掛けられてないかって」

彼女の目を真っ直ぐに見る。

「だって、私は空から墜《お》ちた声優だから」

私は落ちぶれた声優。一発屋だった。空音として高く飛び立った空から、制御を失い、墜落した。幸運にもまた飛ぶことはできたが、いつまた墜落するのか、飛べなくなるのか、わからない。

稀莉ちゃんが口を開く。

「誰だってそうよ。こんな不安定な職業はないの。春アニメで三本出たと思ったら、来期はゼロ本なんてよくあること。最近よく聞くなーっていう声優さんが一年後には姿形なく消えることなんて当然の、サバイバルの世界。戦場なの」

その通りだ。これは私だけ陥る境遇ではない。

「あんただけが特別じゃない。声優の誰でも起こることなの」

私だけの特別な感情ではないのだ。

そして、彼女は私に無い答えを出す。

「いいじゃん、一発屋だって。そりゃ食っていけないのはよくないし、売れた方がいいのは当然だけど、一発屋でも誰かの心を震わせ、感動させているの。あんたがいるから『空飛びの少女』は面白かったの。そして、それは『これっきりラジオ』も同じ。ずっとじゃないかもしれない。いつまでも続かないかもしれない。でも誰かの心に残る」

一人の人生としては、一発屋はどうかと思う。でも、誰かの心に残る。作品に刻める。確かに輝いたのは一瞬かもしれない。でもその輝きは半永久的に消えることはない。

「私の心からこれっきりラジオが消えることはないわ」

「自信たっぷりだね」

「ええ、だから明日のチケットは完売したの」

そうだね、と私は頷く。

何も特別ではない。私だけではない。同じなのだ。なのに、私は自分だけ特別だと思い込んで、悲劇のヒロインぶっていた。

「終わる話なんて一言もないぐらい順調なのに、弱気になるのはおかしいのよ」

「そうだね」

「終わりを考えてやる必要ないじゃない。今を最高に輝かせればそれでいい」

「ごめんね、弱くて」

順調でも不安。

彼女も私で、私も彼女なのだ。

「いいわ、許す」

「ありがと」

やっと微笑むことができた。

「じゃあこれ」

「へ」

一方で彼女は悪い笑みに変わった。

「こ、これは」

「誓約書」

出てきたのは、一枚の紙だった。

「誓約書!?」

「あんたの言葉なんてもう信用しないから。こうやって証拠を残すの。いいわね、私をこんなに心配させたのだから」

「傍若無人だー」

「文句を言わずに書きなさい」

書面に目を落とす。パソコンを使い、きちんと作成したのだろう。

全部で五項目の約束が書かれている。
①困ったことがあったら、何でも話すこと。

②悩みはすぐに相談すること。一人で抱えないこと。
③嬉しいことがあったら、報告すること。

こ、この女重て―……。

えぇ……何でも話すの？　嬉しいことも、悲しいことも、困ったことも、悩みも全て話すの？

束縛しすぎじゃない？

「早くサインしなさい」

急かす、彼女。

私はさらにほかの項目も読む。
④一人で解決しないこと。
⑤私のことを一番に考えること。

……。もう一度読み直す。

⑤私のことを一番に考えること。

「あの―」

「何よ！」

「五番目は傍若無人すぎない？　具体的にどういうこと？」

「黙ってサイン書きなさい」

「えー」

誰よりも一番、ね。とんだ女王様だ。私はどんな命令をされるというのだ。

一枚の紙。この紙にどんな拘束力があるのかわからない。

でも、確かに言葉だけじゃ不安になる気持ちは、痛いほどわかる。確証が欲しいのだ。私たちは不安定だから、少しでも安心できるお守りを欲する。

それがこの紙っぺら一枚で済むなら、書くしかないだろ、私。

……本当にいいの？　もっと考える必要ない？

稀莉ちゃんがずっと睨んでいる。怖い。拒否なんてできないじゃないか。

急いでチェック欄に、全てチェックし、最後に署名。

「か、書いたわね。もうこれでよしおかんは私の物よ」

あれれ～。とんでもない誓約書に私は署名してしまったぞ～。

「稀莉ちゃんの物なの？」

「そうよ」

「拒否権は？」

「誓約書書いたわよね」

「やっぱり無しに」

「駄目、もう鞄にしまったから。契約は取り消せないわ」

横暴な！　皆、契約は慎重にね。所有物や、魔法少女になってからでは遅いよ。

そう思いながら、私も取り消すつもりはない。

ただ釈然としないので、少しやり返す。

「稀莉ちゃん」

「なによ」

「一口もらうね」

「え」

机に置いてあった、彼女のキャラメルラテを手にする。

そして、ストローを口につけ、

「あ」

甘さを堪能する。

「うん、甘いね」

甘い。やっぱり苦いブラックな渋さより、甘みが人生を彩るんだ。

「むぅぅ」

目の前の彼女が顔を真っ赤にして睨む。本気で顔を真っ赤にする様子を見ると、私も何だか恥ずかしくなり、目を逸らす。

「よしおかんの馬鹿」

私たちに足りなかったのは、本音でぶつかることだ。

何を遠慮していたのだ、大人ぶっていたのだ。

もう弱さは出し尽くした。私のすべてを知っても、彼女は私の隣にいることを選んでくれた。

わざわざ誓約書なんか用意して、私の逃げ場を失わせてまでだ。

この子もとことん不器用で、まっすぐで、一緒にいて飽きない。

「そう、私は馬鹿だよ」

「知っているわ」

ここがスタートライン。もう後ろは振り向かない。振り向くことを、彼女が許してくれない。

イベント本番はこれから。明日だ。

さあ、最高の舞台を駆け抜けよう。

◇　◇　◇

ざわざわとした会場がアナウンスにより静まり返り、私たちの登場で再度沸き立つ。

「こんにちはー、吉岡奏絵です！」

「こんにちは、佐久間稀莉です！」

割れんばかりの拍手。

舞台の幕は上がった。

「せーので、行くよ」

「わかっているわよ」

「せーの」

「「これっきりラジオ、昼公演」」

「開幕」

「かいまふ」

「いきなり噛むんじゃないわよ！」

「あはは、ごめん稀莉ちゃん」

忘れることのできない一日が始まった。

第6章　またね、ソワレ

地下鉄を乗り継ぎ、九段下で降りる。まだ早朝。普段なら通勤ラッシュで大混雑している時間帯だが、本日は休日なり。人は少なく、快適な移動だ。

改札を通り、階段を上がり、地上へ。

空から降り注ぐ日差しに思わず目を閉じる。

雲一つない快晴。絶好のイベント日和だ。室内の地下のホールで空なんて見えないけど、絶好のイベント日和なのだ。空にも迷いはない。

お堀の周りをぐるっと歩き、門をくぐる。

着いた、武道館！

「ここが武道館か……」

ひとしきり感動した後、華麗にスルー。

今日の目的地はここではない。ライブをするわけではないのだ。私は歌手でもないし、アイドルでもない。

武道館から歩くこと数分。やっと私は目的地に辿り着く。

今度こそ、到着だ。

「ここか……」

ここが「これっきりラジオ」の初めてのイベントの場所。八月までは夏休みの子供で賑わっていたであろう場所、科学館だ。

関係者口をくぐり、会場に向かう。楽屋には先客がいた。

「おはようございます、長田さん」

「おはようございます、吉岡さん」

挨拶を返してくれたのは、稀莉ちゃんのマネージャーの長田さんだ。

「吉岡さん、暑そうですね」

「ええ、電車乗って、駅から歩いてきましたから」

「え、電車で来たんですか」

「はい、そうですが？」

「吉岡さんの事務所さんは送ってくれないんですか」

「……」

えっ、イベントの時って事務所が車で送ってくれるものなの？　私、いつも電車で来ているぞ。それに当日モーニングコールもないし、稀莉ちゃんのマネージャーさんは来ているというのに、うちのマネージャーはここにいない。

……私は事務所に信用されているなー。

「すみません、事務所によって違いますよね。うちがきっと過保護なんです」

「そうですね、あはは」

果たしてイベントが始まるまでに事務所の人間は誰か来てくれるのだろうか。信用できないな……と思ったが、昨日私も信用が無くて誓約書を書かされたので、あまり人のことを強く言えない。

「稀莉ちゃんはもう来ているんですか」

「ええ、会場の方にいますよ」

「じゃあ、行ってきますね」

楽屋から出ようとする私を、長田さんが呼び止める。

「吉岡さん」

私は振り返り、何度もお世話になった仲間に問う。

「どうかしました？」

眼鏡の奥の瞳が優しく微笑む。

「いえ、もう心配ありませんね」

「ええ、私に任せてください」

迷いもなく言い切り、楽屋から飛び出す。歩く速度が徐々に早まり、気づいたら駆けていた。

そして、扉を開け、舞台に辿り着く。

「稀莉ちゃん！」

舞台の中心に立つ彼女が振り返る。

「なによ、よしおかん。そんなに慌てて」

席はまだ空席。これから埋まるのだ。数時間後にお客さんが来て、イベントが開催される。ここに立つだけで、嫌でも緊張してくる。どうしようもない不安が襲ってくる。

でも、足は震えていない。今は、

「すっごいワクワクするね！」

ワクワクが止まらない。どんなイベントになるんだろう。どんな面白いことが起きるのだろう。

どんな化学変化が起きて、私は驚かされるのだろう。

予想なんてできない。だから、面白い。

「わざわざそんなこと言いに来たの？」

「呆れた」といった台詞とは裏腹に微笑む彼女。

私の最高のパートナー。

「佐久間さん、おはようございます。本日、一緒にラジオイベントを担当する吉岡奏絵です。宜しくお願いします」

そう言って、私は満面の笑顔をつくり、彼女に手を差し出す。

苦笑いの彼女が私を見る。

「根に持っているんじゃないわよ」

「えへへ、あの時は『初めまして』とか言っちゃって」

「仕方なかったのよ」

「私、ショックだったんだけどな、ラジオ収録初日で、何だこの生意気な女子高生は！　とムカついたんだけどな」

「なるほど、作戦は成功していたわけね」

「何だよ、作戦って」

「秘密」

「何でも話すんじゃなかったっけ」

「少しぐらい秘密があった方が可愛いじゃない」

「はいはい、そうですね。稀莉ちゃんは可愛いですよ」

「そうね、私は可愛いわね」

「否定せぃ！」

「うるせぃ！」

茶番を繰り広げ、我慢できなくなった私たちは笑い出す。

「あの時はごめんね」

そして、差し出した手が握られる。

「宜しくね、奏絵」

「うん、最高の舞台にしよう」

「全員笑わせて帰るわよ」

「もちろん。そして、私たちも大いに楽しもう」

「ええ、当たり前よ」

「おう！」

あの時握られなかった手が、今は私の手の中にある。

繋いだ手が、想いを伝染し、奏でた音が、私の透明な世界に色をつける。

笑顔の準備は終わり、後は始まりの合図を待つだけとなった。

◇　◇　◇

大きな会場ではないが、満員だと迫力が違う。

はじめから「開幕」を「かいまふ」と噛んでしまったわけだが、それもこのラジオらしい。

かくして、昼公演が始まったのであった。

＊　＊　＊　＊　＊

奏絵「いやー、本当にたくさんのお客さんですね」
稀莉「スタッフの盛大なドッキリだと思っていたから、まさかこんなたくさんの人が集まるなんてね」
奏絵「グッズまで作ってドッキリだったら泣くよ、本気で」
稀莉「グッズと言えば、ほら」
奏絵「皆さん、イベントTシャツ着てくれていますねー」
稀莉「お買い上げありがとうございます」

奏絵「満面の笑顔！　でも、本当にありがたい」
稀莉「ホワイトとスカイブルーが交じっていて、舞台の上から見ると綺麗ね」
奏絵「ええ、夏っぽい青空みたい」
稀莉「ぜひ、見せてあげたいけど、上がってもらうわけにはいかないからね」
奏絵「あとで何枚か撮ってSNSにあげます」
稀莉「イベントTシャツといえば、私たちもほら」
奏絵「じゃーん、着ています！」

お客さん「まわってーまわってー」

稀莉「Tシャツでまわるか！　素敵なドレスならともかくTシャツは三百六十度見る必要ないわ！」
奏絵「くるくるー」

お客さん「「「おー」」」

稀莉「あんたはまわるな！」
奏絵「いやー回ってみたかったんだよね。私、いつも見る側なんで。あざーす」
稀莉「自由なやつめ。で、天使の私はホワイトのTシャツ」

奏絵「はいはい、稀莉ちゃんマジ天使」
稀莉「よしおかんのはスカイブルー、青色ね」
奏絵「青森出身なので、青でーす」
稀莉「あの県はどっちかというと、赤のイメージじゃない？」
奏絵「どうせ林檎しかないよ、くっ、都会出身め」

稀莉「それにしても、イベントシャツって私たちもありがたいよね」
奏絵「ええ、イベントの時って服装に悩むんです。わざわざ買うこともあるんですよ。あとは先輩のお古を貰って着たこともありましたねー」
稀莉「一人ならいいのだけど、複数人で立つとなると、被らないかを心配するわ」
奏絵「ボーダー被ったりすると、あちゃーって感じになりますね」
稀莉「困ったらワンピース」
奏絵「声優はワンピース着がち！」
稀莉「だってウケがいいのよ、ウケが」
奏絵「ウケとかいうな」
稀莉「だって、オタクの皆さんは清楚なワンピース好きでしょ？」
お客さん「好きー」「大好き！」

稀莉「でしょ？」
奏絵「二列目の人、腕組んでめっちゃ頷いているよ！　どんだけ好きなの！」
稀莉「はは、ちょろいやつめ！」
奏絵「お客さんをチョロいとか言わない！」

稀莉「はいはい。今回の『これっきりラジオ』のイベントは、昼は公開録音となります」
奏絵「後日、ラジオで放送されるから、ぜひ復習してね」
稀莉「で、問題が」
奏絵「夜は、録音も録画もしません！」
稀莉「やりたい放題じゃない……」
奏絵「ふへへ、何でもしちゃうぞ」
稀莉「恐ろしい」
奏絵「でも、昼も遠慮せず面白くやっちゃうので、昼公演だけの人も安心してください」
稀莉「私は安心できない！」
奏絵「はい、では早速最初のコーナー」
稀莉「もうこれっきりにしてー！」

奏絵「はい、このコーナーではリスナーさんに辞めたいのに辞められないことを募集し、私たちが的確にアドバイスしてあげるコーナーです」
稀莉「的確にアドバイスしたことあったっけ？」
奏絵「あったよー」
稀莉「いつよ」
奏絵「……今回はイベントということで、事前にＷｅｂでアンケートをとりました」
稀莉「なかったわけね」
奏絵「はいはい、行くよー。読んで」
稀莉「仕方ないわね。ラジオネーム『閃光《せんこう》の線香花火』さんから。会場にいますかー、いたら手をあげなさい」
奏絵「えーっと、あっ、いたいた。後ろから五列目ぐらいの彼ですね」
稀莉「『私は大学の食堂の食券売り場でいつも悩み、悩みに悩んだあげく、毎回カツカレーを頼んでしまいます。そろそろ別のメニューを楽しみたいです。カツカレーはもうこれっきりにしたい！』。いやいや、他のも頼めばいいじゃん！」
奏絵「わかる！」
稀莉「ええー」
奏絵「私も仕事帰りにコンビニ寄って、今日はどのビール飲もうかなって悩むんですよ。たまには違うのを買って冒険するんだけど、これがいまいち美味しくないことが多い。で、結局いつも買う銘柄に落ち着く」
稀莉「私はお酒を飲まないからわからない！」
奏絵「稀莉ちゃんだって今日はどの紅茶、お茶飲もうかなーと悩むわけじゃん。ついつい新発売！とか買っちゃうけど、やっぱりいつものがいいなーとなるわけじゃん」
稀莉「いや、ないけど」
奏絵「ああ、そうだ！　この子、ロクにコンビニとか行かないんだった。それに家にメイドがいるんですよ、メイド！　メイドさんがいつもご飯を考えてくれているんですよ」
稀莉「確かにけっこう味変えてくれるわね。って、うちの話をするなー！」
奏絵「いつか、じっくりメイドさんの話はするからね」
稀莉「私のことはいいの、『閃光の線香花火』さんの悩みを解決してあげないと」
奏絵「別に良くない？　毎日、カツカレー頼む人になろうよ」
稀莉「おばちゃんに顔を覚えられるわね」
奏絵「それか、誰かと一緒に行って、お互いのを半分ずつ食べるとか」
稀莉「駄目よ、閃光の線香さんは彼女がいないからそんなことできないわ」
奏絵「ひどっ、閃光さんに謝って。彼女いるよ、きっと。あー、閃光さんバツマークしなくていいから」
稀莉「じゃあ二つ頼むことにしなさい。はい、次」
奏絵「雑な解決!?」

稀莉「いいの、今日はスピード勝負よ。たくさんのコーナーがあるのだから」
奏絵「そうっすね。閃光さんありがとー。では次のお便り、『キリキリの毒舌を一日中浴びたい会長』さんから」
稀莉「はい、次いきましょうー」
奏絵「おいおい、いますか会長さん？　うーん、いなそうですね」
稀莉「ますます読む必要ないじゃない」
奏絵「お昼は公開録音だから、きっと聞いてくれるから。『私は、アイドル声優さんの追っかけを辞められません。周りは結婚をして、家庭を持ち、子供が生まれた人もいます。ふと我に返るのです。青春時代を声優イベント、ライブで費やしてしまって良かったのかと。そして、アイドルにはいつか終わりが来ます。みゆたんは五年近く頑張っていますが、いつかグループから卒業したり、解散したりするかもしれません。その時、私だけが取り残された気持ちにな』」
稀莉「長い！　長いし、重い！　めっちゃ重い！　イベントでこんな後ろ向きなの読ませるなー！」
奏絵「まだ半分だよ？」
稀莉「マジで？」
奏絵「ここらで止めておきましょうか」
稀莉「ええ、それが懸命よ」
奏絵「でも、これは共感できるオタクの人多いかもしれないですね」
稀莉「そうなの？」

奏絵「けど今は多様化の時代なんです。仕事に打ち込むのも、趣味に没頭するのも幸せなんです！　オタクライフ満喫して何が悪い」
稀莉「気合入りすぎじゃない？」
奏絵「自分に言い聞かせているんですよ……、いいんだ結婚できなくても」
稀莉「辛い思いしているのね……」
奏絵「実家から電話があったと思ったら、九割結婚はいつするの？　って話ですよ。あーやだやだ」
稀莉「皆さん、こんなアラサーになっちゃ駄目ですよ」
奏絵「うるせー。『キリキリの毒舌を一日中浴びたい会長』さんもいいんです。好きなことを貫き通しましょう。いつか表舞台から消えてしまうかもしれませんが、みゆたんはあなたの中で生き続けるんです。ライブ楽しかったですよね？　イベントで爆笑しましたよね？　その思い出はずっと消えませんよ」
稀莉「そうね、アイドルは消えても、どうせ次の人がすぐ出てくるわね」
奏絵「身も蓋もない！」
お客さん「「わはは」」
稀莉「もう次のコーナー行くわよ！」
奏絵「番組にもどしどし送ってねー。〈もうこれっきりにしてー！〉でした」
奏絵「よしおかんに報告だー！」

稀莉「こちらのコーナーでは、よしおかんに相談したいことをリスナーさんが送り、よしおかんに聞いてもらうコーナーです。今回は会場で開演前に配った用紙に記載してもらった内容を読ませてもらいます」
奏絵「いわゆるふつおたのコーナーです。何でもOK。別に相談じゃなくても何でもOK」
稀莉「今、思うと〈もうこれっきりにしてー！〉のコーナーとあまり大差ないコーナーよね」
奏絵「一応こっちはふつおた用ですが、何だかんだで相談が多いですもんね」
稀莉「ええ。じゃあ今回限りでどっちかを終わりにしましょう」
奏絵「ええ!?」
稀莉「ネタが尽きそうな、これっきりの方かしら。はい、決定。『もうこれっきりにしてー！』のコーナーをイベントで終了にしましょう」
奏絵「勝手に決めていいの!?」
稀莉「あ、構成作家からオッケーが出ました」
奏絵「扱いかるっ！」
稀莉「勢いよ、こういうのは勢いなの」
奏絵「皆さん、これっきりにしてー！　のコーナーは夜の部で終了、ラジオの人はさっきやった昼の部の公開録音の放送で最後になりました、まさかだよ」
稀莉「というわけで次回から新コーナーを模索します」
奏絵「潔すぎる、何も決めていないのに！」

稀莉「はいはい、行くわよ。『カップラーメンは4分待って食べる』さんから。はい、いますかー」
奏絵「お、いたいた」
稀莉「そりゃ、会場アンケートだからいるでしょ」
奏絵「恥ずかしくて、手を挙げられないとかさ」
稀莉「そんなことある？」
奏絵「もしくは家族、従兄とか」
稀莉「こわっ」
奏絵「ええ、私も怖いです。知らずに友人とか来ていそうで怖いです。あっ、ごめんね、カップラーメン4分さん、もう手下げていいから」
稀莉「えっと『こないだ告白して失恋しました。どうやったら立ち直れますか』。知るかっ！」
奏絵「あれ、カップラーメン4分さん、前に番組で読んだことあったっけ？」

お客さん「ライブ、ライブ」
お客さん「唯奈様！　唯奈様！」

奏絵「唯奈さん、ライブ？」
稀莉「ああ、思い出した。唯奈のライブに行く時に告白しようか迷っていると相談した人だ！」
奏絵「あ、ああ！　あの人か。告白したんですね」

稀莉「ざまーみろー!!」
奏絵「おいおい」
稀莉「はぁ、スッキリした」
奏絵「あんたがスッキリしてどうする。え、カップラーメン4分さんはライブの時に告白したんですか？」
稀莉「首を横に振っている。何だ、違うのか」
奏絵「スタッフ、マイク。彼にマイクを」
4分待ち「ライブが終わった数日後、あの日の感想を言い合おうと誘い、告白しました」
稀莉「結局、唯奈をダシに使っているじゃない」
4分待ち「め、めんぼくないです」
奏絵「こらこら、失恋した人をそんなにいじめちゃ、めっ。ライブの勢いに任せずに、よく告白した。偉いぞー」
4分待ち「ありがとうございます」

お客さん「「パチパチ」」

稀莉「というかあんた、唯奈ファンなのに何でうちのイベントに来ているの？　出禁にするわよ」
奏絵「いいって、何番推しでもいいから聞いてね。ところで立ち直る方法ですか」

稀莉「早く別の人を好きになることね。唯奈ファンなんだから、これを機に唯奈オタクを極めなさい」
4分待ち「はい、そうします。でも年下はこりごりなんで、今日から優しくて綺麗な年上の吉岡さんを最推しにしようと思います」
奏絵「お、それはどうも」
稀莉「……渡さないから」
奏絵「えっ⁉」
稀莉「はい、カップラーメン4分さんありがとうございました。次のお便りです」
奏絵「えっ」
稀莉「ラジオネーム『波打ち際のたこたこ』さんです。あれ、これってもしかして私たちにシャンプーのことを聞いてきた人ですよね？」
奏絵「そうだそうだ。え、会場にいますか？　挙げづらかったら上げなくてもいいですよー」
稀莉「えーっと、いた。えっ」
奏絵「え、女の子⁉」
稀莉「それもかなりの美少女だわ」
奏絵「はあはあと書きながらシャンプー名聞いてきた人が、可愛い子とは世の中わからん……」
稀莉「『お二人はどこの香水を使っていますか。また吉岡さんに質問で稀莉さんの』、おいっ」
奏絵「何で、途中で止めるのさ」

稀莉「はい、破りましょう」
奏絵「や、破らない、破らない！　えっと、『また吉岡さんに質問で、稀莉さんの匂いはどんな匂いですか。ぜひ詳細に教えてください、はあはあ』」
稀莉「はい、出禁！　美少女だって出禁よ！」
奏絵「えっと、稀莉ちゃんの匂いか、ほんのり甘い、爽やかな柑橘《かんきつ》系な」
稀莉「や、やめなさいよ！」
奏絵「要するにとってもいい香りです！」
稀莉「……」
奏絵「稀莉ちゃんから、とてもいい香りがします!!」
稀莉「二度も言わんでいい！」
奏絵「えー、私も香水を使っていますが、気分によって変えますね。そんなに種類は持っていないですけど。あとメイクさんから『これいいですよ！』って貰える」
稀莉「これ正直に答えたら、オタクたちが買っちゃうあれよね」
奏絵「あれですね。枕にシュッっとかけ、添い寝気分を味わえるというあれですね。ひどい時は飲む」
稀莉「本当に飲むの!?　シャンプーも駄目だけど、香水も飲んだら不味いわよ、本気で」
奏絵「ええ、なのできちんとした名称は答えません」
稀莉「あんたが答えても誰も買わないわよー」

奏絵「本当ー？」
稀莉「本当よ！」
奏絵「というわけで、ごめんね、たこたこさん。きちんと答えられなくて。ちなみに私の匂いはどうなの？」
稀莉「くさやのような、納豆のような、シュールストレミングのような」
奏絵「はい、解散！　この番組、今日で終了!!」
稀莉「あー、舞台から去らない！　冗談よ、さすがに冗談！　いい匂いよ、いい匂いだって！」

＊　＊　＊　＊　＊

楽屋に戻るもまだ興奮は冷めない。

「ひっどい昼公演だったね！」

「そうね！」

稀莉ちゃんも力強く同意する。

気づいたら一つのコーナーが最終回になっていたし、お客さんをイジリすぎたし、変態なリスナーさんが美少女だったし、ともかく色んなことが昼だけで盛りだくさんだった。どれも台本には予定していないこと。台本はほとんど空白ではあるのだけれども。

「どうしてこうなったのか」

「よしおかんがいうな」

「というか稀莉ちゃん考案の団扇ひどいね。舞台から見るとひどい。私が滑ると『もうこれっきり！』って出されるし、しょうもないギャグいうと『はい、破りますー』という面を出される。あれ、メンタル削られるんだけど」

「くれぐれも別イベントでは使わないように注意しないとね」

「このイベントでもだよ！　あれは持ち込み禁止にしよう」

「それは駄目よ、あれも収入になるの。受け入れなさい」

「うぅ……」

扉がガチャリと開き、スタッフが入って来る。

「お疲れ様です。お弁当お持ちしました」

「ありがとうございます」

「わーい、やったー」

机に置かれた弁当は、なんと。

「○々苑《えん》弁当だと!?　一個二千円〜四千円はくだらない、叙々《じょじょ》○弁当だと!?」

「あんた、興奮しすぎよ」

「いやいや、興奮するって稀莉ちゃん!?　こんな高級弁当なかなか食えないよ」

「そう？　何度かあるけど」

「かー、女子高生にこんな高級弁当食わせせんじゃねーよ！」

「キャラ崩壊しかけているわよ、よしおかん」

さすがイベントのお弁当だ。普段の差し入れとはレベルが違う。

「さあさあ、食べましょう！」

「急に元気になったわね……」

弁当箱を開け、箸を持ち、お行儀よく述べる。

「いただきます」

「はいはい、いただきます」

「うまい！」

「感想早いわよ。もっと味わいなさい」

「疲れた後にはやっぱり肉ですね。肉 イズ ジャスティス。あっ、スタッフさん飲み物でビールはないですよね？」

「あるわけないでしょ⁉」

「はは、冗談だって。……半分ぐらい」

「飲む気満々じゃない⁉」

舞台の空気をそのまま持ってきたみたいに楽しい食事風景が繰り広げられる。誰かと食べるご飯は楽しい。それが高級焼肉弁当ならなおお楽しいのだ。

「そういえばフラワースタンド見た？」

「まだ見てない」

「私もまだなんだ。けっこう届いたみたいでさ、後で観に行こうよ」

「そうね、食べたら行きましょう」

「稀莉ちゃんは今までのフラスタって覚えている？」

「もちろん覚えているって言いたいけど、さすがにね……。でも写真には全部撮ってあるわよ」

稀莉ちゃんがスマホを取り出し、「これこれ」と私に見せ、どれどれと私は覗《のぞ》き込む。

「おお、多い」

「ありがたいことにね」

「あー、イラストあると嬉しいよね」

「キャラだけじゃなく、私のイラストも描いてくれると恥ずかしいけど、嬉しいわね」

「これオシャレ。ちゃんと花を合わせているのが偉い」

フラワースタンドだけがファンの気持ちではない。それでも想いが形になるのは、目に見えるのは嬉しいのだ。形にしなくても伝わるが、形にすればより想いは伝わる。

「よしおかんは貰って嬉しかったプレゼントってある？」

「お米券」

「夢がないわね」

「いやいや、すっごくありがたかったよ。私のエネルギーに変わるんだよ？　ファンとしても本望じゃない？」

「そうですね」

「反応、淡白じゃない？」

飲食品は事務所的に受け取れないが、券やカタログにして貰えると手にすることができ、テンションが上がる。

「でも、一番はお手紙かな。ファンからのお手紙って今でも大切に持っている」

彼女は口をもぐもぐとしながらも頷く。

「特に嬉しかったのは、小さい子が書いたお手紙かな。空音のイベントの時にもらってね、可愛い字でね。空音のこと、好きですと書かれていて嬉しかったな。名前は書いてなかったので男の子か、女の子かわからないけど、一生懸命書いたんだろうなと思って、何度も読んじゃった。たまに読み返すと頑張ろうって思えるよね。稀莉ちゃん？」

彼女は箸を止め、フリーズしている。でも顔は紅潮して、

「お疲れさーん」

陽気な声で植島さんが楽屋に入って来る。稀莉ちゃんも停止状態から回復し、再起動したのか、再び口をもぐもぐし出す。

「いやいや、二人とも良かったよ。びびっとスパークしちゃったね」

「ど、どうもです」

かなりの上機嫌だ。

「特に良かったのが、即興劇だね、あのコーナーなんていったっけ、妄想学？」

「劇団・空想学です！」

「ああ、そう、それそれ！」

構成作家のくせにコーナー名があやふやだ。他のとごっちゃになっているのだろう。私もたまに忘れる。

「テーマ、遊園地デートでお客さん盛り上がっていたね。二人の初々しい感じがウケていたよ。即興劇でこれだけできるって、二人の演技力を舐めていたよ。最後に吉岡くんから告白するくだりはリアル感があって良かったね。それに対し、佐久間君が言葉で答えを出すのではなく、抱擁で答えるとはお客さん大喜びだったね。いやー、今日一で盛り上がった瞬間だったよ」

「……」

「……」

「あれ、どうしたの二人とも俯いて。いいよ、夜公演もさっきみたいな感じで頼むよ。化学反応バチバチだよ。遊園地デートといえばさ、二人とも実は練習してた？　あの」

二人とも合図はしていないが、すっと立ち上がり、

「あー、この部屋暑いですね」

「そうね、よしおかん。ロビーに涼みに行きましょうか」

「あっ、そういえばフラワースタンド見るんだったね。食べ終わったし、見に行こうか」

「それよそれ！　行きましょう、今すぐ行こう。はい、レッツゴー」

構成作家を置いて、私達二人は慌てて楽屋を飛び出したのであった。

「えっ、この部屋暑い？　かなり冷房利いていると思うんだけどな……」

＊　＊　＊　＊　＊

奏絵「はい、やってきました『これっきりラジオ』夜公演！」
稀莉「お待たせしました皆さん！」

お客さん「「わー」」

奏絵「お昼のプレゼントボックス、見ました！　たくさんのプレゼントありがとうございます」
稀莉「本当にありがとう。お手紙もたくさんあって嬉しいです。後日ゆっくり読ませていただきます」
奏絵「嬉しいは嬉しいんだけど、私のプレゼントボックスにお酒がかなりあったんだよね」
稀莉「そういうイメージだからでしょ」
奏絵「ええ!?　私、そんな酒豪キャラじゃないよ。バーにいる可憐なお姉さんだよ」
稀莉「それはそうと、私に唯奈のCD入れるのやめなさい」
奏絵「スルー!?」
稀莉「本人から毎回もらうので、重複しちゃうと申し訳ない」
奏絵「なので、代わりに私が貰っておきます」
稀莉「ごめんね！　次は気を付けて。……次ってあるのかしら」

奏絵「あるよ！　さすがに婚姻届は入っていなかったね」
稀莉「当たり前でしょ！」
奏絵「ちょっと期待してたのにな」
稀莉「誰も事故物件は欲しがらなかったみたいです」
奏絵「おおい！」
稀莉「うん、空き地だった？」
奏絵「はいはい、仲悪いですねー」
稀莉「ところで皆さんはどこから来ましたかー」
奏絵「イベントあるあるだね」
稀莉「いいの！」

お客さん「東京！」「埼玉ー」「仙台〜」「千葉!!」

奏絵「やっぱり関東圏内が多いね。遠いと思う人挙手。はい、君はー」

お客さん「徳島ー！」

奏絵「おお、四国からありがとう！　すだち酒も好きだよ！」

稀莉「またお酒の話……。はい、そこのあなた！」

お客さん「青森です！」

奏絵「おお、我が故郷、青森！　じゃあ今日の朝食は？」

お客さん「イギリストースト！」

奏絵「グッド」
稀莉「何、ローカルトーク繰り広げているのよ。青森なのにイギリス、わけわからないんだけど」
奏絵「話すと長いからまた別の機会に」
稀莉「じゃあ、残りの人たちは一斉に〜」
お客さん「沖縄！」「大阪ー！」「北海道」「岐阜」「広島」
奏絵「北海道に沖縄がいましたね」
稀莉「皆さん、近くから遠くからお越しいただきありがとうございます！」

奏絵「ではでは、夜公演は昼公演と違った形式で進めていきます」
稀莉「夜公演のテーマは、はいスクリーン」
奏絵・稀莉「「バトル！」」

お客さん「「「パチパチ」」」

奏絵「バトル、つまり二人の対決です」
稀莉「私と、よしおかんでバトルし、一回一回勝敗を決めます」
奏絵「で、負けた人は……」
稀莉「罰ゲームとして、こちらの萌え萌えボックスから紙を一枚引き、紙に書かれた萌え台詞を読んでもらいます」
奏絵「ああ、やだー。私、これだけは嫌だ」
稀莉「えっ、あんたこういうの苦手だったの？　けっこう定番の罰ゲームじゃない？」
奏絵「苦手も苦手よ。アラサーに今さら萌えを求めるなんて酷なことだよ」
稀莉「ふふ、思わぬところでよしおかんの弱点が発覚したわね。これは負けられない」
奏絵「くそー、絶対に負けないぞ！」
稀莉「では、一つ目のコーナーです」

稀莉「もうこれっきりにしてー！」
奏絵「はい、このコーナーではリスナーさんに辞めたいのに辞められないことを募集し、私たちが的確にアドバイスしてあげるコーナーです」
稀莉「今回は、どちらがよりリスナーの悩める質問に上手に答えられたか、皆さんの反応、つまり拍手の数、大きさで判断します。皆さん、しっかりと考えてくださいね」
奏絵「ちなみにこのコーナー、今回で最終回です」
稀莉「私の名が入っているコーナーだけに、しっかりと有終の美を飾るわよ」
奏絵「スタッフから、ペンと紙を配られました。答えをこれに記載して発表という形式ですね」
稀莉「では一通目。ラジオネーム『バケーション・ハレーション』さんから。いらっしゃいますか、いなそうですね。『部署で飲みに行くと、上司の趣味で、二次会は必ずカラオケになります。私はオタクなので、選曲に悩みます。このアニソンなら一般人もいけるか!?　と思う曲でも場をシラケさせてしまいます。カラオケはこれっきりにしたい！』」
奏絵「なるほど、これはオタクによくある悩みですね」
稀莉「はい、では解決方法を書きましょう」

奏絵「できた！」
稀莉「私も」
奏絵「では、先に私からドドーン！」

奏絵『振り付けもマスターする！』」

稀莉「はい？」

奏絵「全身で表現するの。レッツダンス！　そして、自分で合いの手を入れる。二番からは周りを煽《あお》り、ほら一緒に！　という感じで、どう？」

稀莉「無理じゃない？」

奏絵「大丈夫、どうせ二次会なんて酔っ払いが行くところなんだから。ノリが良ければそれでオッケー。一人で、この曲知らないですよね？　って遠慮しながら歌うのが駄目なの。オタク曲でも堂々としろ。そして巻き込め！」

稀莉「そんなにアクティブだったらオタクやってないわよ。じゃあ私はこれ」

稀莉「『合いの手専門にまわる』」

奏絵「えー」

稀莉「タンバリンを持って、誰の時も合いの手を入れるの。そしたら歌っていなくてもなんかずっと歌っていると思われて、出番は回ってこないわ」

奏絵「ずっと盛り上げ役にまわるわけだね」

稀莉「そうよ。歌いたくないなら歌わなければいいの」
奏絵「合いの手も曲を知っていないと、なかなかに大変そうだけど」
稀莉「それはあれよ。オタク特有のすぐコール覚えるスキルを発揮して」
奏絵「はいはい、ではお客さんの評価を聞きましょう。良かったと思う人に拍手してくださいね」
稀莉「まずは、よしおかんが良かったと思う人」

お客さん「パチパチパチパチ」

奏絵「では、稀莉ちゃんが良かったと思う人」

お客さん「パチ……パチパチ」

奏絵「これは私勝利ですね！」
稀莉「ああ、悔しい！」
奏絵「はい、では引いてもらいましょう」
稀莉「くそー、えいっ。うわ……マジで読むの？」
奏絵「ええ、罰ゲームですから！」
稀莉「くっ、自分が勝ったからって調子のって」

奏絵「はい、ではどーぞ」

稀莉「私のこと好きになるおまじない、かけてあげるね♪　ほら、目を閉じて……。チュッ。これで、私のことしか見えないね♪　ね、私のこと大好きになったでしょ？」

お客さん「「おおおおお!!」」

奏絵「だいすきー！」
稀莉「やだ、帰る。もう嫌だ」
奏絵「ははは、いいものですね」
稀莉「次は負けないんだから！」
奏絵「これはいかに面白い答えを書けるかの大喜利ですね」
稀莉「はい、ラジオネーム『目玉焼きにソース焼きそば』さんから。いなそうね。『お昼ご飯食べた後は、つい居眠りしてしまいます。もうこれっきりにしたいです！』」
奏絵「はい、書きましょー」
稀莉「できた！」

奏絵「早いっ！　ちょっと待って一斉にいきましょう。はいっ」
稀莉「『ワサビを鼻の下に塗る』」
奏絵「『炭酸水を頭からかぶる』」
稀莉「どっちもきついわね」
奏絵「実際にやっていたら距離を置くね、その人と」
稀莉「はい、さっさと勝ち負け決めるわよ。よしおかんが良かったと思う人」
お客さん「パチパチパチ」
奏絵「稀莉ちゃんが良かったと思う人」
お客さん「パチパチパチパチパチ」
奏絵「これは僅差で稀莉ちゃん勝利かな」
稀莉「やったわ！　これでよしおかんが萌え台詞！」
奏絵「えー、本当にやるの？　誰得なの？」

稀莉「ほら、引くのよ。はいっ」
奏絵「うわ……。もう一回引けない？」
稀莉「駄目ー！　どうぞ、よしおかんの渾身《こんしん》の萌え台詞です！」
奏絵「ハードルあげないで。あー、もうっ！」

奏絵「お兄ちゃん、起きて、朝だよ♪　起きないと悪戯しちゃうよ。すぅー、えっ、急に起きないでよ！　……起きたらチューできないじゃん」

お客さん「「おおおおお!!」」

稀莉「……アリね。よしおかんが妹」
奏絵「ありなの!?　年上妹って設定が意味不明だよ!?」
稀莉「何で、夜公演は録音されていないの!!」
奏絵「怒るとこ、そこ!?」

稀莉「劇団・空想学！」
奏絵「こちらのコーナーではお題を元に即興劇を行います」
稀莉「引き続き、テーマはバトルなので、交互に演じ、どっちが良いかをお客さんに判断してもらいます」
奏絵「で、今回も負けた人は罰ゲームとして、こちらの萌え萌えボックスから紙を一枚引き、書かれた萌え台詞を読んでもらいます」
稀莉「よしおかんに読ますわよ！」
奏絵「もう負けないぞ」
稀莉「では、一つ目のテーマはこちら。スクリーンに注目」
奏絵「な、長い！　えーっと『ご飯が出来ているのになかなか帰って来ない。そんな相手が今すぐ帰ってきたくなる即興劇』と」
稀莉「二人で暮らしているってことね」
奏絵「新婚さんのお嫁さん役かな、むむ、結婚していない私たちにはハードルが高い内容」
稀莉「長くなると数こなせないので、寸劇にしましょう。では、よしおかんから」
奏絵「私からか。よしっ、行きましょう。レッツデイドリーム！」

奏絵「稀莉君、帰って来るの遅いなー、よし電話してみよう」
奏絵「ぷるる、出ないなー、じゃあ留守電に残すか、コホン」
奏絵「今日はあなたの好きなハンバーグを作ったわ、隠し味は私の愛情♪　早く帰って来てね」

奏絵「終了〜！」

稀莉「隠し味は私の愛情って、どことなく怖いんだけど」
奏絵「ええー、ヤンデレキャラじゃないよ」
稀莉「そもそもハンバーグで早く帰って来るかしら」
奏絵「美味しいじゃん！」
稀莉「美味しいけど、特別感はないというか」
奏絵「もう、稀莉ちゃんの番だよ、はい」
稀莉「はいはい、レッツデイドリーム！」

稀莉「奏絵、遅いなー。今日もどこかで飲んでいるのかな……」
稀莉「電話しよう。ぷるる、出ない。留守電に残すか」
稀莉「奏絵、お疲れ様。今日遅くなるのかな？　お仕事忙しい？　でも、早く会いたいな……、一緒にご飯食べようね」

稀莉「終了！」
奏絵「また飲んでいる扱いされる私！」
稀莉「というか思ったのだけど、何でナチュラルに相手をお互いにしているのよ、私達……」
奏絵「あっ……まぁその方が想像しやすいというか」
稀莉「想像しやすい……」

奏絵「……うん」
稀莉「は、判定に移りましょう！　良かったと思う人に拍手してください」
奏絵「私が良かったと思う人！」
お客さん「パチパチパチパチ」
稀莉「私が良かったと思う人ー」
お客さん「パチパチパチパチパチパチパチパチパチ」

稀莉「これは私ね」
奏絵「あー、また負けた」
稀莉「はい、引いて引いて」
奏絵「くそー、えいっ。ない、これはない！」
稀莉「はいはい、罰ゲームなんだから、どうぞ！」
奏絵「ご主人様お帰りだニャン♪　さびしんぼうの猫さんだニャン。もっと私に構ってほしいニャン♪」

お客さん「「「おおおおお!!」」」

奏絵「きっつ！　自分で言っていてきっつい！」
稀莉「ニャンが抜けているわよ」
奏絵「もう罰ゲームは終わっているから！」
稀莉「新境地開拓したわね」
奏絵「アラサーにニャンと言わせるな、ニャンと。はい、次！　スクリーンどうぞ」

稀莉「『付き合って一ヶ月記念日、もっと長く続くために彼女が言った台詞は？』」
奏絵「結婚生活に続き、次はカップルの一ヶ月記念と。一ヶ月ではしゃぐとか若いなー」
稀莉「私たちをいじめているのかしら、ここのスタッフは」
奏絵「その苦難を乗り越えてこそ、芸人！　私から行きます！　レッツデイドリーム！」

奏絵「稀莉君、付き合って一ヶ月だね」
奏絵「覚えている？　私と会った時のこと。えへへ、嬉しいな。あなたといられて幸せだよ」
奏絵「あのね、聞いてね」
奏絵「来月も、その次も、ずっと先も一緒にいたいです」
奏絵「……駄目、かな？」

稀莉「駄目じゃないー！」
お客さん「「おおおおお」」

奏絵「何で稀莉ちゃんがテンション上がっているのよ。というかこの寸劇、萌え台詞読む罰ゲームと同じぐらい恥ずかしいんだけど」
稀莉「ええ、気づいたわね。このコーナーしんどい。めっちゃ体力使うし、精神すり減る」
奏絵「はい、稀莉ちゃんの出番だよ」
稀莉「ええ、デイドリ！」
奏絵「略さない！」

稀莉「付き合って一ヶ月ですね。毎日電話してうざくないですか？」
稀莉「え、嬉しい。それは良かったです。これからも続けていきます」
稀莉「では、こちら」
稀莉「こちらカップル契約更新の書類です。途中で解約はできません。はい、サインをお願いします」

奏絵「ずれている！　そして重い！」

稀莉「約束なんて破られるものなの。書類にするのが一番だわ」
奏絵「おぅ、そうですか……」
稀莉「では、投票に移るわよ」

奏絵「私が良かったと思う人！」
お客さん「パチパチパチパチパチパチパチパチ」
稀莉「私が良かった人ー」
お客さん「パチ……パチ……」

稀莉「どうして！」
奏絵「いや、わかってよ！」
稀莉「何が悪かったっていうの……」
奏絵「お客さんが皆まともで良かったよ……。はい、ボックス」
稀莉「読んでやるわ！」
稀莉「疲れちゃった？　じゃあ、私の膝枕をどうぞ。えっ、恥ずかしいって？　顔真っ赤だよ。ふふ、顔が近いね。君がよく見えるよ」

お客さん「「おおおお!!」」
奏絵「ああ、甘いですね」
稀莉「もう次！　次は勝つわよ！」

奏絵「さて、夜公演もそろそろ終わりの時間です」
お客さん「えー」「今、来たばっかりー」「終わらないでー」
稀莉「ごめん、私たち、もう体力の限界なの」
奏絵「体力があれば延々と続けたいけど、すみません。でも、終わってほしくないという声は嬉しいですね」
稀莉「そうね。あっという間だったわね」
奏絵「二公演にびびっていたけど、全然話し足りない！　全国ツアーやろうぜ、全国！」
稀莉「さすがにそれはネタが持たない！」
奏絵「そしたらゲストを呼んで……」
稀莉「他力！　でも、今日はやりすぎた面もあるわね」
奏絵「そうだね、特に百合営業やりすぎた。営業だからね、営業。ラジオを聞かずに今日初めて会場に来た人は勘違いしそう」
稀莉「実際の放送を聞いたら驚くんじゃないかしら。もっと不仲なのでそこのところ宜しく！」
奏絵「いわゆるツンデレです」
稀莉「違う！　……とも言えない」
奏絵「マジのツンデレだと!?」
稀莉「ではでは、最後の挨拶の前にここでお知らせです！」
奏絵「スルーされるのもデレ期ですね」
稀莉「ごちゃごちゃうるさいわね。あんたも読みなさい」
奏絵「はい、えーっとお知らせは全部で三つ！」

お客さん「「おー」」

奏絵「一つ目、どどん。吉岡奏絵と佐久間稀莉がお送りするラジオ『これっきりラジオ』は毎週火曜二十一時マウンテン放送にて放送中です。特に改編の影響も受けません。インターネットラジオでは一週間限定で聞けますので、聞き逃した人はぜひこちらでも聞いてください」
稀莉「知ってた。そんなあなたもここからは新情報！」
お客さん「「おお」」

稀莉「はい、スクリーン！　マウンテン放送合同ラジオイベントに私たち『これっきりラジオ』のメンバー二人の参加が決定しました」
奏絵「はい、拍手！」

お客さん「「パチパチパチパチパチ」」

稀莉「こちらは冬に行われるイベントで、全部で五組の声優ラジオ番組が参加予定です。今後、ラジオ番組内でどんどん情報を解禁していきますので、毎週逃さず聞いてくださいね」
奏絵「イベントが終わって、またイベント！　他のパーソナリティと会えるの楽しみですね」
稀莉「橘唯奈は勘弁してほしいです」
奏絵「あー、植島さんが手で丸をつくっている。おそらく唯奈さんも参加です」
稀莉「私、欠席してもいい？」
奏絵「駄目です」
稀莉「仮病をつかいます」
奏絵「無理やり連れていきますんで、皆さん安心してくださいね」
稀莉「続いて、最後の情報！」

奏絵「第一回放送から第二十回までをまとめたラジオＣＤが発売されます！」

お客さん「「「おおお！」」」

奏絵「さらに商品限定で、えっ、私たちの旅の様子が収録されます？　まじですか、何処に行くんですか？」

稀莉「沖縄！」

奏絵「絶対に予算が下りない！　青森でどうよ」

稀莉「何であんたの里帰りに付き合うのよ！」

奏絵「ハハハ、これから行先《いきさき》も決めますので、楽しみに待っていて下さい」

お客さん「「パチパチ」」

稀莉「合同イベントに、旅収録……、休む暇ないじゃない」

奏絵「ええ、これっきりラジオはこれからもどんどん走っていきますよ！」

稀莉「しょうがないわね。皆、振り落とされず、付いてきなさいよ！」

＊　＊　＊　＊　＊

発表も終わり、締めの挨拶の時間だ。

「では、私から挨拶を」

長くて、短かった一日が終わる。

「今日という日が来るなんて、不思議な気持ちでした」

本当に不思議な気持ちだ。またイベントで人の前に立つなんて思っていなかった。ラジオのイベントで。それも満員の会場で。

「私をラジオで知った人も多いでしょう」

ほとんどの人が稀莉ちゃん目当てで、最初は聞いたはずだ。

でも今は違う。

「最近はちょいちょい役名のあるキャラを出してもらっていますが、私は一発屋でした。終わった声優でした。声優を辞めることも考えていました。いい歳ですもんね。何が幸せなんだろうと本気で考えていました。でもこのラジオに出会い、そして稀莉ちゃんに出会い、私は変わりました」

私を受け入れ、私たち二人の掛け合いを好み、たくさんの人が支持し、応援してくれた。

「ラジオの収録は毎回面白くて、そして稀莉ちゃんと話すのは本当に楽しいんです。陳腐な言葉ですが、今、私は幸せです」

幸せすぎて、疑心暗鬼になるほどに。しかし、それも断ち切った。断ち切られたんだ。

ずっとじゃないかもしれない。いつまでもはないかもしれない。でも今を私は楽しむ。いつか終わりが来ても後悔しないように、最高の思い出になるように私は、私たちは全力を尽くす。

「スタッフの皆さん、いつもありがとうございます。私たちが好き勝手できるのはスタッフの皆さんのおかげです。本当に感謝しています。リスナーさん、会場に来られなかった人も本当にありがとう。応援の言葉が私の力になります。皆の言葉届いているよ。そして、何よりも誰よりもありがとう、稀莉ちゃん。君のおかげで私はここにいます。これからもよろしくね」

嬉しそうな顔を私に向け、手を叩く。

お客さんからも温かい拍手が溢れ、思わず涙がこぼれそうになるのをぐっとこらえる。

「本当に、本当にありがとうございました！　よしおかんこと、吉岡奏絵でした！　皆大好き‼」

また割れんばかりの拍手で溢れ、歓声が会場を包む。今度は涙を抑えられなかった。

そんな泣き虫な私を、隣の彼女は温かい目で見ながら、優しい声で話し出す。

「彼女は私の憧れでした」

何を言っているのかと思った。彼女は私の憧れ。何のことかさっぱりだ。

そう思うほど、彼女の言葉は唐突すぎて、違和感しかなかった。

「はじめて彼女の声を聞いたのはアニメでした。あの人気を博したアニメです。テレビから聞こえる、彼女の演じる声に、小学生ながら凄い！　と感動しました」

ここは舞台の上。それもイベントを締めくくる最後の挨拶だ。彼女の言葉は、この場に、このタイミングにそぐわない。

「はじめて彼女を見た時、私の心は弾みました。わざわざチケットを取ったんですよ。イベントで歌う彼女はかっこよく、きらきらと輝いていて、誰よりも大きな存在でした」

でも誰も止めずに、真剣に彼女の言葉を聞いていた。

知らないこと。隠していた事実。

「はじめて見たあの日から、彼女は私の憧れになりました」

稀莉ちゃんはきっと私のことを話していた。

「彼女にもう一度会いたかった。もう一度声を聞きたかった。彼女に近づきたかった。毎日、彼女のことを考えてはドキドキしていました」

彼女が喋れば喋るほど、心が落ち着かず、体は熱を帯びる。

ちらりとこちらを見て、彼女が小さく笑いながら、話し続ける。

「そして、そのドキドキは今も止まりません」

止めるべきだろうか。これ以上は嫌な予感がする。取り返しがつかないことになる。

「あのころとは違うと思います」

でも私は止められない。彼女の真剣な言葉を止める権利はなかった。彼女はわざわざ、この場を選んで話している。その行動はとても勇気がいることで、怖いことなのだ。

「成長したのか、変化したのかわかりません。駄目駄目な時もあります。迷惑をかけられてばかりです。彼女に憧れた私は馬鹿だったと思う時もあります」

彼女の思いを遮ることはできない。

「でも私は昔も今も、吉岡奏絵を尊敬しています」

そして答えを確かにする。

稀莉ちゃんが私を尊敬している？　憧れている？　なんて冗談だ。では最初の態度は何だ。生意気な女子高生だった彼女は何だったんだ。全ては彼女の「演技」だったのか。演技だとするなら、まんまと騙された。ひどい。何でこんなことをしたんだ。

……本当にひどいのか？　彼女にイラついたからこそ、私は奮起した。初回のラジオを変えようとした。結果として今がある。

「何より、彼女といると私は笑顔になれる。彼女と一緒にラジオをやると楽しい。私をこんなに愉快にさせてくれるのは彼女だけです。やっぱり彼女は凄いんです」

憎めるはずがない。彼女がいたから、私はここに立っている。

「彼女は言いました。君のおかげで私はここにいます、と」

そんな私の思いを、さっき述べた言葉を、

「違います。あなたのおかげで私はここにいるのです」

彼女は強く否定する。

「あなたに憧れたから私は声優になりました。ありがとうを言うのは私です。ここにいるのはあなたのおかげ、ありがとう奏絵。あなたと会えて良かった。私は声優になれて良かった。こんな素敵な景色を見せてくれてありがとう」

拍手が会場に響く。

胸の鼓動が激しい。真っ直ぐすぎる感謝の言葉に、どんな顔をしていいのかわからない。あー、もうずるい。本当にずるい。

そんなこと言われて、何も思わない、なんてことはできない。

透明だった思いは、もう無色ではいられない。色づき、溢れ、器から零れる。

「稀莉ちゃん！」

思わず体が動いてしまった。稀莉ちゃんの元へ、駆ける。

その小さな体を、驚いた顔をしている愛おしい女の子を——、
強く抱きしめる。

会場から歓声があがった。

抱き着いて三十秒ぐらいして、彼女に「そろそろ恥ずかしい」と言われ、ここがイベント会場ということを思い出す。慌てて離れる。

「あはは、ごめん」

「いいわよ、嬉しい」

そそくさと彼女から少し距離をとる。自分の行動が恥ずかしすぎて会場のお客さんの顔をまともに見られない。何をしているんだ私は。いや何を言っているんだ、この女の子は！

でも、これで終わりではなかった。

「そして、あんたたちに言っておくことがある！」

彼女が私の手を摑み、高く掲げる。

そして、彼女は不敵に笑い、告げる。「これは宣戦布告」だと。

「彼女の隣は誰にも渡しません！」

思わぬ言葉に会場の誰も反応できない。手を握られた私も何も言えなかった。

彼女は火をつけた。容赦なく、笑顔で、一点の濁りもなく、ためらいもなく、宣言したのだ。


「私は、吉岡奏絵が好き――！　大好き!!」


大人気女子高生声優の公開告白に、会場がどよめくどころの騒ぎではなくなり、そのままイベントは幕を下ろした。

――この時間はいつまでも続かない。

加速し、更新し続けるのだ。私の思いもよらぬ方向に。


その日、私のＳＮＳは大炎上した。

――あとがき――

こんにちは、初投稿です。結城十維《とい》です。

はじめましての方、カクヨム時代から追いかけてくれた読者の方々、お手に取ってくださり、ありがとうございます！

本作「ふつおたはいりません！」はカクヨムに三、四年近く投稿し続け、完結した作品……でしたが、この度、書籍化していただけることになりました。人生わからないものですね。見つけてくれてありがとうございます！

この作品はラジオ番組を中心とした青春、声優お仕事物語です。

異世界に行かないし、奇跡も魔法もない現代の話。不思議な力もバトルもありません。でもこんな声優ラジオあるかも！　をラジオを聞いてきた経験や自身の考えを元に創作しています。……実は周波数を合わせたら、これっきりラジオが放送されているかもしれません。創作ではなく、ドキュメンタリーの可能性も？　そうだとしたら奏絵と稀莉の収録風景を微笑ましく見守りたい一人です。

本当に存在するかもといった意味では、奏絵はあの声優さんっぽいかも、稀莉はあの人？　と想像、妄想しながら読むとまた違った楽しさがあるかもしれません。私も小説を読む時はＣＶを決めて、脳内再生しています。創作の時も勝手に声優名をキャラ表に記載してその声で書いています。気持ち悪いですね。同じことしている人いたら、あなたも重度の声優オタクです。ようこそ。

最近は盆とハロウィンとクリスマスと正月が一緒にきたような忙しさで、声優さんのライブ、イベントになかなか参戦できていなかったのですが、つい先日ラジオ番組のイベントに参加しました。

現地参戦はやっぱり楽しいですね！

イベントは日常とは違った祭で特別感があります。声優さんを拝めるだけでなく、ほかのリスナーさんと同じ場に集まることも特別感の要素として大きいなと感じます。同じところで笑い、一緒にペンライトを振り、拍手を届ける。そんな一体感が私は好きで、イベントについつい足を運んでしまいます。リスナーと一緒に作り上げている。普段のラジオだってそうで、おたより、反響があるから成り立っているのだと思います。

この作品もコメントや応援があったから諦めずに書き続けて、ありがたいことに一冊の本にすることができました。一人ではできなかったことです。改めて、ありがとうございました。

さて、イベント参加の話をした一方で、ずっと聞いていた声優ラジオがここ最近ひとつふたつと終わり、ぽっかりと穴が開き、虚無を感じています。長年聞いていた番組がなくなる喪失感はすさまじいものですね。それほどラジオに支えられて、生かされてきたのだと強く実感します。

人によって面白さは様々ですが、声優ラジオって面白いんだぞ、凄いんだぞ、そんな想いが今作から少しでも届けることができたら光栄で、終わったラジオ番組へのささやかな恩返しなのかなと勝手に思っています。


最後に謝辞を。

U35様、素敵なイラストをありがとうございます！　奏絵と稀莉がいる！　とイラストを見て大興奮でした。作品が色づき、本当に書籍化されるんだと実感が湧き、嬉しくて部屋で踊りました。奏絵も稀莉も可愛すぎて最高です！

編集者様、関係者様、本にしていただくにあたり、文章の確認や誤字脱字などの指摘、内容についてご相談に乗っていただき、ありがとうございました。皆さまには感謝してもしきれません。

そして読者の皆さま、ここまで読んでいただき、本当にありがとうございました。笑った、面白かった！　二人の物語をもっと見たい！　と思ってくれたら嬉しいです。

奏絵と稀莉の物語はこれで終わりではありません。まだまだ続きます。ここからが本番といっても過言ではありません。奏絵のＳＮＳが炎上したまま終わりなんてないですよね？


また次回の放送で会えることを願って。では、お元気で！

二〇二三年九月　結城十維

電撃の新文芸

ふつおたはいりません！

～崖《がけ》っぷち声優《せいゆう》、ラジオで人生《じんせい》リスタート！～

著者／結《ゆう》城《き》十《と》維《い》
イラスト／U35《ウミコ》

2023年9月17日　初版発行

発行者／山下直久
発行／株式会社ＫＡＤＯＫＡＷＡ
〒102-8177　東京都千代田区富士見2-13-3
0570-002-301（ナビダイヤル）
印刷／図書印刷株式会社
製本／図書印刷株式会社

【初出】……………………………………………………………………
本書は、カクヨムに掲載された『ふつおたはいりません！』を加筆、訂正したものです。

ISBN978-4-04-915290-6　C0093　Printed in Japan

ファンレターあて先
〒102-8177
東京都千代田区富士見2-13-3
電撃の新文芸編集部

「結城十維先生」係
「U35先生」係

チュートリアルが始まる前に
ボスキャラ達を破滅させない為に俺ができる幾つかの事

著／髙橋炬燵
イラスト／カカオ・ランタン

この世界のボスを"攻略"し、
あらゆる理不尽を「攻略」せよ!

　目が覚めると、男は大作RPG『精霊大戦ダンジョンマギア』の世界に転生していた。しかし、転生したのは能力は控えめ、性能はポンコツ、口癖はヒャッハー……チュートリアルで必ず死ぬ運命にある、クソ雑魚底辺ボスだった!　もちろん、自分はそう遠くない未来にデッドエンド。さらには、最愛の姉まで病で死ぬ運命にあることを知った男は——。
「この世界の理不尽なお約束なんて全部まとめてブッ潰してやる」
　男は、持ち前の膨大なゲーム知識を活かし、正史への反逆を決意する!『第7回カクヨムWeb小説コンテスト』異世界ファンタジー部門大賞》受賞作!

電撃の新文芸

異世界帰りの勇者は、ダンジョンが出現した現実世界で、インフルエンサーになって金を稼ぎます！

著／Y・A
イラスト／ぷきゅのすけ

ダンジョン攻略動画がバズって再生数も周りからの尊敬もうなぎ登り!

どこにでもいそうな高校生古谷良二は——元勇者にして今は世界最強のインフルエンサーである！　異世界での魔王討伐後、現代に帰還した彼は、突如現れたダンジョンを一瞬で踏破し、その攻略動画で大バズリ。再生回数世界一位の動画投稿者として、留学生の美少女たちやエリートたちからも頼られまくりの日々が始まる！　魔王討伐を果たした勇者が現実世界でインフルエンサーとして無双する、現代ダンジョン配信ライフ!

電撃の新文芸

売れ残りの奴隷エルフを拾ったので、娘にすることにした

著／遥 透子
イラスト／松うに

不器用なパパと純粋無垢な娘の、ほっこり優しい疑似家族ファンタジー！

　絶滅したはずの希少種・ハイエルフの少女が奴隷として売られているのを目撃した主人公・ヴァイス。彼は、少女を購入し、娘として育てることを決意する。はじめての育児に翻弄されるヴァイスだったが、奮闘の結果、ボロボロだった奴隷の少女は、元気な姿を取り戻す！

「ぱぱだいすきー！」「……悪くないな、こういうのも」

　すっかり親バカ化したヴァイスは、愛する娘を魔法学校に通わせるため、奔走する！

電撃の新文芸

うちの勇者ちゃん達がレベル99になっても初心者の館を卒業しない件について

著／時田 唯
イラスト／たかやKi

最強で初心者な4人組が織りなす、
冒険と言う名の
ゆるふわスローライフ！

勇者ミナ、騎士ユルエール、魔法使いリリィ、僧侶シャノ。彼女たちはいつか歴史に名を残すような立派な冒険者を目指す女の子の４人組……にも拘らず、未だに初心者の館を卒業できずにいた……!!

でも彼女たちはまだ知らなかった……初級クエストに挑戦しては失敗し続けた結果、経験値だけがとんでもなく溜まり、いつのまにかレベル９９になっていたことを――。

無能才女は悪女になりたい

～義妹の身代わりで嫁いだ令嬢、公爵様の溺愛に気づかない～

著／一分咲
イラスト／藤村ゆかこ

「これは契約結婚だ」
「はいありがとうございます！」
「……は？」

類まれな能力を持ちながら、家族に“無能”と虐げられて育った令嬢・エイヴリル。素行の悪い義妹の身代わりに『好色家の老いぼれ公爵様』のもとへ嫁ぐことになるが、実際の公爵・ディランは、噂とは真逆の美しい青年だった。彼が望む「悪女を妻に迎え、三年後に離縁する契約」は、エイヴリルにとって未来の自由を意味する絶好の条件。張り切って“悪女”を演じる不思議な“才女”に、周囲は困惑しつつも次第に惹かれていく――

電撃の新文芸

花の聖女と胡蝶の騎士
～ないない尽くしの令嬢ですが、実は奇跡を起こす青薔薇の聖女だったようです～

勘違いで追放された聖女、
移住先では「美貌」の従者に
甘やかされています！

『黒薔薇の魔女』の烙印を押された令嬢・リリアーナは、辺境の「いばらの城」へ追放されることになる。護衛は「毛虫の騎士」と呼ばれる青年・ハリーただ一人。道中、原因不明の病で倒れてしまったハリーのためにリリアーナが祈りを捧げると、思いもよらない“奇跡”が起こる。「ないない尽くし」の不遇な少女は、なんと伝説の『青薔薇の聖女』だった——!?　竜の舞う街で紡がれる、美しい花々に彩られた恋と奇跡の物語。

著／森 湖春
イラスト／whimhalooo

電撃の新文芸